寻找祖国三千里

新星出版社　NEW STAR PRESS　　蓝博洲　著

《寻找祖国三千里》序

汪毅夫

认识蓝博洲的人莫不以识荆为幸，老朽亦常对人言说"我的朋友蓝博洲"云云。

台湾统派作家蓝博洲是一个忠诚、质朴、有能耐的汉子。他积三十余年之功夫，不畏艰辛、克服困难，在台湾史领域（包括台湾政治史、台湾民众史等）制作了众多精良的口述历史，如眼前的这本《寻找祖国三千里》。

他告诉我们很多，关于被湮没的历史、关于被遗忘的人物；他也教给我们很多，关于口述史制作的经验、关于口述史制作的伦理。

广义的口述史包括回忆录、访谈录等；狭义的口述史则是有采访人参与的，采访人与报告人互动合作的、共同追求历史真实性的作品，它不同于个人记忆（包括选择性记忆、错误记忆）的笔记，也不是采访人与报告人我问你答、你说我记的实录。

读了《寻找祖国三千里》，我想谈两个看法。

1. 《寻找祖国三千里》引述的多是让蓝博洲有意搁置、晾了多年的口述史报告，有的甚至是报告人逝世多年以后才被披露的。

时间会证明一切。由于某些原因、出于某种动机，有报告人会做夸大其词的报告（统派学者、也是"我的朋友"的王晓波教授曾斥之为"黑白讲"）。此种报告经不起时间的证明，经过若干时日，连报告人也不敢如是说了。这是"晾了多年"的一个好处。在蓝博洲面前和笔下，失实的报告全然没有被采信的空间。另外，合于"不影响当事人生计和生活"的学术伦理，有些报告迟后发表才是正当、合理的。

2．《寻找祖国三千里》也引用了某些审讯记录。我曾在一次学术演讲里说："在我看来，审讯记录简直是另类的口述史。其格式完全合于口述笔录：有访谈（审讯）时间、地点、访（审问者）谈（受审者）双方的问答（包括追问和补充问答）及签名；其解读原则也包括了'硬伤'和'硬道理'：尽可能不发生误读历史的'硬伤'，尽可能发现近于历史真实的资讯。"我曾想，审讯记录里的受审人承受着很大的压力（包括严刑拷打、威胁恐吓以及关于组织、战友、亲人安危的考量），这是其"另类"的特点。读了《寻找祖国三千里》始知，台湾政治史的报告人也承受着很大的压力（包括对"祸从口出"和"历史悲剧重演"的担忧）。蓝博洲用什么赢得报告人的信任呢？是他恪守学术伦理的人格力量。

祝贺我的朋友蓝博洲又出了一本好书。

2017年10月4日记于北京

我们一定要

刘醒龙

此刻在由哈尔滨开往武汉的G1276次高铁上,车窗外初夏阳光灿烂,即便是舆论界一天到晚都在研究、片刻不曾断过呼吁、人人都会说的已经"经济沦陷"的东北三省,依然表现得欣欣向荣、生机勃勃。如果不是思想深处由于沿途出现的站名而引起一道道阴影,真的无法想象,从东北到华北再到中原,大半个中国曾经水深火热、灾难深重。昨天晚上还在沈阳,下榻的酒店位于皇姑区。作为行政区划的皇姑区,来源于皇姑屯。身在这个用国人之血写在近代中国史上的小地方,读着《寻找祖国三千里》的文稿,历史沉重得令人喘不过气来。

博洲嘱我为简体字版《寻找祖国三千里》写序,既深感他的不易,也心知这文章写得不易,成文之后还有更多不易等在那里,却没有料到会用这种方式开篇。

认识博洲是在2012年4月英国伦敦的国际书展上,他不修边幅的模样,在那种地方颇有侠义剑客之风骨。某天,我们一起去剑桥转转。转到后来他人不见了,全车的人都在等他。那么多人就我事先要了他的手机号码,拨打过去,才知他是沿着剑桥走了一大圈,别人走的是相反方向，只需走一小圈。当时还开玩笑，说博洲是在宝岛台湾绕圈走惯了。博洲很严肃地笑一笑，说台湾就那么大，只要不走到海里，永远也走不丢。即便是说笑，这一句走不丢，也将他在宝岛台湾生活的不易体现无遗。

在伦敦的那一个星期里，博洲的神情让我总是记起几年前在巴黎书展上见到的另一位来自宝岛台湾的作家。那次书展期间，正逢台湾选举，中国国民党候选人连战，由于两颗阴谋的子弹以些微票数败给"台独"分子陈水扁。那天与两岸作家同台讲演，同样来自宝岛台湾且公开表明自己投票支持陈水扁的某女作家，脱离文学主题，就连战败选，对另一位来自宝岛台湾且支持连战的作家极尽挖苦嘲笑之词，并夹带一些亵渎历史的妄评。也是由于沮丧和痛苦，当然也是个人修养与品行，这位作家以沉默作为回应。倒是我自己，在随后的发言时间里，用中国文学的"汉奸"一词与法国文学中的"法奸"一词，在两国历史书写中的作用说了一番话。那场讲演中还有一个小插曲。讲演结束后，担任同声翻译的中国籍女翻译，从"玻璃屋"中冲出来，当众拦住我，眼眶湿润地说，这么多年，在担任同声翻译过程中，受够了国际上那些坏蛋恶棍的气，受职责所限，那些恶棍坏蛋在发言时所说的中伤中国的话，她不得不如实翻译，每次翻译那样的话时，就像自己往自己的心窝里捅刀子。这一次她太开心了，所以故意将"汉奸"这个词加重语气翻译出来。

2016年5月，在山西介休的一个文学活动上，与博洲再次相逢（那个女作家也来了）。几天相处，天天深谈到凌晨，说起那段旧话，博洲说，他们在台北，不仅白天挨刀子，就是夜里做梦时也会挨刀子，而且这刀子是各种各样的，除了对方的，有时还有所谓己方的。而最最令人痛心的话，是某个时刻，谈到台湾前途，谈到统一的可能时，博洲突然说了一句，只怕在统一之前，我们这些人会先被那些"台独"分子祭旗！自介休分手之后，在很长时间里，人正好好的突然记起博洲这句话，身上不由得立即打了个寒战。这寒战的起因，也有在介休彻夜长谈时，博洲泣血一般的言说，台湾一切问题的根源在于"反共"。他列举了一些重大事件的背景，让人想到，其实两岸这般人士，在演着双簧，目的都是用来掩盖"汉奸"之本质。那次见面，博洲提起自己有新作《寻找祖国三千里》，不久就通过互联网将电子文本发过来。通篇读毕，不能不感想，现时的博洲正是文中主人翁的生命重现。那个为了投身保卫国家的抗日战争，不惜无数次冒险，行程数千里，从日本殖民统治的宝岛台湾出发，经过朝鲜进入东北，再一路辗转来到抗战中心重庆的热血青年吴思汉，简直就是如今身居台北，以笔为旗的著名作家蓝博洲。

博洲笔下，见不到这些年受益于自由行政策的中国青年们所追捧的淡水河、阿里山、澎湖湾，不是那别致的咖啡屋不上眼，也不是对原始山水无情，更说不上那些海水沙滩不文艺。博洲的才华有如春江花月般华彩，骨子里透着"春花秋月何时了"的悲悯，品格却是"至今思项羽，不肯过江东"般壮怀激烈。博洲以一己之力，从宛如花莲外海那种深度的历史中，打捞出台湾近现代史中讳莫如深、被刻意遗忘的那一部分。做这种事，需要将自己先燃烧起来，不如此不足以先照亮自己再照亮别人。写这样的作品，则需要自身如良医，能体会罹患顽疾绝症者最深的伤痛，并用这样的伤痛警示当今。

把我的尸身用火烧了，撒在我所热爱的这片土地上，也许可以对人们种空心菜有些帮助呢！

——郭琇琮（1918—1950）

祖国啊，请你看我一眼，你的台湾儿子回来了！

——吴思汉（1924—1950）

原乡人的血，必须流返原乡，才会停止沸腾！

——钟理和（1915—1960）

    吴思汉们当年说过的话，没有哪一句没有意义，也没有哪一句失去了意义，博洲将其呈现出来，这些身披历史尘埃的先贤遗愿，更具现实震撼力。

    小时候，曾有许多政治口号，其中最耳熟能详，也最深入人心的一句是："我们一定要……"后面的四个字在后来的中国社会生活中省略不写了。这四个字不会因为没有写在书面上而彻底消失，相反，这四个字所承载的丰富理想早已溶进血液深潜在我们的躯体内，像森林之根早已深扎在莽莽山野之上。如今的祖国像高山一样，足以怀抱天下儿女。

    博洲的新作中有部分文字曾发表在我主编的文学杂志《芳草》上，并被第五届汉语文学女评委奖的评委们一致评选为大奖，颁奖时的授奖辞是我亲自写的：

    文学的伟大在于永远遵循从常识中发现伟大的基本规律。文学的伟大不是让人炫耀，而是潜入灵魂的激荡。一部大作品必须具有相应的胸怀和气韵，也要有般配的风骨与力量。蓝博洲的《寻找祖国三千里》体现了当下难得一见的此种文学常识，罕有的平静文笔，写尽宝岛台湾一代年轻人的家国苦难。不为文本凭空欢叫，文本的魅力才格外彰显。抛弃仅凭浮华辞藻流传的情感，现实的宿命虽然平淡无奇，更能贯穿时空。这些从历史中打捞出来的个人史，将深不见底的历史重新照亮，也重新见证了文学的光辉！

  这世界总是由许多柔软的文字占着每一天的书刊报章版面，这样的流水日子过上几十年，到头来终将发现，占据一代人心灵，并塑造一代灵魂的唯有博洲这样的雄壮、阔大，深远的文品。

2017年5月21日
G1276沈阳至郑州

目　录

寻找祖国三千里
　　——殖民地台湾青年吴思汉的身份认同之旅……1

高唱欢喜的青春之歌
　　——寻找新民主同志会林如堉……163

注仔与黑仔
　　——"二二八"台北武斗总指挥李中志及其弟弟……233

大事年表……277

寻找祖国三千里

——殖民地台湾青年吴思汉的身份认同之旅

序 曲

1945年12月19日起，一连七天，《台湾新生报》日文版刊载了一篇题为《思慕祖国不远千里：一台湾青年的归国记》的文章，作者署名吴思汉。

通过这篇报道，吴思汉报告自己为了参加祖国的抗日战争，不惜放弃京都帝大医学部学业，只身穿越朝鲜半岛，过鸭绿江，潜入东北、华北沦陷区，再突破前线封锁，深入内陆地区，最后终于抵达重庆的艰难而曲折的过程。

在光复不久、对祖国的热情犹未冷却的台湾，吴思汉的经历感动了无数的读者。尤其是在青年知识分子之间，他那寻找祖国三千里的故事随即成为人们口耳相传的一则时代传奇。吴思汉也成了当时的传奇人物。

然而，五年不到，1950年11月29日，"二二八"后改组易名的《新生报》却刊载了一则题为《不法叛逆危害党国十四匪谍枪决》的报道。这一次，吴思汉成为"匪党支部书记"，而于前一天的清晨六时，与同案郭琇琮、许强等医界精英，在马场町刑场"明正典刑"。

1945年12月19日起一连七天,《台湾新生报》日文版刊载吴思汉的《思慕祖国不远千里:一台湾青年的归国记》。

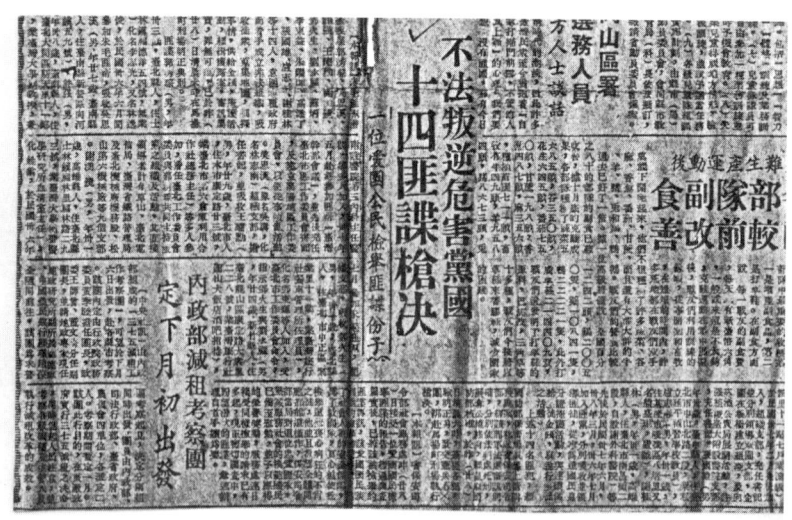

1950年11月29日,"二二八"后改组易名的《新生报》有关吴思汉等人枪决的报道。

第一章:还给我们祖国啊!

> 风俗习惯语言都不同
> 异族统治下的一视同仁
> 显然就是虚伪的语言
> 虚伪多了便会有苦闷
> 向海叫喊:
> 还给我们祖国啊!
> 未曾见过的祖国
> 隔着海似近似远
> 梦见的,在书上看见的祖国
> 流过几千年在我血液里
> 住在我胸脯里的影子
> 在我心里反响
>
> ——巫永福《祖国》(陈千武译)

1992年，林书扬在台北马场町刑场旁的青年公园第一次春祭20世纪50年代牺牲者大会演讲。（台湾民众文化工作室收藏）

第一次听到吴思汉的名字及其传奇经历，是1987年3月参与《人间》杂志"二二八民众史"专题制作而采访台湾坐牢最久（三十四年七个月）的政治犯林书扬先生时偶然知道的。林书扬先生说，光复那年，本名吴调和的吴思汉在《台湾新生报》发表《思慕祖国不远千里》的报道文章，引起了轰动效应，也因此，他与同案牺牲的郭琇琮和许强医师，以及传说在鹿窟山区被蛇咬死的小说家吕赫若，在当时的台湾青年之间赢得"台湾四大才子"之名。

从此以后，我被吴思汉流星般灿烂而瞬间消逝的悲壮的生命传奇吸引了。为了理解像他那样的殖民地台湾青年的身份认同之旅，我开始寻访吴思汉生前的人生轨迹。

莲乡白河

台南县急水溪流域白河镇的莲花以及附近关子岭的温泉是有名的。每年花开的季节，南北各地的游客纷纷来到这里，赏莲、洗温泉。我不是风雅之人，更没有那份闲情逸致，可也来到这个莲花之乡。仅仅因为几个日据时期台南二中毕业的20世纪50年代白色恐怖政治受难人提供的信息——吴思汉的父亲当年好像在白河中山路开一家

吴思汉白河老家中山路的街口。(蓝博洲摄于1993年12月23日)

吴思汉曾经就读六年的白河公学校。(蓝博洲摄于1993年12月23日)

汉药店。我几次来到台南县白河镇，然而，因为没有认识的人介绍，我怕惊扰了唯一还住在那里的吴思汉的最小的弟弟，反而无法进行采访工作，于是几次在白河街上犹然挂着褪色的"勻和汉药房"招牌的对街徘徊，不敢贸然登门拜访。我只能走到不远处的白河国民学校。那里原是日据时期吴思汉曾经就读六年的白河公学校。我坐在小学操场的秋千上百无聊赖地荡着，在同样的天空下，想象着当年的殖民地孩子是怎么度过他的童年的。

一直到1993年3月13日，借着出身台南麻豆的林书扬先生返乡探亲之便，我从台北驱车南下，与林先生会合，然后在太阳落入远方的地平线之前，赶往新营。当夜色降临的时候，我们终于在离新营火车站不远处的中山路上找到当年与吴思汉同案被捕、处刑十年的难友胡宝珍医师的那家小诊所。胡医师同时也是吴思汉在日据时期州立台南二中的学弟。当天晚上，我对胡医师做了初步的采访。第二天早上，我又通过胡医师的介绍，见到了1935年出生的吴思汉的二妹吴金莺女士，并做了有关吴思汉生命史的采访。

第二年的3月31日，我又通过吴金莺女士的介绍，在高雄市大港街的铁路局员工宿舍，采访到了1922年出生的吴思汉的大姐吴金雀女士。

这样，通过两姐妹的叙述，我终于初步了解了吴思汉的家庭背景。

现在，历经多年的寻访与材料搜集之后，这篇关于殖民地台湾青年吴思汉寻找祖国三千里的身份认同之旅的故事，就要从他的父亲吴勻的苦学出身谈起。

1993年3月13日晚上,吴思汉同案被捕的难友胡宝珍医师(左)与林书扬先生,台南新营。(蓝博洲摄)

1994年3月31日,吴思汉的大姐吴金雀,高雄市大港街铁路局员工宿舍。(蓝博洲摄)

苦学出身的父亲

吴金雀：民前14年（1898年），我爸爸生于日据时期台南厅新营郡白河街的贫穷家庭，自幼好学，可家里没法供他读书，就一边打工，一边苦学，考进台南师范。

叙事者：1915年，台湾人民前后长达二十年的武装抗日运动在血的洗礼下告一段落。1918年7月22日，明石元二郎担任台湾总督。此时，日本帝国把握第一次世界大战之机，以台湾为侵略基地，乘机对中国及南洋扩张侵略势力。为了利用台湾人，因此对台湾人改采"怀柔"的统治政策，在政治、经济、文化、教育、社会各方面都采取了"改良主义"的殖民统治方式。

1919年1月4日，明石总督公布台湾教育令，确立"台湾教育分为普通教育、实业教育、专科教育、师范教育"四种，致力实业教育的普及，培养工商业下级干部，以便助长其对台湾的经济榨取与永久占领。与此同时，为了培养推行普通教育的师资，明文规定以师范学校作为师范教育的场所。3月31日，师范学校规则颁布。4月1日，台湾总督府师范学校官制公布，1896年设立的国语学校改设为台北师范学校，1918年设立的国语学校台南分校改设为台南师范学校。

对此，1919年《台湾总督府民政事务成绩提要》载称："近年公学校教育突然旺盛，因教师之培养无法比照班级之增加，遂呈现不得不采用多数代用教师之现状。然因彻底普及公学校教育为极重要之事，故而一面续办去年各州厅所办之代用教师讲习会，一面假台北及台南师范开办公学校训导讲习科。"

根据台湾省立台南师范学校编《补报卅五年（1946）二月以前（台湾总督府台南师范学校）历年毕业生名册》所载，吴匀于1920年5

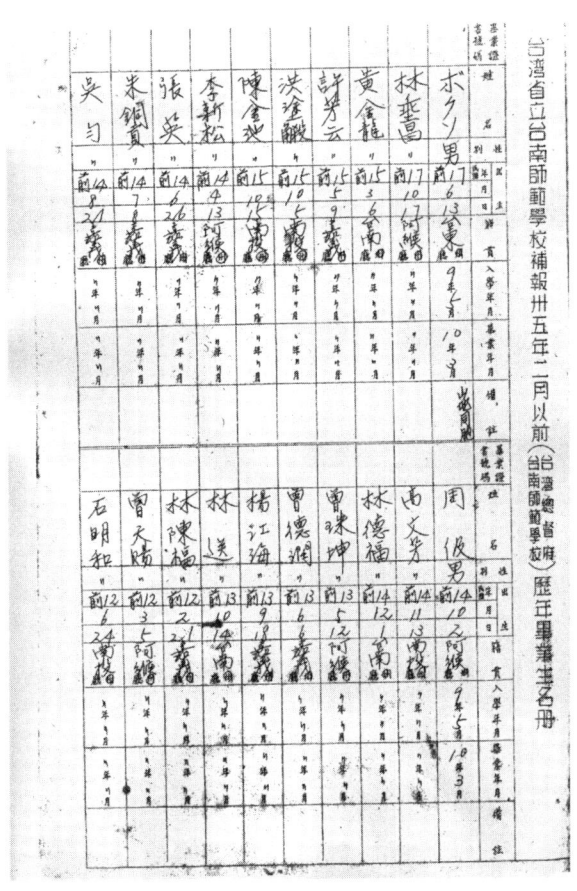

吴思汉的父亲吴匀的台南师范学籍资料。(台湾民众文化工作室收藏)

月考进台南师范学校一年制讲习科。

所谓一年制讲习科,是公学校准教员(训导)养成讲习科和临时公学校教员(训导)讲习科的简称,修业年限都是一年。公学校准教员养成讲习科的入学资格是公学校高等科二年毕业者;临时公学校教员讲习科的入学资格则是公学校六年毕业,曾做代用教员二三年者。

我们无法确知吴匀究竟是就读公学校准教员养成讲习科抑或临时

公学校教员讲习科。但根据同一名册所载，可以确知的是，他于1921年3月毕业，随即分发白河公学校，担任乙种准教员（助教）。

吴金雀：我爸爸当了教员后，娶白河农家不识字的女子林秀为妻，并于第二年年尾生下我。两年后（1924年10月20日），再生长男调和仔。我爸爸妈妈前后一共生了八个小孩，四男四女。小时候，我们家很穷，日子过得实在很艰苦。我爸爸光靠教书的微薄薪资，要养活一家人就已经不容易了，更谈不上栽培这些小孩上学。因为这样，他后来就辞掉教职，出来做生意。我爸爸很努力，先后从事过保险、代理店、卖米等行业。他就这样一直做，一直转行，转到后来，终于在我九岁的时候开了一家匀和汉药店，家里的经济情况也才渐渐好转。那时候，我爸爸和我妈妈已经生了三个小孩；我九岁，调和仔六岁，大妹妹三岁。

吴金莺：我听我妈说，我爸爸的头脑很好，人很巧。当时，一般开汉药店的都是有汉药的药味牌可看、可研究的内行。我爸爸根本就是外行，没有药味牌，一直到去台南考药商牌照的前一晚，他才向人家借来看。结果，他看过的，刚好考题都出了，勉强及格。为了开业，我爸爸向信用组合借了三百块。还好，组合的组合长跟他认识，特别通融，让他借五百块。我爸爸于是用这五百块作为创业基金，经营匀和汉药店。当时，隔壁原就有一家汉药店。匀和汉药店是新开的，当然不可能拼得过人家，再加上本钱短，起初做得不怎么顺利。后来，我爸爸努力研究医书，医术就胜过隔壁老店，再加上收费公道，对人亲切，很快就成为白河地区出名的中医，匀和汉药店的生意也就越来越好了。正因为事业逐渐做大了，我爸爸后来才能够让大哥调和仔及包括我在内的几个弟弟妹妹都接受高等教育。

吴勻全家在自家店号前合影。(台湾民众文化工作室收藏)

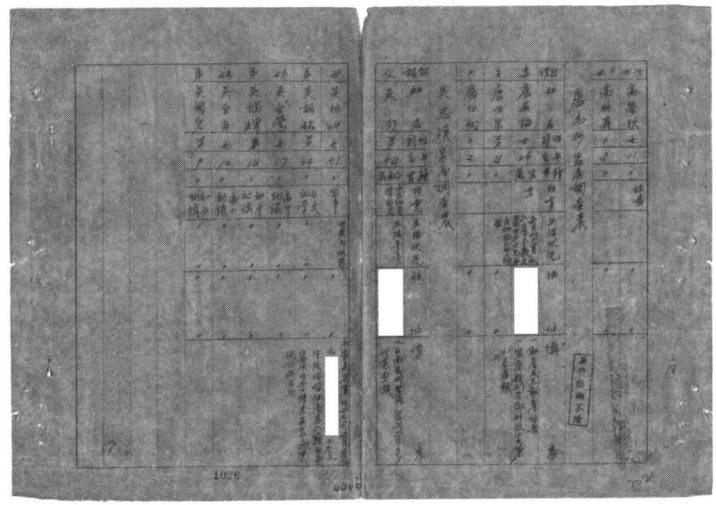

1950年枪决后吴思汉家属的调查表。

白河公学校全校第一名毕业

叙事者： 1931年4月，吴思汉入学白河公学校。同年9月，日本发动九一八事变，展开侵华政策。在军事上，作为"皇国南方锁钥"的殖民地台湾，就变成日本帝国主义侵略东南亚的南进基地。

吴金雀： 我记得调和仔是在我爸爸出来开汉药店的那年入学的。在我的印象中，调和仔并没有什么特殊的地方。可他像我爸爸一样聪明，身体很好，只有三岁那年病过一次。他从小就文静乖巧，守规矩，很少挨大人骂。他和我年纪最近，我们小时候也从来不曾吵架。不过，他这个人正义感很强，很固执。若没有错，他绝对不愿向人屈服的。我记得，他在读公学校四年级还是几年级的时候，他的导师是一个当过兵的日本人，脾气很坏，很野蛮。有一次，他不知为什么骂我弟弟，我弟弟认为自己并没有犯错，就反驳说：我又没有做错什么，你怎么……这样，他就打我弟弟，打得好厉害。弟弟放学回来，我看他被打得那么厉害，心里实在很不甘，就说这个日本人实在可恶。但是，我爸爸不但没有安慰自己的儿子，反而责骂他说：你是学生，应（顶）老师，就是你不对。我爸爸是穷人家出身的，又当过老师，对子女的教育很严格。因为这样，我们这些兄弟姐妹规矩也都很好，不敢乱来。

叙事者： 通过持续地寻访探听，1991年11月14日晚上，我在台北市公馆一栋四层的老旧公寓采访到了自称公学校时期与吴思汉交情最好的蔡水源老先生。蔡水源老先生一边追忆一边叙述他对公学校时期的吴思汉印象。当思绪偶尔中断时，他就拿起手上那支点燃的香烟，深深地吸了一口，再徐徐地吐出来。于是尘封许久的童年往事就在缭绕的烟雾中逐渐浮现。我也从另一个侧面了解了公学校时期吴思汉的

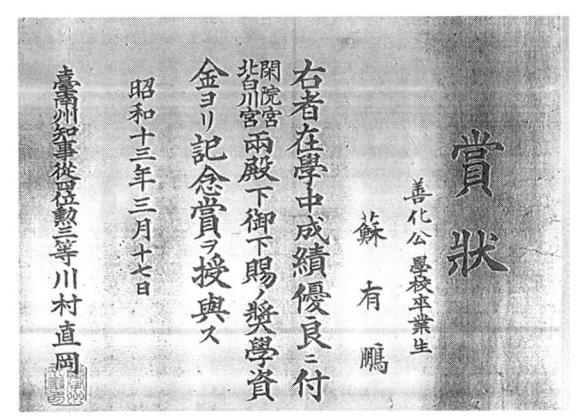

公学校毕业时吴思汉获得"北白川宫殿下赏"。（苏有鹏提供）

表现。

蔡水源：我是在嘉义出生的。后来，我父母搬到台南后壁乡卖鱼，我就在后壁乡青寮公学校上学；读完五年级后，我又转学白河公学校，和调和仔同班，并且就坐在他隔壁。在我的记忆中，调和仔的老爸对子女的管教很严。起初，我对他的印象是很乖，很聪明。他以前怎么样我不知道，可从我跟他认识以来，就不曾看他出来跟人玩。放学后，他一定马上回家读书。我跟他完全相反，不喜欢读书，爱玩；每天下了课不是到处偷摘人家的水果，就是赌博，乱来啦！我不但根本没在读书，而且经常因为触犯校规被叫到台上处罚。虽然我们两人走的路线不同，不知为什么，调和仔却一直对我很好。我们就这样成为最好的朋友。调和仔的成绩很好。从一年级到五年级，我没有和他一起，情况如何，我并不知道。六年级毕业时，老师说，因为调和仔从一年级到六年级都是全校第一名，所以可以获得"北白川宫殿下赏"。那年，调和仔也顺利考上台南二中。

战云密布的南二中生涯

叙事者：台南二中的正式名称是台南州立第二中学校，创设于1922年。就在这一年，台湾新教育令公布，中等以上学校实施日台共学制。表面上，一直都是分校就读的台湾学生与日本学生之间已经没有什么区别了。但是，事实上，日本男学生仍然大部分集中就读台北一中（今建国中学）、台北三中（今师大附中）、台中二中和台南一中（今台南二中）等校。台湾男学生大多集中在台北二中（今成功中学）、台中一中、彰化中学校和台南二中（今台南一中）等校。

据统计，1937年，台湾全岛一共12所中学校；学生人数共计6859人，其中台湾学生2794人，日本学生4065人。

从统计数据可以看出，日本学生的入学率高，台湾学生的入学率则相当低。

就在这种艰难的条件下，1937年4月，吴思汉考进台南州立第二中学校第十六届。

林书扬：台南州立第一中学校比台南州立第二中学校早成立四年，成立以后，它收的学生99%都是那些在台南地区当官或商社职员的日本人的子弟。后来，台南市的人口增加，只有一间州立的中学校，稍显不足，所以才设立二中。每年大概有三四百人报考台南一中，因为人口比例相差悬殊，录取率50%。二中是台湾人子弟念的学校，报考人当然比较多，大概十几个才能录取一个。能够进二中念书的，家庭环境大概最少是中等。当时，除了台南市以外，只要是台南州的学生都可以来投考台南二中。台南州大概有十几个郡，每个郡上成绩比较好的都会来投考。但是台南市的公学校水平比较高一点，占了便宜，所以就占了一半以上的录取名额。因为录取率很低，除了台南市内几

1937年4月,吴思汉考进台南州立第二中学校第十六届。图为该校礼堂与日籍校长。(台湾民众文化工作室收藏)

日据台南二中的学生群像及校园一景。(台湾民众文化工作室收藏)

所教学情况良好的公学校以外，台南州各乡镇的公学校为了学校的形象，虽然没有明文规定却都按照这样的规矩来做：班上成绩前十名的才能够投考台南二中。十名以后的，老师会叫你去考其他的职业学校。像我那一年（第十九届），一百五十个录取生当中，我们曾文郡的大概没有超过二十个；麻豆街一共有三十几个投考，也才考取两个。

蔡水源：调和仔进了窄门，可他并没有就此忘记因为贪玩而落榜的我。读台南二中的时候，他老爸已经不再严格限制他的行动了。只要放假回来，他就会来找我玩。我实在不知道，当时他心里头究竟是怎么看待我这块料。"水源仔，你要继续上学"，每次见面，他都一直劝我，不可以毕业之后就整日玩牌、打弹珠。我不知道他是不是嫌我这个朋友爱玩，所以才叫我要继续上学。我的成绩那样坏，我回答他说，叫我上学，我能考到哪里去？我自己也想不通。一直到暑假之前，我仍然终日玩耍。"水源仔，你要读书啦！"调和仔暑假回来时

1996年11月，林书扬在台南二中校门前接受作者的采访。

台南二中时期的吴思汉与弟弟。（台湾民众文化工作室收藏）

更加积极地鼓舞我，"你不可不读啦！人生就这样黑暗下去。"我各项都不知道，应付他说，现在即使要读，也只剩两学期了，你叫我要如何读？"没要紧！"调和仔安慰我，"我跟你说要如何读，要去买什么参考书来读。你就这样，照我讲的读读看嘛！如果考得上最好，若没中，就算了。"于是我就照调和仔所说的，开始准备第二年春天的考试。结果我也考上台南二中（第十七届）了。调和仔见到我就大大地称赞我说："水源仔，你怎么那么巧（聪明）。"本来我和他是同级的，考上台南二中以后，却低他一级了。因为在同一所学校，虽然差一年，但我们还是经常在一起。我和他的关系也就更加密切起来了。我到现在还是想不通，台南二中优秀的人这么多，为什么他还是

台南二中时期的吴思汉与父母及五个弟妹。(台湾民众文化工作室收藏)

喜欢找我玩。

叙事者： 就在吴思汉入学台南二中的这年7月，日本帝国主义发动了卢沟桥事变。中日战争全面爆发。8月15日，台湾军司令部宣布台湾全岛进入战时体制，实施灯火管制。

在战云密布下，吴思汉的中学生涯（1937年4月—1941年3月）就在台湾学生与日本学生之间存在严重的民族矛盾的氛围中度过。

林书扬： 因为台南二中90%都是台湾人子弟，为了要进行同化政策，殖民政府每年也会安排十个日本人子弟进去。那时候，日本的殖民地政策也有阶级之分。当时台湾已经有一些从日本来的木匠、手工业的技术性工人，虽然这些人是日本的劳动阶级，但还是会受到特别的照顾。他们安排这些人的子弟和一些日本中等家庭（像学校的教职员以及州厅的行政人员）的子弟进二中，一方面介绍一些日本人的生活习惯，进行同化，一方面也可能监视台湾学生的动态。他们虽然是不怎么成熟的中学生，回去也会讲同学在讲什么话，对老师的态度怎么样等。他们虽然也参加入学考试，但成绩却不怎么好，如果是公平竞争的话，他们是进不来的。但是政府每年政策性地挑选日本人的子弟进来，是变相的保送。进来以后，还会安排他们当每班的班长、副班长。这是日本人的特权。作为台湾人的子弟，吴思汉因为成绩很优秀，能够当上班长。我记得，只要班上要全体出去的时候，都是他排在最前面带队。

蔡水源：调和仔的脑筋实在非常好。我的印象中，他在学校的成绩非常好，差不多都在前五名。一般来说，有这种成绩的人，他的操行不是甲，也有甲下。可调和仔却始终在乙与乙下之间。为什么他的操行成绩会不好呢？我想那是因为他绝对不会说一些不实在的好话去拍老师的马屁。他不是不尊敬老师，但若是老师讲错了，他会不客气地质问。他做班长的时候，班上的同学若对老师有什么不满，他就代表他们不客气地直接向老师抗议。尽管他成绩很好，但是却因为操行不好不能做了……我们毕竟是热血的青年人，民族观念很强，要是在路上碰到一中的日本人，kimochi（気持ち）就歹了，就会骂他们说："干你娘！你是狗仔！我们是中国人。"然后，拳头就捶了上去。

吴金莺：我听爸爸妈妈说，我大哥从小成绩就很好，很突出，而且很乖。我爸爸是生意人，比较没有民族意识。因此他一直纳闷：很奇怪！那么乖的小孩，怎么出去读中学都和日本人打架呢？

林书扬：当时，台南二中位于一个小山冈上，校门口旁边是日本人的宿舍。一年级到三年级的学生从前方的门进去，四、五年级就从右边的门进去。前方右侧的门，学生不能走，是教职员专用的。下课的时候，学生不能直接从大门走出去，得先面向挂有天皇玉照的校长室，脱帽，行九十度最敬礼，然后才能走出去。进来也是一样。没有敬礼会被处罚。没有人敢开玩笑，这是思想问题。学校有剑道部、棒球部、柔道部以及网球部等很多休闲活动，但是并没有什么思想性的社团组织。在那个年代，学校是清一色的军国主义教育。军国主义所重视的是精神教育，要让台湾人主动认同自己是日本人，要尽日本国民的义务，不能有所保留。除了精神教育以外，教育政策的重点就是军事教育。当时学校有军训课，军训教官的权力相当大，大概不会比国民党高压时代的军训教官的权力小。在这种情况之下，校内的思想控制在1931年东北事变①之后就更严重了。台湾过去的反对运动，特别是左派的台湾共产党、农民组合、文化协会分裂后的赤色总工会等左翼团体的活动又已被瓦解了。所以到我们这一代，市面上的书局绝对看不到有关马克思主义的经典书籍。学生还有这样认识的大概也不多，就算有也没有人敢公开讲。只有少数家里有人参加过当年文化协会或农民组合的反对运动的学生秘密在谈。虽然我们只是中学生，但是生长在殖民地，在学校里面，政治警觉性还是有的，家里的人也会告诉我们，思想问题很严重。所以我们虽然还没有成年，但也会有一定的警觉心。就我所知，吴思汉在学校里面并没有参加什么特殊的活动，只是成绩很好。

蔡水源：台南二中的学生主要以读书和运动为主，没什么政治活

---

① 东北事变是台湾地区对九一八事件的称法，此处保留受访者的用词。——编者注

台南二中的朝会情景。(台湾民众文化工作室收藏)

台南二中的军事教练课。(台湾民众文化工作室收藏)

台南二中的"神社参拜"活动。(台湾民众文化工作室收藏)

动。调和仔,我看,当时他对这方面大概也没什么探讨。

叙事者:随着日本侵华战争的进一步深化,台湾殖民当局也加紧对殖民地台湾进行所谓"皇民化运动"。"皇民化运动"的第一步就是废止汉文。台湾总督府规定:1937年4月1日起,一切学校、商业机关都不准使用汉文,同时台湾各报章杂志的汉文版也一律撤废。与此同时,日本殖民当局更加积极地推行所谓的"国语普及运动":台湾人民——不分男女老幼——都被迫在日常生活中使用日语。

根据1939年《台湾的社会教育》统计,台湾总督府用来推行日语的机构——国语讲习所及简易国语讲习所,全岛合计达15126所,讲习生达891660人;本岛人能解日语者约有2568000人,达48.74%。

1940年2月11日,也就是日本"皇纪纪元2600年"纪念日,日本殖民当局又通过户口规则的修订,制定台湾人改换日本姓名的规则。台湾的"皇民化运动"也通过这样的"改姓名运动"进入最紧张的阶段。尽管坚持原本的姓名会有种种的不利,但是一直到半年后的8月11

台南二中学生毕业纪念照。（台湾民众文化工作室收藏）

日止，只有168个"希望能够'看起来更像日本人'"的台湾人改姓名而已。为了鼓励更多的台湾人改用日本姓名，11月25日，台湾精神动员本部公布了《台籍民改日姓名促进纲要》，同时制定了一种奖励方法，规定说日语的家庭为"国语家庭"，在诸如物资配给等实际生活上给予和日本人同等待遇。

吴金莺：当时，我父亲的生意做得很大，在天津、大连等地都有好多分店，大部分时间都在大陆。因为要在那儿做生意，必须用日本人的名义才做得来，不改姓名的话，每样许可都出不来。我爸爸因为实在没法度，想要改了。但是他却遭到大哥的坚决反对。

戴白线帽的台北高校生

叙事者：1941年4月，修完台南二中四年课程的吴思汉跳级进入台北高等学校第十七届高等科理科乙类，戴上当时少女们崇拜的两条白

1941年4月，修完台南二中四年课程的吴思汉跨级考进台北高等学校。图为台北高等学校的吴思汉与弟弟。（台湾民众文化工作室收藏）

线环绕蕉叶帽徽的"白线帽"。

台北高等学校的全称是台湾总督府台北高等学校。1922年4月，作为大学预备教育机关而创立，设寻常科，修业年限四年。1925年，继设高等科，分文、理两类，修业年限三年（战时缩短为两年）；入学资格为该校寻常科毕业或中学校修业四年者；考试科目与日本本土的高等学校大致相同；每年只招考应收新生人数的一半，另外一半则由寻常科毕业生和各中学校长推荐保送。由于台北高等学校及各中学的校长都是日本人，所以日本学生进入台北高等学校的机会自然远远超过台湾学生。

1926年起，台北高等学校的学生正式于台北古亭町的校舍（今和平东路台湾师范大学）上课。

林书扬：按照当时的学制，中学校的修业年限是五年。然而，只要有足够的自信，修完四年课程的学生也可以报考台湾两所专门升大学的预备学校——台北帝国大学预科和台北高等学校。每年到了年初的时候，台南二中四、五年级教室入口处的墙壁上都会贴出投考台北帝国大学预科或台北高等学校的录取名单；二中的录取率在几所有名的中学校当中算是很高的。我记得，昭和十五年（1940年），全日本的所有中学校评鉴，台湾只有台北一中、台北二中和台南二中三所学校被评为优良。朝鲜还没有一家被评选进去。

邱奎璧：我是比吴思汉低一届的学弟邱奎璧。我进二中时，吴思汉读二年级。他长得高高的，平时很沉默，不爱出风头，做事稳妥。我印象最深的是，宿舍虽然很吵，但他仍然静静地读他的书。当时，考上台北高等学校是很困难的事情。全省只录取四十名，四十名中日本人又占了三十名，台湾人只能取十个而已，录取率可以说是1∶1000。一般说来，一所中学校，一届能有一个考上，就不简单了。考上的人当然是相当不得了。吴思汉四年念完就考得上，更可以说是天才中的天才。那一年，整个台南二中包括应届毕业生在内，也只有吴思汉一人考上而已。其实他在学校的功课并不是特别好，所以他考上的时候，大家都吓了一跳。我也是这个时候才真正注意到他这个人。就我所知，他读书是有他自己的一套的。他不在乎学校的成绩排名，因为那还要包括军事训练、体育等科目的成绩；他不去考虑那个排名而是重视充实自己，把握英文、数学、物理、化学等主要科目。他四年级的级任导师矢野，是个热心的教育者，对学生严格、大公无私；虽然平时特别疼爱吴思汉，可他事先也没想到吴思汉会考上台北高等学校。

吴金雀：从前要考上台北高等学校没有那么简单。啊！调和仔却读四年就考到了。人家应届毕业的都考不上，他却提前一年就考上

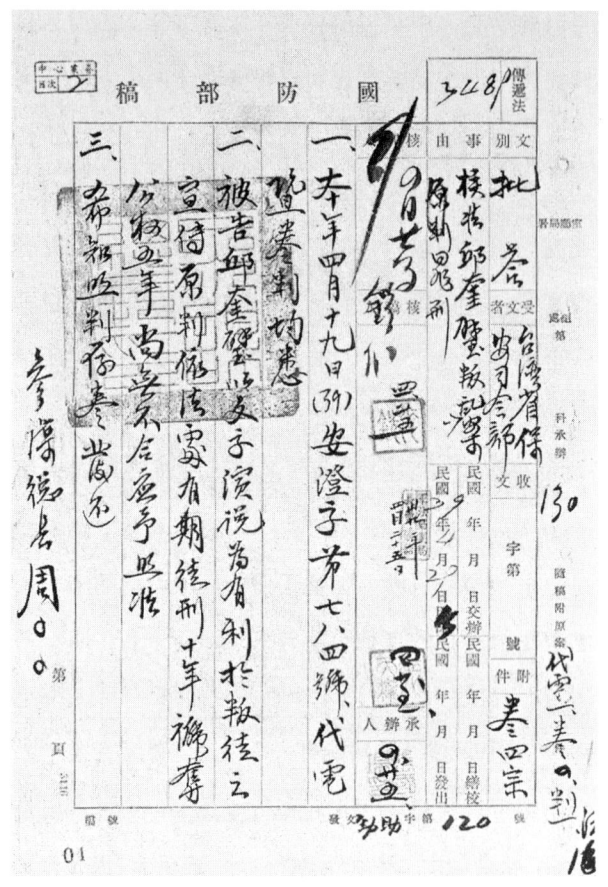

1950年,"国防部"有关邱奎壁叛乱处刑的档案。

了。当时全庄也只有我弟弟一个人考上而已。吓!大家都"罕"起来,说这个姻仔,头脑有够好。我一直因自己的大弟从小就成绩优异感到骄傲。后来,我要结婚的时候,曾经到过台北,去他住的地方找过他一次。现在,这么久了,那个地方叫什么我也忘记了。我记得,那时候他好像和别人一起住在学校的宿舍。

蔡水源: 后来我虽然没考上高校,还是经常与吴思汉联系。作为殖民地人,在日本帝国主义民族歧视政策统治下的命运,注定是悲哀

台北高等学校的学生。(台湾民众文化工作室收藏)

的。日本学生非常粗暴,经常不分青红皂白就痛殴台籍学生。面对这种台籍学生经常被日本学生欺负的悲哀的生活,那些心怀反感的台湾学生,总想找机会讨回受伤的民族自尊心。就我所知,民族意识强烈的调和仔就是那些敢于反抗的台湾学生之一。

负笈京都帝大医学部

叙事者:1943年,修完台北高等学校两年课程的吴思汉再度跳级考上京都帝国大学医学部。就从这一年起,台湾总督府为了使台湾人民在"皇民化"下变为日本帝国主义的"顺民",进一步实施六年制的所谓"义务教育"制度。据统计,1942年,台湾人的就学率为

台北高等学校学生上课情形。

64.8%;"义务教育"制度强制实施后,台湾人的就学率在一年内激增至85%。因此可以说那个时代的台湾青少年都受过日本帝国主义的麻醉教育。而这种所谓"皇民意识之发扬"的教育,同时也会使台湾人民的民族解放意识消沉。到了1943年6月,改姓名的台湾人已达十万之多。

林书扬:台南二中毕业生后来考上医学院的特别多。这大概也反映出当时日本总督府的教育政策鼓励你往这方面去。学社会科学没有什么前途,出来找不到工作,所以大家都往医学院、工学院、农学院方面去走。吴思汉也是从台北高等学校到京都帝大学医的佼佼者。

叙事者:然而,诚如殖民地诗人巫永福在彼时彼地所写的《祖国》一诗所反映的心声一般,恰恰就是这所谓"皇民意识之发扬"的教育体制下成长起来的殖民地孩子吴思汉,却在时代气氛这样低迷沉闷的7月,怀抱着"大学毕业后,以技术者的身份回归祖国是唯一目

巫永福（右一）在1932年写下反映殖民地台湾人心声的《祖国》一诗。

的"的志愿，离开台湾，负笈日本。

当吴思汉来到东京时，日本正处于超国家主义者与军事法西斯互相勾结，用"八纮一宇"和"国体明征"制造了一个"黑暗的深渊"的历史时期。

自从1937年中日战争全面开始以来，日本近卫内阁对外打出"东亚新秩序"的口号，对内展开"国民精神总动员"运动，以此控制由于战时统制在人民生活领域引起的民心动摇，因此，它一点也没有放松思想镇压的黑手。例如：1937年12月，"自由派"的矢内原忠雄教授被逐出东京大学法学部；从1937年年底到1938年年初的所谓"人民阵线事件"，山川均、荒畑寒村等四百多名左派及一批"学者集团"相继入狱，日本无产党、日劳全国评议会等组织被勒令解散。从此以后，作为单纯学说的马克思主义课程，从学院讲坛上销声匿迹了，《岩波文库》里有关马克思主义的三十几种著作都被迫绝版了，而全日本各书店有关这方面的经典文献也被全部拿掉了。

吴金莺： 就我所知，大哥原本是要读东京帝大的。当他发现东京帝大学风比较保守，于是写信向父亲说要去读京都帝大。这样，他就在10月进入京都帝大医学部求学。

叙事者： 与此同时，日本开始临时征召本国学生兵（学徒出阵）。许多如同吴思汉一样正处于精神形成期的日本青年，或相信"圣战"，或持怀疑态度，都被派到各个战场上去了。

在这样的形势下，许多"面临着不一定什么时候就要来到的入伍令和死亡的精神准备"的日本青年学生认为，以西田哲学的"当为即事实，事实即当为"为理论渊源，"用充满艰涩的文字和复杂的逻辑技巧装潢起来的"京都学派的"世界史哲学"，"可以解决被灌输的理念与他们自己思想之间的矛盾"，并且仿佛是于"黑暗的深渊"的暗处开放的一朵鲜花一般，成为他们"唯一爱读的"书了。虽然如此，从1943年起，京都学派的"世界史哲学"也遭到强调"绝对顺从"天皇和鼓吹"神国不败"的"皇道哲学"派的猛烈攻击，并逐渐退出历史舞台。

在这样的时代气氛下，怀抱着"大学毕业后，以技术者的身份回归祖国"心愿的吴思汉，不但没有受京都学派的"世界史哲学"的影响，反而尽量寻找机会，接近祖国来的留学生，寻找回归祖国、为抗战贡献心力的途径。

吴思汉： 当时，台湾子弟在京都求学的为数不少，并且大都按其毕业学校成立了同学会。虽然日本已在中国及太平洋地区的战场挣扎，但是日本人心态依旧傲慢，经常压迫欺凌异族。有志的台湾学子谈到此事，心中不禁悲愤慷慨不已，甚而梦萦回归祖国，竭尽心力，为自己的民族效劳。

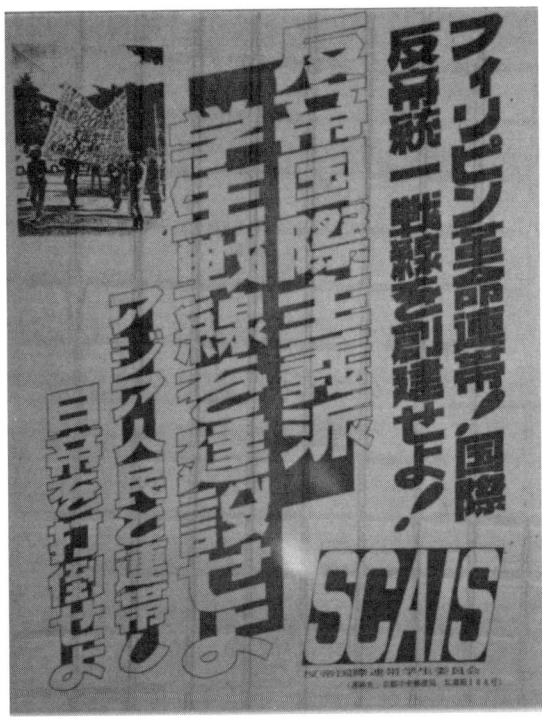

1943年10月,吴思汉进入京都帝大医学部就读。图为1993年的京都大学校门口与学生厕所墙上的反帝标语。(蓝博洲摄)

第二章：寻找祖国三千里

> 我想我们如果救不了祖国，台湾便会真正灭亡，我们的希望只系在祖国的复兴，祖国一亡，我们不但阻遏不了殖民化，连我们自己也会被新皇民消灭的！
>
> ——张深切《里程碑》

在日本帝国主义殖民统治当局看来，军人从来就是站在国防第一线而享有极高的荣誉，因此，向来规定只有日本本国臣民才有资格成为日本"皇军"之一员。作为日本帝国主义殖民地的"台湾籍民"，在法律上既然不是日本国民，因而也就没有资格成为日本"皇军"；即便你有效忠天皇的赤诚，也只能被当作比军人地位低好几倍的军属或军夫来使唤。

1941年4月，负责殖民地台湾进行"皇民化运动"的中央机关"皇民奉公会"成立。为了把台湾人"同化"为有"日本精神"的"日本人"，它在全岛设立六十六个军事训练场，每年训练至少一万名以上的台湾青年；另外，每年还强迫三千名以上的台湾青年参加增产挺身

1941年4月,殖民地台湾"皇民化运动"的中央机关"皇民奉公会"成立。图为该会的文宣之一。(台湾民众文化工作室收藏)

"皇民奉公会"为了同化台湾人,在全岛设立六十六个军事训练场,每年训练至少一万名以上的台湾青年。(徐宗懋提供)

台湾总督府在全岛还设立了五十所妇女训练所,每年征募六千名以上未婚的台籍女子,施以急救、看护等主要训练。(台湾民众文化工作室收藏)

队。与此同时,由于台湾青年能够习惯热带地方的生活,台湾总督府又在日本军部后援之下,设立了以培养侵略华南和南洋为目的的拓南工业战士训练所、拓南农业战士训练所和海洋训练所等。除此之外,在全岛还设立了五十所妇女训练所,每年征募六千名以上未婚的台籍女子,施以急救、看护等主要训练。

同年的12月8日晨,日本国民突然听到无线电临时新闻传来日本同美英开战的广播。当天正午,广播又再传达了日本天皇宣称"为了自存自卫"而开战的诏书。

随着战线的拉大,日本的兵员明显不足了。

台湾总督府在日本军部后援之下，以侵略华南和南洋为目的，设立拓南工业战士训练所、拓南农业战士训练所和海洋训练所等。（台湾民众文化工作室收藏）

1942年4月1日,比朝鲜晚了四年之后,日本终于在殖民地台湾正式实施陆军特别志愿兵制度,迫使十七岁到三十岁之间(以十九岁至二十岁为主)的台湾青年参加;为了分离汉族系台湾人和台湾少数民族,又把其中的少数民族另编为高砂义勇队。

1943年5月12日(或说8月1日),日本又在台湾与朝鲜同时实施海军特别志愿兵制度,强征台湾青年。于是,许多台湾青年在被戴上"非国民"帽子的威胁下,不得已而被迫"志愿"去当日本帝国主义侵略战争的"志愿兵"。

随着战况恶化,日本仅靠着在台湾征召志愿兵远远追不上它在战场上所消耗的兵员。因此,殖民地台湾和朝鲜的学生也择时实施兵役。

为了分离汉人和台湾少数民族,殖民当局把少数民族另编为高砂义勇队。(徐宗懋提供)

1943年11月27日,中、美、英三国首脑在开罗会谈。

此时,二战的形势是这样的:太平洋方面,日军大败;西欧方面,意大利没落,德国败退;再加上北上作战的美国舰队的凶猛威势,锐不可当。因此日本国内的气氛(形势)突然紧迫,虽说是学生也无法安然躲在象牙塔里。兵役延期的特权被废除了,适龄的文科学生已悉数入营,理科学生也陆续入伍,做好随时上前线的准备。

1943年11月27日,中、美、英三国首脑在开罗会谈,并发表了《开罗宣言》(Cairo Statement),提出"将日本从清国人手中盗取的全部地域如台湾及澎湖岛全部交还给中华民国"。三天后的11月30日,殖民地台湾和朝鲜的学生,终于也被强征到前线充当炮灰了。

以转学名义归国的计划

吴思汉:我虽然暂时还没接到征兵令,可也担心自己在大学毕业前就会以充当"日本军医"的名义被强征到前线,这么一来,不仅无法实现归国的夙愿,或许还会被强迫充当日军的一名士兵,在前线与

39

台南二中时期的李瑞东。
（台湾民众文化工作室收藏）

祖国军士枪口相向，而这种情形是汉族血统的我绝对无法允许的。于是我与高校时的老友陈、台南二中校友蔡水源和李瑞东三君在公寓内聚会，促膝长谈，商讨因应对策。有人说如果我们被派到前线，就在日军里头做内应。有人说我们应该立刻返回台湾，在岛内策动反日行动。在讨论的过程中，各说各话，意见分歧。最后，大家一致同意：最好的出路就是前去大陆，参加祖国的抗战组织，成为祖国军队的一兵一卒，尤其是加入空军，参加对日空战的行列。

蔡水源：台北高等学校毕业后，调和仔考上京都帝大医学部而去京都。我因为这样那样的理由后来没考上台北高等学校，也跟着去京都，准备重考。后来，我因为调和仔来往的关系而认识了一个大陆来的留学生（他的名字就不说了）。我们一起生活，一起聊天，他讲国内的形势给我们听。我那时候年轻，有热血，而且个性直爽。有一次，大家在讨论未来的出路时就不耐烦地说："啊！干你娘，不用讲这么多啦！回去国内。大家一起回去国内，跟日本仔刣①。"这个留学生就说："这样好，这样好。这样，我先来教你们讲北京话。"其实我也不知道他是什么样思想的人物。

吴思汉：我们决心放弃一切与学业，一心一意筹备归国计划，早日归返祖国，参加抗战。我随时寻找机会，接近国内留学生，并且也与医学部同年级的国内留学生渐渐熟悉了。虽然如此，我始终找不到自己所期待的人。一直要到后来，在学校马术部结识了一个就读工学部土木系的国内留学生戴振本，我所期待的归国计划，终于有了落实的可能性。

有一天，戴振本坠马受伤，我送他回宿舍，两人的关系因此更加亲密，随即结为知交。不久以后，为人极富侠义心的戴振本就搬到我居住的公寓，一起生活。他经常和我们一起议论时局，并向我们介绍国内的情况。因为这样，他逐渐了解我们这些台湾青年的处境与心情，也知道我们归返祖国、参加抗战的决心。他不但对我们深切同情，而且立即表示愿意协助我们潜返祖国。既然如此，戴振本建议说，他就先教我们讲北京话。

1944年元月，我的归国计划终于随着戴君的即将归国而出现千载难逢的机缘。戴振本满心欢喜地向我透露归国信息。他说他将利用春假返乡省亲，他想，我可以先随他潜入沦陷区，然后再设法突破前线，深入内陆地区。我听了当然雀跃不已，当下就决心跟随戴振本归国。

蔡水源：后来，那个大陆来的留学生要我们都别去学校念书了，说他要带我们回去祖国，参加抗战。他又说，调和仔已经决定放弃医学部的学业跟他回去，所以他先带调和仔过去，在奉天等我们。我们

---

①刣，闽南语词汇，本字为"治"（thai13），今闽南语中多写为刣，此处为宰杀之意。

慢一步，随后再来。

吴思汉：为了解决在下关与山海关所要面临的难关，我去警察局询问出国该办的手续。经过讨论之后，我们拟定了归国计划：我以转学北京大学，蔡水源和李瑞东两君以申请就读华北地区私立学校的名义，正式办理出国手续。戴振本则将我们申请学校所需的证件寄给在北京师范大学作研究的兄长戴振乾。然后，我们就每天聚集公寓，一面等待归国证件下来，一面继续由戴振本当老师，全力学习北京话。

计划拟定之后，我随即写信回台湾故乡，向父亲禀明转学北大的事。半个月后，我收到父亲劝我打消回祖国的念头的回信。父亲对我的转学计划极为愤怒。当时，父亲的生意做得很大，改了姓名的他以"日本人"的身份在天津、大连等地都设有分店，大部分时间在大陆。他在信上说，去年刚刚从大陆回到台湾，所以熟悉当地的情况；他指出，北京物价昂贵、学校设备不完善及语言不通等几点理由，坚决反对我放弃京都帝大医学部，转学北大。在他看来，我转学北大的计划危机四伏。可我接到父亲的家书后，并没有就此放弃原先的计划。我想，单凭一封信，父亲也无法了解我真正的用意，于是又再写了一封信，拜托父亲无论如何都要帮我签署转学同意书。可这次却如同石沉大海。

改借探亲名义闯关

吴思汉：一直到2月底，我都没有得到父亲的回音。我以转学名义归国的计划无法落实了。再来就只有两条路可走了。戴振本分析说，第一条路是到东北或华北就业，但是这必须要有日本领事馆的许可书，可能性很小；第二条路则是不办正式手续，设法逃离日本。

我们反复讨论、评析了两种方式的可行性。

"我想，"我对蔡水源和李瑞东说，"最好的方法还是利用戴兄春假返乡省亲的机会，先由我偷渡回去，帮你们办妥手续，然后回到日本。等到6月，戴兄毕业后，我们再一起前往重庆。"

"问题是你要怎么偷渡呢？"蔡水源和李瑞东同时问我。

"我支持吴兄这个方案，而且还想到一个办法。"戴振本表态说，同时看了看所有人对他期待的眼神，"我想，吴兄可以用我的归国证伪造另一张归国证。"

"怎么弄呢？"我问道。

"这段时间，我偶尔会到东京办事，通常都在清晨回到京都。"戴振本建议说，"你可以在我回来的时候，跟我一起前往警察局，在外把风，我就以交回旅行证的理由进入警察局，抓住刑警不在的机会，把你的照片偷盖钢印。这样，只要在我的归国证上贴上盖了钢印的你的照片，你就有机会逃离日本了。"

我认为戴振本的建议虽然很危险，但有可能成功。于是决定放手一搏。

几天后的清晨，我依约前往京都车站，迎接从东京办事归来的戴振本，准备一起前往警察局，进行偷盖钢印的计划。

"机会来了。"戴振本见到我就兴奋地告诉我，"在东京，我听朋友说，有一个原籍奉天（沈阳）新民县的一高留学生吴继中最近就要回国，于是就去找他。我向他介绍了你们想要回国抗战的心愿，同时希望他能帮助你归国。结果，他不但爽快地答应，而且表示他也有意到重庆去。"

在戴振本的安排下，我随即与吴继中见了面。我们三人促膝长谈了一个晚上。吴继中听我说我父亲去年刚在大连设立一家分店，于是建议说他到了大连以后，立刻以家属名义给我发一份"父亲病危"的电报,然后我便以探望父亲的名义,过下关,先到新民县他家,等到戴振本春假归来后,我们三人再一起共闯山海关。

计划既定以后,我随即抽空前往冈山县,拜访一位同样具有反日意识的同乡,告知我最新的归国计划。当我从冈山回到京都的时候,吴继中已经与大连的朋友一起归国了。我也着手准备归国之行。我考虑到未来前往重庆的遥远路途,势必要面对的就是经济问题,于是决定依靠药品买卖的盈利来维持旅途所需的基本生活开销。我随即向一些朋友借钱,委托东京及大阪的学长,购买奎宁等昂贵药品,同时也在京都街头的药局,四处搜购从神户刚送来的各种德制药品。前后总计买了将近一千日元。

不久以后,吴继中从大连发来了"父病危速回"的电报。我立即前往京都帝大办公室,报告家里的情况,并取得大学当局所发的返乡探亲证明书。然后我又马不停蹄地前往警察局申请归国证。出乎意料的是,承办的警察竟然告诉我说:"日籍民众前往满洲并不需要归国证啊!"

终于弄到前往大连的火车票

吴思汉:我兴奋地赶紧离开警察局。因为渴望能够早日离开日本,所以一刻也不耽搁,随即前往京都火车站,购买前往下关的火车票。到了车站,我看到售票窗口已经挂上停止售票的告示了,可还是有许多人在排队等待。打听之后,我才知道,前往下关的火车票一票难求。车票通常是正午开始贩卖。一个显然已经等得好久的中年男子向我抱怨说,一天往往只卖一两张,有时候甚至根本连一张都不卖。几个坐在地上聊天的人告诉我,他们在天色还没亮的时候就已经来排队了。旁边一个人也主动附和说他已经排了两天的队却依然买不到票。我知道，照这种情况看来，不长期等待是不可能买到票了。于是我先回公寓。当天晚上，我又携带一把折叠椅，拜托蔡水源，一同前往车站。到了车站，我让水源仔把折叠椅放好，依序排队，然后走到售票口前，向四五位躺在地上等待卖票的民众打听状况。

"请问你们排了多久？"

"四五天前，我们就开始来排队等待了。"

我觉得情况不是很乐观。虽然如此，我还是决定继续等下去。

到了第二天中午，正当要开始卖票的时候，车站方面的人又宣布说要让具有军人或公务员身份的人优先购票，结果车票很快就卖光了。我觉悟了。这样下去，即使再排几天队，还是买不到票的。徒然浪费时间而已。于是和蔡水源黯然回到住所。

"按照这种情况看来，遵守规矩排队，是买不到票的。"戴振本了解情况后同意我的看法说。他想了想就果断地说："看来，不透过关系是不行的。"

"是啊，"我颓丧地说，"问题是，我们能有什么关系呢？"

"据我所知，"戴振本想了一下后安慰我说，"我以前住的吉田学寮的舍监太太，好像跟京都车站售票员的关系还不错。以往许多学生要回大陆家乡，都是拜托她才买到票的。虽然我平常跟她并没有特别亲近，不过还是可以试着找她帮忙。"

"要怎么试呢？"我问。

"钓鱼必须有饵，"戴振本笑了笑，"对日本人，更是如此。我们先要知道，她在生活上喜欢什么，或者缺什么，然后给她送礼。这样的话，我想，她不会不帮这个忙的。"他又笑了笑，然后进一步说，"因为生活艰苦，最好是能够送点吃的东西吧。"

叙事者：自从对美、英开战以后，日本的国内经济就更加战时体制化了。垄断资本通过"国家总动员法"发布的种种经济统制令确立了对全部产业的支配权，把所有资金、资材、劳动力都投入军需生产。这样，民需工业和中小企业就被牺牲了，农业劳动力严重不足、肥料和农机农具缺乏，农业生产也因此大幅度下降。与此同时，由于海上运输的断绝，进口困难，粮食危机也就更加严重，因此日本从1941年开始实施粮食配给制。可到后来，甚至连成年人一天二合三勺（320克）的配给量也难以维持了。至于蔬菜、肉、鱼类等副食品，比主食更为严重缺乏，也逐渐实行配给制。到了1944年，全部食品都实行了配给制。一般民众的生活就更不容易了。

吴思汉：几天后，我听说一位陈姓的台籍同窗刚刚收到台湾家里寄来的一盒糖果。我想，日本人喜欢吃甜食，现在交通困难，台湾的砂糖不能进入日本，那么把这盒糖果送给吉田学寮的舍监太太，应该会取得她的欢心才对。于是我去找那位陈姓同窗，把情况告知，让得那盒糖果，然后马上交给戴振本去送礼。

第二天，戴振本给舍监太太送了礼。戴振本回来后笑着跟我说她答应帮忙了。我欣喜若狂。为了避免自己逃离日本以后可能带来的麻烦，我随即着手整理行李，搬到蔡水源和李瑞东的租屋，等待车票。

然而，等了几天，舍监太太那边依然杳无音讯。我于是去找戴振本打听。

"我听说通航下关、釜山之间的渡船最近接连被盟军潜水艇击沉，所以暂时停航了。又说即使再度航行，船票数量也会大减。"戴振本面露忧愁地说，"从4月1日起，一般民众的旅行自由将受到严格限制，不管是国内或国外，凡是超过百里的旅行，都要有警察当局的证明。"

我感到极为不安。我想，这样一来，我费尽苦心才弄到的学校证明与假电报，不就失去效用了吗？

"不管怎样，"我还是请求戴振本说，"还是请你催一催舍监太太。"

接着，我又前往车站，直接拜托一位已经认识了的售票员。

4月4日，我突然接到车站售票员打来的电话。售票员说，他已经帮我弄到一张前往大连的车票了，要我赶快过去拿。我放下电话，赶忙奔向车站，购买那张车票。

当天晚上，我先准备好第二天的便当，然后写了一封家书，交给蔡水源，慎重地拜托他，等我安全过了山海关后再帮我把这封信寄回台湾。然后我就把握出发前的最后一夜，与戴振本、蔡水源及李瑞东促膝长谈，不知夜之将尽。

从京都展开的寻找祖国之旅

吴思汉：4月5日。我穿着一身干净的学生服，手提一只藏着四处搜购的药品的行李箱，由蔡水源陪同，前往京都车站，搭上开往下关的火车，只身前往祖国大陆。

列车从京都出发后便以下关为目标，向前疾驶。我望着窗外的风景想着：此行如能成功，那么，身为台湾青年的我就能实际投入祖国抗战建国的队伍了。想到这里，我的心中立刻被一种莫名的感动充满，眼泪不可控制地顺着双颊流了下来。我又在心里警惕自己：不可太过兴奋感伤。毕竟，此时离目的地还很遥远，前面的路，不知道还会有什么危险困难呢。我随即自我勉励，不管未来会碰到什么样的挑战，都要打起精神，勇敢面对。

入夜以后，火车终于驶抵下关。

4月6日早晨，我顺利地改搭从下关开往釜山的渡船。

"站住！"

当我怀着无比的希望就要走进船舱时，突然听到身后有人大喊。我心生警惕，想说该不会是碰到水警了吧！我停下脚步。一个穿国民服的男人走到我的面前，开始盘问。

"原籍哪里？"

"台湾。"我沉着地面对。

"台湾？"他皱了一下眉头，"从哪里来的？"

"京都。"

"去哪里？"

"大连。"

"去大连做什么？"

"探望父亲。"

"证件呢？"

我把吴继中拍发的假电报、京都帝大所发的省亲证，一一递给对方。那人一边查看电报与省亲证，一边又盘问了一些可有可无的话，然后就把东西还给我，口气不耐烦地说：

"走吧。"

于是我放松心情，走进船舱。

我看到所有的舱位都已经被军人占满了，随即走回甲板。不久，船静静地驶离码头，向对岸的朝鲜半岛前进。我的心情也一步步地更加接近祖国了。傍晚时分，渡船平安驶抵釜山港。我终于顺利地闯过第一道难关了。

穿越朝鲜半岛过鸭绿江

吴思汉：在釜山，我要改搭纵贯朝鲜半岛的火车继续北上。列车要到晚上才开。我于是利用等车的空当到街上溜达。街上冷清清的，到处是乞丐，一点也看不到生气蓬勃的街景。同样是日本帝国主义的殖民地，我感伤地想着，朝鲜显然比台湾被压迫得更厉害，人民也就更不幸了。

夜更深了。

我走到釜山火车站，再次搭上从釜山北上的夜行火车。我看到，火车车厢内依然有许多日本军人。只是跟日本本土的军人相比之下，这些军人的体格比较强壮，穿着的服装也更为亮丽出色。也许是因为这样，他们在言谈举止间处处流露着傲慢的姿态。我一边远远地观察一边猜想：他们大概就是日本人引以为傲的所谓关东军吧。

火车在暗夜中疾疾前进。

天色随着列车的北行而逐渐亮了起来。

我感受到阳光穿透窗玻璃照在眼皮上的温度，于是睁开双眼，认真地望着车窗外不断流逝的田园风光。我看到残留着日本帝国主义榨取痕迹的农家房舍散落在各处，显得局促、破落。阳光下，农民正在贫瘠的田里辛勤劳动。

"哼！"坐在对面的一名日军皱着眉头，指着窗外劳动中的农民，一脸不屑地向邻座的另一名日军说："过这种生活的会是日本人吗？"不等对方搭腔又继续说道："在日本，不会有人这么贫困的。"

听到日本军人如此无知、傲慢的言论，我油然生起一股愤怒的情绪，冲动地想要质问对方："你知道，你们日本的财富是怎么得来的吗？你知道，他们为什么会过着这么贫困的生活吗？"可我考虑到一般日本军人深受军国主义毒害是不会有反省能力的，也不想节外生枝而耽误自己前往重庆的旅途，于是就勉强自己按捺下来。

入夜以后，火车终于穿越鸭绿江上的铁桥，驶抵安东（丹东）。

釜山车站。(印刻出版社提供)

我提着装着药品的行李箱,下了火车,没有遇到任何刁难就顺利通过海关的入境检查,走进车站候车室,等待开往沈阳的下班火车。坐在候车室的长条椅上,听着周遭旅客讲着从来没听过也不知所云的东北方言,我内心激动地告诉自己:

"终于回到祖国了。"

这天是1944年4月7日。

从丹东到沈阳转新民县

吴思汉:我换乘开往奉天(沈阳)的火车,继续前行。我在车上睡了一觉,在4月8日的晨光照进车厢时醒来。火车逐渐减速,驶入奉天车站。奉天是前清故都,原称盛京,历来是辽宁省行政、经济、文教中心，同时也是东北最大的铁路枢纽。我提着行李箱，跟在其他乘客后头，走下月台。这时，我看到一群像是难民的旅客，穿着沾满泥土的、厚重的棉布长袍，排成一列，正要走出车站出口处。看着眼前从没看过的，虽然脏得吓人，可看起来倒很强健的北国同胞模样，我的内心不免略微感到疑惑地想着："究竟是他们还是我们台湾人才是真正的汉民族呢？"

距离西行新民县的下班火车还有一段时间，于是我到车站附近的街上，四处瞧瞧。广场上，强烈的北风吹来漫天的沙尘，几百名苦力或站或坐或卧，挤得满满的，他们都跟我刚刚看到的像是难民的旅客同样装扮。望着眼前这一大群饱受日本帝国主义迫害的同胞们，我不禁陷入沉重的沉思当中，并且忽然想起京都帝大经济学部教授高田保马（1883—1972）描述汉民族的一段话：

> 汉民族之所以能够维系五千年的文化，不被其他民族统治，在于人民的生活水平低落。因为生活水平越高的人越没有耐力；反之，越低越坚忍。中国的坚忍不拔，在于下阶层的民众占了多数……

我一边想着高田保马的话，一边穿过广场，然后在附近的街道随意闲逛。我发现，这里有很多日本商店，看起来与日本本土的商店也没什么两样。通过周遭所见的公共建设，我看得出来，为了确保在国防和经济上都可以说是日本"生命线"的东北，日本帝国主义者是有野心地经营这个占领区的。

我从街上回到车站，然后搭上一班西行的火车，并于午后四点钟左右在新民站下车。新民是沈阳西边的一个县城。街景仿如异国。一

1944年4月8日清晨,吴思汉抵达奉天车站。(印刻出版社提供)

奉天市街。

下车，强烈沙尘便随着阵阵大风迎面刮来，让我几乎无法睁开双眼。我顶着漫天飞舞的风沙，操着学会不久的北平话一路探问，终于在天黑以前，循址找到吴继中家。

"先吃饭吧。"在京都见过一面的吴继中向我伸出了热情欢迎的手，随即说，"我们东北人一天只吃两餐，一般都在早上十点与傍晚四五点。"

我去洗手洗脸，然后与吴家家人共享晚餐。

"由于粮食配给的关系，大米不容易吃到。"吴继中的父亲带着歉意说，"你虽然远道而来，我们也只能招待你吃高粱饭。"

"这还是我第一次吃到高粱饭呢！"我由衷地表示感谢。

吃过饭后，吴继中就安排我在温暖的火炕上休息、聊天。

"由于家人反对，"吴继中不好意思地向我致歉说，"我暂时不能一起前往北京了。"

按照我们在京都议定的计划，我要在吴继中家等待随后赶到的戴振本，然后三人一起共闯山海关，进入北平。等待期间，我还要到新京（长春）找一位姓侯的台湾同乡，请他代为安排蔡水源与李瑞东偷渡满洲的事情。现在，事情发展到这个地步，我也不好多说什么。

"既然这样，"我说，"即将毕业的戴振本也就没有必要放弃学业，赶着回国了。"

"这样也好。"吴继中又安慰我说，"你可以拿我的一高证明书去用。这样，你过山海关也不麻烦了。"

第二天，也就是4月9日，一早起来，我还来不及给戴振本发电报，戴振本却已经从京都打来"立刻回家"的电报。我不知该如何解释这仅仅四个字的电文，于是随手递给吴继中，问他这是什么意思？

"如果戴振本指的是他将立刻回他大连老家，"吴继中琢磨着字意说，"就没有什么好担心的。"

"如果他是指到北京呢？"我忧心地说，"可那里既不是他家，更不是我家啊。"

我想，京都一定发生什么事了，随即发电报到京都，要戴振本毕业后再归国。与此同时，我也写信向新京的侯君解释：因为所买的车票使用期限只到11日为止，就不去拜访他了。

滞留山海关车站

吴思汉：4月10日。我穿着吴继中提供的东京一高学生服，告别让我睡了两夜暖炕的吴家。吴继中陪我走到新民火车站。上车前，我拜托吴继中给戴振本就读北京师大的兄长戴振乾拍发电报，告知火车驶抵北京的时间。

我搭上开往北平的火车，继续前行。列车驶抵山海关已经是午夜时分了。因为马上就要用到钱，于是我拜托坐在对面的旅客帮忙看顾行李箱，急忙下车去兑换纸币。我等了许久才换到钱。当我走回座位时，一位华人检查员已经站在那里等候。他用手指了指那个已经打开的皮箱，然后用日语问我：

"这个行李箱是你的吗？"

"是的。"我说。

"你一个学生为什么带那么多药？"

我正在伤脑筋要怎么辩解，检查员已经命令我下车，然后把我带到海关办公室，查看我的身份证和归国证。我把吴继中给我的证件递给检查员。

"既然你是中国人，"检查员知道我是中国籍后生气地逼问道，

"为何不说中国话呢？"

"我是福建人，"我依然用日语胡诌一通，"从小就到日本，所以不会说北平话。"

"你一个学生带那么多药要做什么？"那名华人检查员来不及继续追问下去，一直站在一旁的日籍主管就插进来问我，然后不等我回答就语带威胁地笑着说："你不知道这是违法的吗？照说，应该把你送到宪兵队处罚，可我看你是一个学生，不像是作奸犯科的不法分子，这次就饶了你。不过，这些药品统统要没收。"

我心想，身上只剩两百元，要是没有这些药品，前往重庆的旅费和眼前的生活，马上就会成问题，于是就恳求对方留下一部分。

"巴加！你这家伙真不识好歹。"日籍主管马上变脸骂道，"把他铐起来。"

我看得出来，日籍主管其实只是想吞掉这批珍贵的药品，并不是真的要把我关起来，只好让那些药品被没收，赶紧拔脚离开。

这时候，列车早已驶离月台了。下一班车要到明天早上才开，我只好在候车室等待。夜，已经深了。几名铁路警察端着枪，在候车室来回巡逻。许多穿着肮脏长袍、看似难民的男男女女，零零落落地坐着。我看到其中一人露着肚皮，仰躺地上，似乎难耐寒冷而一边口吐白沫一边呻吟着。周遭的人却无动于衷地睡着。他生病了吗？未曾见过这种悲惨景象的我内心难过地寻思着，还是饿了呢？想到国内同胞在日寇蹂躏下竟然过着如此艰辛不堪的日子，一股怒火不禁又涌上心头。

这一夜，因为目睹了难民的惨状，因为失去那批药品后马上就要面临的经济困难，我一直被一种不安的心情笼罩着，无法入眠。

初抵北平

吴思汉：4月11日早晨，我搭乘第一班火车，从山海关车站出发。过了正午，终于抵达北京站。我在车站出口处四处张望，始终没有看到有人举着我的名牌接我。我走出车站。吴继中不可能没给戴振乾兄长拍发电报。我边走边想。戴振乾兄长知道火车驶抵北京的时间后也不可能不来接我。问题也许就出在山海关滞留一夜的缘故吧！

我来到车站前的广场。我看到这里跟奉天车站一样，到处都是难民。我没在广场逗留，叫了一部人力车，就直奔北师大[①]。在校门口，因为语言不通，我比手画脚了老半天，还是无法向警卫说明来意。后来，通过一位懂日语的学生翻译，我终于见到了戴振乾。

"我一大早就到车站接你。可所有旅客都走了，还是没看到你。"进了校园，戴振乾充满热情地边走边解释说，"我还担心你是不是路上出了问题呢？"

"路上是出了点问题。"我向戴振乾简单说了在山海关车站的遭遇。

"你的事情我都知道了。我很佩服你。"戴振乾安慰我说。"我安排你先在我的宿舍过夜。"他看看附近没人，又小声说，"前往重庆的事，我再尽力想办法。"

我在戴振乾带领下前往学生宿舍。一路所见，学校校舍的建筑并不现代，设备也极为简陋。

"我听说，北京师大的历史颇为久远，"我略显失望地说，"可看

[①] 据北京师范大学校史记载：1937年7月，卢沟桥事变发生，日本侵略军占领北平，北平师范大学迁往西安，与国立北平大学、国立北洋工学院组成西安临时大学。1946年春，学校师生陆续迁回北平，部分教师留在西北，充任西北大学、西北师范学院教师，支持了西北的高等教育事业发展。同年11月迁回北平的学校开学。——编者注

起来，不过如同台湾私立中学的规模而已。"然后我又自我安慰说："我想，为了抗战，大部分的重要设备一定都移到后方去了吧。"

戴振乾笑了笑，没说什么。

第二天，也就是4月12日，戴振乾一早就出门去打听前往重庆的门路。我闲着没事，就自己到街上闲逛。北京的衣食、习俗与语言都和台湾不同。我走在街上，就像在异国旅游一般新奇。在京都，因为全部食品都实行了配给制，日本一般国民的生活相当艰苦，经常处于饥饿的状态，街上也不容易看到青壮年的男子。我原本以为，作为日本占领区的北京，应该也是一片萧条的景象。可我看到的北京街道却井然有序：汽车虽然很少，到处都是骑着脚踏车和来来往往的人们，而且还看得到许多青壮年的男子；商店里摆着琳琅满目的日用商品和食物，虽然价格昂贵，但只要有钱，没有买不到的东西。然后我又到久闻其名的北海、中南海和中央公园参观。这三座占地宽广、规模庞大的公园，更让我感到祖国的地大物博。我想，在幅员狭窄的日本本土，恐怕找不到一座像这样的公园吧。

晚上，我和戴振乾先后回到宿舍，然后就一边吃着窝窝头配热开水的晚餐，一边讨论我的下一步该怎么走。

"我打听了一整天却一点头绪也没有。看来，短时间内，你是去不了重庆的。"戴振乾说，"问题是，日本宪兵经常会到学生宿舍临检。你如果住久了，恐怕会有危险，而且我们的经济条件也不允许……"

讨论到最后，我同意暂时先到秦皇岛的戴家住一阵子，等到戴振本从京都归来，再做打算。

转移秦皇岛戴家

吴思汉： 4月13日傍晚，我和戴振乾搭上开往秦皇岛的火车，并于第二天早晨抵达。下了车，戴振乾随即带领我直奔老家。

"这里，伪政府与日本特务经常侦察在附近活动的八路军。"快到家时，戴振乾特地交代我，"为了安全起见，你就别让我父亲知道你是台湾人，省得他误会你是日本人。"

"没问题，"我说，"我就说我叫吴广中，福建漳州人。"

4月底，戴振本托人向我转达说他已经从京都回到北京了。

5月初，我们终于在秦皇岛戴家重逢了。

"你离开下关后，京都的刑警也得到了情报。"戴振本向我简报了我离开京都以后的情况。"他们把蔡水源抓去拷打，逼问你的去向。"

蔡水源： 调和仔要走以前给他父亲写了一封信，叫我替他寄。那天，我要去车站寄信，却在路上被一名刑警碰到。那名刑警大概看我的样子奇奇怪怪，就把我带到警察局侦讯。进去里面，他先把我揍了一顿，然后问我：

"你来这里做什么？"

"买车票啊！"我骗刑警说。

那名刑警就要我把身上的东西都拿出来，给他看一下。我于是先掏出口袋里刚好带着的四五个人的餐券。那上头分别写着不同人的名字。那名刑警看了以后就怀疑地问说：

"你一个人怎么带了那么多人的餐券？"

"我们几个人都在一起生活，"我回答说，"有时候，他们要上课不能自己去吃，我就帮他们去领饭包，让他们吃。"

"是这样吗？"那名刑警半信半疑。

我看他好像有点相信就趁机说：

"我肚子好痛，你可不可以让我先去一下厕所？"

那名刑警也许看我老实、单纯，就说：

"好啦，赶快去吧！"

我一进厕所，就赶快把调和仔那封信丢到茅坑里头。我还后悔来不及把它拆来看里面究竟写了什么？日后也可以口头转达给调和仔的父亲听。

还好，那封信没被搜到，否则我就要吃更多的苦头啊。后来，那名刑警就让我走了。

有一天，两个日本特高课警察又来找我，警告我不可以和那个留学生在一起。他们说如果我不老实一点，就要将我当作共产党员来处理。我说，我不知道共产党是什么，也不知道他是不是共产党员，我只知道他是中国的留学生，而且是一个有热血的青年。如此而已。

吴思汉：我又向戴振本提出下一步该怎么走的问题。

"我这次能够逃离京都，可以说是偶然的幸运吧。"我说，"问题是今后怎么办呢？"

"如果日本警察知道你人在华北占领区，"戴振本也忧心地说，"只要一通电报，你就会立刻被逮捕。"

"所以，"我说，"我认为我们还是应该早点拟定南下的对策。"

在此之前，日军决定扫荡河南省，为南方的更大的跃进做准备。4月中旬，日本华北方面军司令官冈村宁次发动了河南战役。17日夜间，日本第十二军部队强渡黄河，向郑州突进。第一战区司令汤恩伯所统帅的河南守军望风而逃。二十天之内，郑州、洛阳等四十九个县市失守。到了5月9日，平汉铁路线南段已经完全沦入日军之手。

因为这样的形势变化，我和戴振本西行重庆的路也被封锁了。我

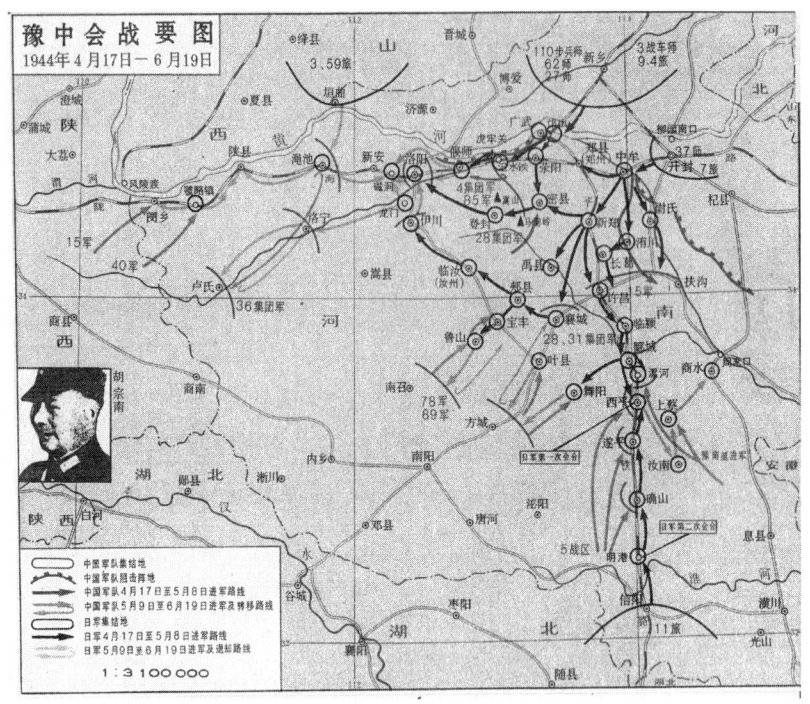

豫中会战要图。

们只好等待机会再继续前进了。不久,戴振本在北京中华航空公司找到工作,先行返京。

重返北京后到天津任职

吴思汉:5月中旬,我也跟着回到北京。戴振本住在位于西四牌楼的公司宿舍。他另外安排我寄宿一位李姓朋友家里。于是我在北京过着最简单、节俭的生活,抓紧时间努力学习北京话,为日后的重庆行做准备。

一段时日后,李姓朋友和我聊起重返北京的感受。

1944年6月中旬，吴思汉在生存压力下再离北京，暂往天津。图为旧明信片上的天津日本租界。

"我感觉，这段时间，北京市内的日本人似乎比以前多了很多，而且骄傲莫名。"我据实说，"我认为日本人这种优越感表现了岛国的无知，他们的凶恶实在令人难以忍受。"

"何止骄傲而已，他们经常横行街头，欺负国内同胞。"李姓朋友说，"有时，甚至连伪政府的华人警察都会遭到殴打。"

"我觉得他们的蛮横态度恐怕比在台湾还要恶劣。"我感慨地说，"假设现在没有抗战主体，华北也会变成第二个台湾，甚而全中国也会遭到同样的命运吧。"

说到这里，我不禁感到全身战栗。也因为这样，我更加坚定了要到重庆参加抗战的决心。但是在没有经济收入的情况下，一个多月后，我面临了活不下去的困境。

"我想这样下去也不是办法。"我跟李姓朋友说。

"我在天津有个叔叔。"李姓朋友就说,"他公司刚好需要一个秘书,条件是日本人。我觉得,你还是先以日本人的身份到他公司工作吧。"

6月中旬,我只好在迫不得已的情况下,前往天津日本租界任职。

天津的大建筑物很多,街道大都沿河弯曲而狭窄,交通便利,风景美丽。虽然如此,因公司没什么大事可做而感到无聊,归返祖国参加抗战的初志未能实现却沦为商人,也无法预知到重庆的路何时能通,我经常遥望西南,不胜唏嘘地空叹气。后来,因为业务的关系,我偶然从一些上海归来的商人的谈话中侧面得知:从杭州经安徽或是福建而往来重庆的商人很多。我不禁有点心动。我想进一步向这些商人求援,可又考虑到不知别人的真心,终究不敢表态。

就在我处于心情困顿的时候,戴振本来信了。戴振本在信上说,他透过友人介绍,已经转到唐山开滦矿务局当技师,那里的薪资较高,经济上稍有余裕。戴振本又说,他以生病之由向公司办理留职停薪,尚未正式辞职,所以宿舍还保留着。他建议我,与其待在天津,虚掷光阴,倒不如先回北京,考个学校,一面读书,一面继续寻找前往重庆的门路。

既然经济条件许可,我决定再回北京,借住戴振本原来的宿舍,准备北京大学的入学考试。

进入北大工学院

吴思汉:尽管入学北京大学只是权宜之计,我还是想要利用这样的机会报考人文科系,进一步学习国语和中国文化。然而一段时日之后,我终究因为对国文、史地等文科没有把握,不得已只好报考北京大学工学院。经过短期的准备，我以优异的成绩通过了入学考试。

我考虑到去南方的路不知何时会通，戴振本原来的宿舍也不一定能够长久住下去，为了减轻经济负担，打算搬到学生宿舍去住。可我又听说，日军对北大学生宿舍监视严密，经常有学生被捕。为了安全考虑，我于是打消住校的念头，决定继续暂住戴振本原来的宿舍，并且委托当地朋友假造了居住证明书，办妥身份证与学生证，以备日军检查之需。

进入北大后我才知道，日军占领下的北大，思想气氛一片喑哑，已经没有早年的活泼自由。从学生们身上，我既看不到他们散发出来的自信的光彩，更丝毫感受不到他们有强烈的民族意识。我看到学生们过着与殖民地台湾相同的双重生活。因为这样，再加上经济困难，无法购买教科书与笔记本等文具，我干脆就不去学校上学了。这段时期，为了学国语，只要手边有点钱，我就去看电影。渐渐地，我的国语也比刚到北京时更进步了。

我依然终日苦闷地想着：何时才能到达中央地区，接触到祖国的核心呢？在寂寞中，我的乡愁不禁油然而生，同时也就越来越强烈地希望能够在北京见到从台湾来的同乡。后来，我终于在一个偶然的机会，通过朋友介绍，认识了一位嘉义朴子出身，就读高等工艺学校的蔡君。我常常同蔡君谈论民族与台湾问题，思乡而来的寂寥因而得以缓解几分。有一天，蔡君向我表达了他对没有强烈的民族意识的华北青年深感不满的心情，同时也向我透露他对祖国的抗战抱持了莫大期望，说只要有机会，他就要投入抗战队伍。我听到蔡君的表白，非常感动。我很想向蔡君表明自己并不是福建漳州人，也是台湾同胞。但是想到两人认识不久，为了安全，还是以本国人的立场勉励他。

后来，我又通过一些京都帝大归来的留学生听到京都方面的消息：在日本国内，宪警对中国留学生以及殖民地台湾、朝鲜人的监视越来越严厉了。但是，我打听不到任何有关蔡水源和李瑞东等友人的消息。

一段时间后，戴振本从唐山来到西四牌楼的宿舍探访我。他向我表白说他回国的目的就是要前往重庆，可现在不但心愿不能达成，反而待在日军占领区，从事对原来的计划一点帮助也没有的工作，内心因此感到痛苦烦闷。他想，既然不能前往重庆，不如辞掉开滦矿务局的工作，再去日本从事学术研究。我力劝戴振本打消这个念头，说我脱离日本的事件才发生不久，如果他再去日本，恐怕会被日本警察逮捕。如果他坚持一定要去，我也要跟他一起回去。戴振本考虑到我的安全，最后终于断了再度赴日的念头，决心继续留在华北，全力打听前往重庆的途径。

几天后，戴振本认识的一个赵姐告诉他说，她有个从中央地区归来的朋友，不久后就要回去。戴振本于是立刻拜托赵姐，联络这个朋友，带我们一起走。同时，他又写信给北师大毕业后在山东潍县游击区担任高中老师的哥哥戴振乾，请他帮忙探查参加抗战组织的路径。不久，赵姐告诉戴振本，她的朋友还没决定何时南下；戴振乾也回信说找不到路。这样，除了继续等待以外，戴振本和我别无他法。

这时，我在日系报纸看到台湾开始实施征兵制的消息，适龄当兵者要在11月底前办理登记。我知道，这么一来，京都的各级学校一定会办理登记，警察一定也会彻底追查我的行踪。他们在大连找不到我，一定会到华北来查。我如果一直待在华北，迟早会被他们发现。11月上旬，当戴振本又从唐山来到北京时，我就把最新的状况和自己的想法坦白相告。

"据我所知，河北省几乎全在八路军的势力范围内，其中离重要都市及铁路沿线几公里处便是八路军的游击区,"戴振本说,"尤其是唐山到山海关以东地区,八路军拥有强大的势力。"

"万一前往重庆的路一直被封锁,我只好进入离铁路沿线不远的八路军游击区。"我左思右想后表白我的决定说,"既然同是抗战组织,与其待在北京被日军逮捕,倒不如投身共产党的红军。"

戴振本不同意我的想法。他认为,我们还是按照原来的计划前往重庆比较好。经过长谈以后,戴振本终于说服了我。我们决定:不计任何代价也要到重庆去。

戴振本于是再去找赵姐,探听她的朋友何时南下。赵姐告诉他,她的朋友还没决定,因此,此路不通。我们讨论以后决定走第二条路:戴振本到河南前线探路;我去山东潍县游击区,透过戴振乾找路。为了应付途中可能碰到的临检,戴振本特地拜托他在华北最亲密的朋友陈士应给我写封介绍信,说明我是因为经济困难而辍学赴山东当教员。

无论好歹,事情总算就这么大致定了下来。因为决定了去留,我顿觉轻松无比。出发前,我的心情也处于一种好久没有过的平静当中。

前往山东游击区

吴思汉:11月17日早上,戴振本先行出发,前去河南。19日,我也从北京车站出发,前往山东。当时,山东省的政治形势极为复杂,除了占领铁路沿线的日军外,国共两党的游击队也在此对峙,三路人马经常互动干戈,形成三军鼎立的局面。

火车东行天津后,南下进入山东省,再由济南向东。我在潍县车站下车,随即按照戴振乾事先告知的方式,进入县城,找到作为中央军游击队联络站的某家商店。然后在他们的安排下，等待马车，前往距离县城三十五公里远的小村落王家庄。戴振乾就在当地一所中央军游击队设立的高中任教。

马车缓缓地走向尘土漫天飞扬、一望无际的平原。我躺在行李上，一边悠闲地仰望天空，一边与马车夫闲聊。因为脱离了日军占领区，因为受到乡间特有的明朗风光感染，一路上，我都感到一种拨云见日般的轻松愉快。

马车终于摇摇晃晃地顺利抵达王家庄。

时值初冬，寒风刺骨。

戴振乾任教的高中借用民宅当作教室，非常简陋。但抗日气氛浓烈。每天早上，学校都会举行升旗典礼。这时，看着国旗冉冉地升上天空，随风飘扬。听着学生义气激昂地宣读抗战建国的纲领，然后高唱打倒日本的歌声，我的心绪也开始融入抗日的情境当中了。

后来我听说，邻村有位归来的军人最近要去安全的后方城市西安。我想，我可以从西安前去重庆，于是就请戴振乾作陪，登门拜访。

"我很钦佩你的爱国心。"那位军人听了我陈述寻找祖国的经过与目的后爽快地答应让我同行。"可我要和一些商人组队同行，出发日期尚未决定，最快也要过了农历新年才能成行。"

我只好继续在王家庄耐心等待。

在等待中，戴振本从河南来信了。他告诉我，河南那边充满希望，要我立刻启程。

第二天（12月4日）早上，我在戴振乾一千元旅费资助下，雇请当地马车，顶着冰冷刺骨的寒风，前往潍县车站，然后搭火车再返北京。

从北京前往河南

吴思汉：12月的北京格外严寒。当我从北京车站来到友人陈士应的住处时，头已经快要被冻僵了。陈士应不在家。我于是躲进被窝，等他归来。不久，邻室某大学的学生从外头回来。

"你怎么还在这里！"这位参加某个爱国组织的学生看到我就立刻警告说，"不久前日本警察才来这里追查你的去处。我听门房说，他们接着要去北大以及你的入学保证人李先生那里调查。"

我知道，日警对我的搜查越来越紧，范围也越来越扩大了，随即离开陈士应的住处，转移到赵姐的住处，暂时隐避。

"我听一个朋友说，"赵姐见到我就告诉我，"三四天前，他在北京车站附近看到一个长得好像是戴振本的人。"

"要不是事情有了变化，戴振本不应该回来北京才对。"我在心里琢磨着，"如果他真的回到北京的话，那他应该会去找陈士应吧。"

为了确认事情的究竟，我戴上帽子，系上围巾，冒险出去打听。由于天冷的关系，我又刻意把外套的衣领翻高，尽量遮住脸部。我想这样日警就不容易辨认出我的面貌了。

我到了陈士应的住处。

事情并不是传说的那么一回事。戴振本并没有回来北京。这时，我那悬在半空中的心总算可以暂时放下来了。可我也不免因为北京虽大却无处可容我这区区六尺之躯的现实而感慨万千。为了预防日久生变，我决定立刻离开北京，南下河南。

12月8日早上，我搭乘平汉线火车，向南出发。一进入车厢，我的心情立刻又因为继续朝向目标前行而重新愉快起来。随着列车的南

日军强迫河南民工修复黄河堤防。

下,窗外飘来的硝烟味也越来越呛鼻。想到自己越来越靠近前线了,我的心情不由得又紧张起来。

12月9日,火车驶抵位于豫东的历史文化名城开封。下车以后,我随即按照戴振本的信上指示,前去他邱姓朋友的家,打听他的行踪。邱姓朋友的家人告诉我:日军席卷整个河南地区以后便将此新占领区设为特别区,禁止与其他旧占领区来往,除了军事公务外,黄河禁航。日军同时在此特别区内各县设军政部,各派一名日本人与华人担任指导者,以日本人为主。为了养家糊口,戴振本的邱姓朋友只好无奈地替伪政府工作,在许昌西方的郏县担任指导者。戴振本已经到郏县,找他帮忙前往重庆的事情,最近就会回到开封。邱姓朋友的家人把情况说明之后又善意地建议我,在他们家等待戴振本的到来。

于是我就在开封邱家等待戴振本。十多天之后，戴振本还没有回到开封邱家。我判断，戴振本一时之间不太可能回来，于是决定前去郏县找他。

我在开封的日军联络部蒙混了一张旅行证，然后于12月21日乘车离开开封。经过两个多小时后，抵达黄河北岸的渡船码头。黄河岸边，北方特有的强风刮起漫天的黄尘，土黄色的河水汩汩流着，岸边的民众穿着破旧污秽的衣服。过了一会儿，渡船来了。我上了渡船。渡船顺着黄河河道西行，傍晚时分，抵达河南中部的历史文化名城郑州。战前，郑州曾经有十二万居民。但是经历一年前的饥荒，以及日军的轰炸、炮击和占领的破坏之后，居民已经不到四万人，到处弥漫着荒冢般的气息。下了船，我看到附近的建筑物残留着遭到空袭的痕迹，瓦砾堆在沟渠上，没有屋顶，几乎毁之殆尽。

我到车站的临时事务所询问南下许昌的火车时刻。到了晚上十一点左右，凭着邱姓朋友的家人帮忙准备的军眷证明，我摸黑搭上开往许昌的火车。我听说，白天美国飞机经常在日军占领区空袭，一切交通工具只能在夜间或清晨行驶。火车车厢内挤满了日本兵，还有几个伪政府的军人和官吏。人生地不熟的我怀着茫然担心的心情，整夜不敢入睡。

12月22日凌晨，火车驶抵黄河北岸的豫中重要城市许昌。在黑暗中，日军部队徐徐下车，我也跟着下车。我在候车室一直等到天色变亮后才敢走到街上。这天早上，我在许昌街上遇到生平第一次的美机空袭。许昌是历史上有名的曹魏故城。然而，我忙于张罗继续西行的交通工具，无暇沉浸于历史的感伤当中。下午六点左右，我终于搭上一辆卡车，离开许昌。

12月24日早上，我终于抵达郏县，见到了戴振本的邱姓朋友。我

日军在河南境内狂轰滥炸后的景象。

把戴振本的信交给他,然后询问戴振本的行踪。

"你来得真不巧。不久前,振本兄才去许昌南方的西平找朋友。"邱姓朋友略感遗憾地告诉我,然后又关切地问我说:"我刚请好假,要回开封探亲,你在这里人生地不熟,要不要先跟我回开封?"

"我好不容易才来到郏县,"我以为郏县比开封更接近目的地重庆,我怕局势万一生变又延阻了自己前行的时程,于是说,"我想,我还是留在这里,等振本兄归来吧。"

"既然这样，"邱姓朋友说，"我就请维持会王会长关照你。"

邱姓朋友随即带领我前去拜访王会长。在路上，他边走边向我介绍王会长，说王会长是郏县的有力人士，5月6日日军占领郏县之后被推出来担任维持会会长，虽然没有什么特别的本事，却是个比较有良心的人。果然，王会长了解了我的背景之后，二话不说，就收留了我。

第二天，邱姓朋友放心地回去开封，我留在郏县维持会，等待戴振本。

为了避免与当地日本人发生无谓的纠葛，徒惹是非，我整天都待在房间里。尽管如此，麻烦还是躲不掉。

有一天，军政部新上任的日籍指导官叫我到军政部。

"你知不知道，凡是要进入本县者，必须经过我的许可。"他横眉竖目语带威胁地问我说，"你一定是共产党的工作人员。我马上要把你送去宪兵队调查。"

为了完成前往重庆的心愿，我只能极力压抑自己内心的不满，委屈地向这个军政部的日籍指导官低头赔罪。最后，我终于免去被送往宪兵队调查的危险。不过，他仍然命令我立刻回去北京。

也许是王会长的活动吧，当地日军部队很快就知道了这件事。情报部中尉副主任随即带了一个叫斋藤的士兵，亲自到维持会展开调查。我已有思想准备，按照事先编好的个人履历，一一回答对方。出乎意料地，侦讯在对方似乎颇有好感的气氛中结束。

"听说，斋藤曾在东京宝冢写剧本，显然不是一般的军国主义者。"王会长告诉我，"他不但同情你，而且还在日军部队当中大肆宣传你的事情。"

结果，日军情报部认为，我的案情需要继续调查，因此我也不必立即被逐回北京。

就在此时，我无意间打听到一条前往国统区的路。我决定，如果出发前还等不到戴振本，就自己一个人前行。然而好事多磨，就在准备出发前，我却感冒了。考虑到前行路途要面对的艰难险阻，没有健康的身体是无法应付的，我只好冒险留在郏县，一边养病，一边等待戴振本。

一个多星期后，我的感冒逐渐痊愈了，但戴振本却依然杳无音讯。我下定决心要自己一个人前往国统区。出发前三四天，我卖了大衣，充当旅费。就在这时，戴振本终于也来到郏县，跟我碰头了。

"就在你离开开封后，我回到了开封。"戴振本告诉我，"因为信息不清楚，我又回去北京，了解状况。在北京，我偶然认识了三位刚从北师大毕业的女学生，我答应要带她们一起前往重庆，并且跟她们约定农历正月初八在开封碰面。"

我只好等到正月初八再出发。然而，就在戴振本和三位女学生相约会面的日子到来之前，他却生了病，不便行动。我只好延后出发，代他前往开封。

农历正月初八（1945年2月20日），我在开封见到了北师大毕业的三位女学生以及同行的两位男生。这时，跨越黄河的临时铁桥已经修复完成，开封、郑州间的火车也已恢复通车。我赶紧带他们五人到日军联络部办理旅行手续，然后于傍晚时分，搭上开往郑州的火车。火车在驶离开封七八公里远的地方脱了轨。我们只好走到附近的小站，躲避严寒的风雪。

第二天早晨，风雪暂时停了。火车却不知何时才能恢复通行。我看我们留在原地等待也不是办法，于是就向附近农家雇了一台牛车，继续前进。牛车在荒凉而严寒的河南平原摇摇晃晃地缓缓前行。到了许昌，我们听说日军与国民党军队重新开战了，国民党军队不战而退，日军已进驻许昌西南方向的方城。北师大的五名青年男女认定，战事既起，前方交通势必中断，于是打了退堂鼓，决定回北京。我委婉地劝他们不妨暂时等待，等我确定情况后再作打算。

"不！"五人当中的一名男生坚持说，"我们还是回北京。你放心，我熟悉河南的情况，安全上不会有问题。"

既然如此，我也就不再坚持己见，于是跟他们分手，自己一个人回去郏县。

我回到郏县的时候，戴振本的病已经痊愈了。这时，国民党军队与日军在郏县南方的叶县与方城之间，形成东西对峙之势。除了叶县依然属于国统区之外，十之八九的县份都已经成为沦陷区。日军随时都会展开第二次河南战役。

在叶县临时县政府拘留后经朱阳关到重庆

吴思汉：我和戴振本商量以后，决定第二天就离开郏县，前往国统区。戴振本说河南向以烟草产地闻名，他建议我们两人假扮成烟草商。我们于是出去购买烟草。

一路上，我们凭着机智，通过了伪军步哨的盘查，经叶县，继续南下方城。当我们来到叶县到方城必经之道的叶县临时县政府所在地时，日军发动了第二次河南战役。

"战事既起，我们能不能到后方的国统区就将无法预料了，更不知道何年何月才能到达重庆。"戴振本对形势的恶化感到非常沮丧。

"路，既然走到这里了，"我意志坚决地说，"即使命丧他乡，我也绝对不会后退。"

我们在天要黑的时候来到南叶县政府保安团所设的岗哨。我们早就听说，这些知识水平不高的士兵，不但难以沟通，而且经常一不高兴就把对方说成是伪军间谍，当场枪杀，并抢夺随身财物。我们认为，为了避免碰到"秀才遇到兵，有理说不清"的麻烦，最好能够求见高阶长官。于是，面对哨兵的盘问，戴振本就孤注一掷地说，我们是省府的工作人员，有机密之事，要见县府的主管官员。哨兵半信半疑，勉强带我们前往临时县政府。安全检查之后，终于让我们见到了县长。

第一次见到祖国官员，我按捺不住内心的激动，向县长表明自己的真实身份与不远千里寻找祖国的经过，同时请求县长协助我们前往重庆。怎知，经过一番询问之后，县长竟然怀疑我的举止动作很像日本人，下令当场检查我的脚趾。因为长期穿木屐的关系，我的脚拇指与食指间的空隙也和日本人一样，比一般中国人来得要大。县长因此断定我是日本人。我再三说明台湾是日本殖民地的事实。县长依然抱持怀疑的眼光，下令将我们拘押。我和戴振本被押进一间草房拘禁。

"这一年来，我不顾一切，历尽千辛万苦，一心一意就是要寻找国民党的中央政府，"我望着小窗外头幽暗的夜色，感慨地向戴振本表露内心的情绪，"怎知，一旦接触到国民党中央的地方政府时，迎接我的不但不是热烈的欢迎，反而是怀疑的眼光……"说到这里，我那长久以来紧张而期待的心情立即就泄了气，一种无法言喻的空虚与失望的悲哀随即涌上心头，然后就百般委屈地泪流满面。

一天又一天，我和戴振本持续被软禁着。看守的警察视我们为日军的走狗极尽所能地轻蔑。我们只能透过草房的小窗遥望南方未能到达的重庆而无奈地长叹着。我们偶尔会被拘提出去，再次接受心怀恶意的侦讯。

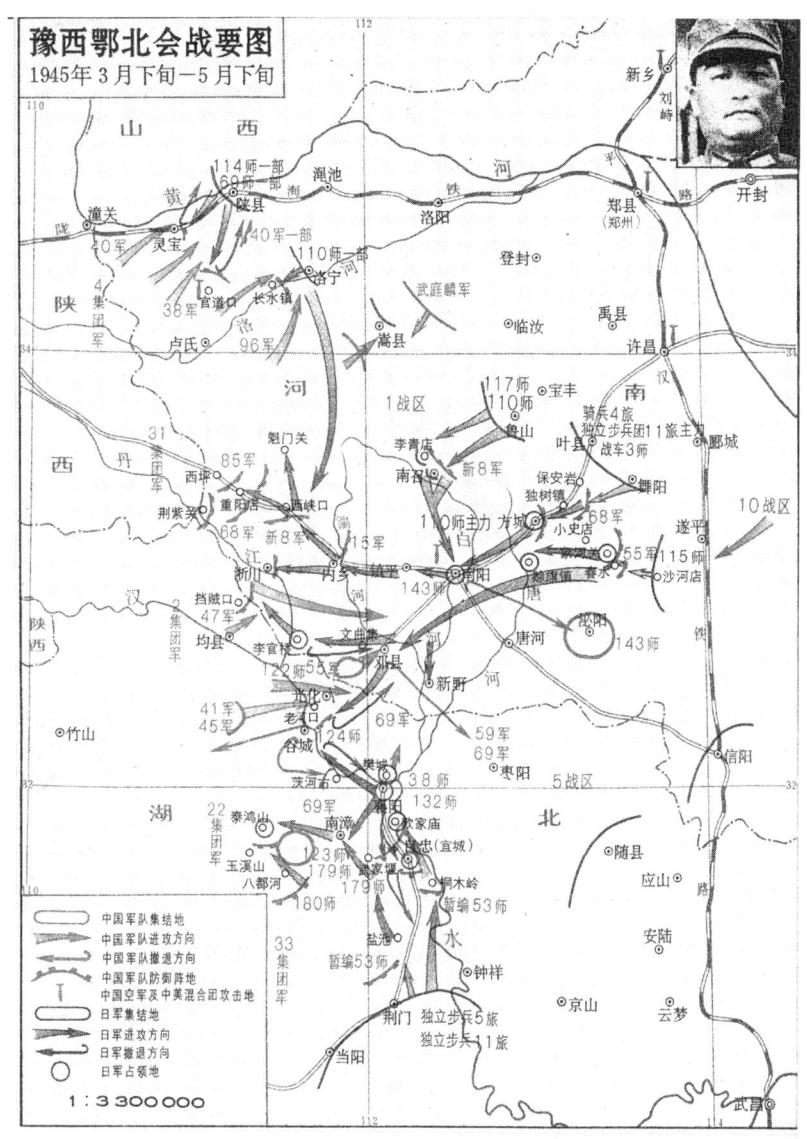

1945年3月,日军又对豫西一带的国民党军队发动攻击。

因为现实与想象的完全相左，我那寻找祖国的理想也幻灭了。

就在这时，事情却奇迹般地有了极其戏剧化的发展。曾经服务于教育界的县长似乎并不是那么无药可救的颟顸官僚。他一方面把有"日谍嫌疑"的我和戴振本软禁起来，一方面又派人秘密调查。当他查明我们所说的话完全属实之后，随即释放了我们。

"日军已经攻陷南方的南阳。"县长善意地劝告我们说，"局势混乱，到处可见土匪掠夺。但政府无力取缔，各地都成了无政府状态。我虽然释放你们，可你们最好暂时不要离开，等局势稳定下来，再做打算。"

"在这样混乱的时局下，"戴振本于是征询我的意见说，"如果我们贸然前行，恐怕还会遇到许多不可预测的危险。"

我只好暂时留下来，观望、等待。为了弥补先前的误会，县长非常亲切地招待我们。

在等待中，机会终于来了。

有一天，县长介绍我们跟一名河南省政府的邢姓参议见面。

"邢参议因为视察前线各县而来到刘宾花。他已经答应我，愿意带你们一起前往省政府所在地朱阳关。"县长向我们强调说，"邢参议公务在身，随时有一小队护卫随侍在侧。你们跟着他，既不必担心遭到土匪抢劫，也不需经过调查就可安全通过层层岗哨。"

我和戴振本随即跟随邢参议一行人前往朱阳关。因为中日两军正在南边的方城到南阳再西行西安之间的平地公路战斗，于是我们往北，沿着伏牛山脉的各县边境，越过一山又一山，走了三百五十公里的强行军后，终于平安抵达朱阳关。

在朱阳关，我看到到处是悠闲的后方景象。战争仿佛是在很遥远的地方，与它无关。稍事休息，我和戴振本便在河南省政府的协助下,从这里搭上军用卡车,前往西安。到了西安,我们又立刻转往成都。到了成都,戴振本便去拜访住在当地的叔叔。我自己搭乘巴士,前往重庆。

在某个晚雾迷江的悲观厌世的城

叙事者：历经一年又两个月的追寻与跋涉之后,吴思汉终于从京都来到多年来日夜思慕的抗战时期的陪都重庆。

然而,就像美国记者白修德、贾安娜的《中国暴风雨》所云："在战争将近结束时,重庆变成了一个毫无忌惮的悲观厌世的城,骨髓里都是贪污腐化。"在重庆,吴思汉参加抗日工作的要求与热情,不但没有受到应有的重视,反而再次受到怀疑与陷害。

一直要到1985年7月9日,当时《大公报》记者李纯青才在北京《人民政协报》发表了一篇题为《无名英雄之碑》的文章,为吴思汉

抗战陪都重庆。

抗战时期香港《大公报》记者李纯青(1908—1990)。

钩沉了这段在重庆的往事。

李纯青：据说国民党特务机关怀疑他是日本派来的间谍，想找一个堂皇的理由把他除掉。说他的那条腿短了一些，说台湾人的眼睛应该滚圆，而这个人却有点像丹凤眼。说他讲的普通话没有闽南话的音素和惯腔，这是受过特别训练的。总之，他不像台湾人……

当时太平洋海战方酣，美军反攻已到菲律宾，雷伊泰一战胜利，听说下一步准备在台湾登陆。国民党军方已与美军驻华机构接头停当，要用美军飞机把这位台湾青年投落台湾，叫他与阿里山的抗日游击队联系，以配合美军登陆作战。

实际上，国民党也知道，阿里山是没有抗日游击队的。其结果将是用日本人之刀，杀台湾的抗日分子。

我们十分担忧这位台湾青年容易受骗，降落台湾后会被日本人杀

宋斐如(1903—1947)。

谢南光(1902—1969)。

掉,因此决定设法和他见面,告诉他真实情况。

叙事者:李纯青所说的"我们",除了他自己以外是指在重庆的几位台湾革命同盟会的前辈——"曾在泰山当过冯玉祥的老师"的宋斐如、"穷苦出身曾在法国留学的无所畏惧"的李万居和"参加过台湾文化协会和台湾民众党"的谢南光。他们四个人在闷热稍敛季节,约了吴思汉,在李子坝临江小楼,叫了几盘热菜,二两花生,煮酒纵谈天下事。

多年以后,李纯青的纪念文章追忆了他初见吴思汉的印象与对话。

李纯青:晚雾迷江,万家灯火。我见到了这位台湾青年。天哪,他衣衫好几处窟窿,露出黝黑的肌肤。我细细对他端详。他是如此斯文,眉目清朗,风度倜傥,说起话来有条不紊,明察事理。从他嘴里知道,他是一位成绩优异的学生,不堪萦回祖国之情的熬煎,偷偷逃出台湾,绕道东京,假冒日本人,穿过朝鲜半岛,奔在鸭绿江边呼唤:

"祖国啊，请你看我一眼，你的台湾儿子回来了！"

然后，他匆匆把伪满抛在背后，入关凭吊北平故都黄昏，从北平南下西徂，好几回险遭杀害……一关比一关难闯难越，其曲折惊险，犹如希腊神话中英雄奥德修斯还乡记。

每个台湾人寻找祖国的经历，都是一部千万行的叙事诗。

这样一个取火者，这样一个爱国青年，为什么要对他怀疑，并忍心蓄谋把他置于死地？

我要诚恳地把所知所想告诉他。

"你愿意跳伞回台湾吗？"

在我问这个问题时，他感到非常奇怪，为抗日而来，为什么不可以为抗日而去。为抗日赴汤蹈火，在所不辞。这就是他的信念。他的简单答复断然拒绝了我的意见。他就要去接受训练了，正高兴地在等待接受一支卡宾枪，一套日本军官制服。

对这颗赤子之心，我肃然起敬，无法再多说话。临别我问：

"您贵姓？"

"我叫吴思汉。"他斯文地笑了一笑。

吴思汉，吾思汉，好一个名字，"壮士，祝你成功！"

叙事者： 1945年4月1日，美军的登陆计划改为冲绳。因为这样，吴思汉得以暂免牺牲，幸运地活了下来。他将自己寻找祖国的经历写成《归国记》一文，正式以吴思汉之名发表。文章发表之后，当时身为台湾调查委员会兼任委员、台湾革命同盟会行动组组长、台湾革命同盟会机关报《台湾民声报》半月刊（4月16日创刊）发行人的李万居随即在7月16日刊行的《台湾民声报》第七期，特别以吴思汉为例，发表一篇题为《如何安置来归的台湾青年》，向当局建言。

李万居：吴思汉同志，年龄仅二十一岁，语言不通，去年由倭国本土，经朝鲜、东北、冀豫，备历艰险窘苦，昨始安全到达陪都，投入其所多年渴慕的祖国怀抱，读其所写的《归国记》（叙述从台湾到日本以及抵达河南的脱险经过），字字动人，语语惊心，不禁使人泫然……

台胞的来归并不是为着找寻饱暖安逸，也不是为着谋官求职，他们的动机极其纯洁……完全出于民族意识的驱使，不愿做异民族的奴隶，反对淫虐政治，而其终极的目的则在谋台湾的真正解放，解除六百余万同胞的倒悬，获得民主国家的国民所应享的自由与平等。所以仅仅给他们有饭可吃，有工可做，这样的安置，并不能使他们满足，因为他们来归的目的是在战斗，是志愿与日本帝国主义做殊死战的。

叙事者：7月25日，《大公报》也由李纯青执笔，发表题为《台湾问题发微》的社评，唤起国人及政府当局注意。

李纯青：事实证明台湾人思慕祖国，是日益高涨着。据谓：他们互相怂恿"到中国去"，而所怀志趣，都是要反日，及归宗祖国，到了祖国彼此才喘出闷气，而紧紧地团结起来。当离开台湾时，把后事都托定了。大多数是准备以死报国，为祖国效忠的……但在陷区过境，如一鸿沟。突破了这重难关，到自由区以后，又极容易被歧视、被嫌疑，这关更难突破。这年轻一辈，可说未沾点滴国恩，仅应国魂的呼唤回来，对这一片爱国热情，实在不可无故泼以冷水。政府应通令全国，对来归台胞一律保护，沿途要设法招待。须知后来人数势将加多，并非二三人问题……不论对日战争还有二年或一年，是时候了，政府对台湾工作的积极精神与明朗态度，实已刻不容缓。我们在企盼着国家和盘托出收复台湾的计划,并即付实施,以温台胞归国之心,并鼓其抗日之志。

叙事者: 7月31日,李万居又在台湾革命同盟会招待第四届参政员及陪都报界人士茶会席上介绍吴思汉等几位脱险归来的同志,并请他们报告台湾近况和台胞对祖国的期望,借此表示"台湾民众并没有日本化"的具体事实。

第三章：别再为祖国担忧！

> 安息吧！
> 死难的同志
> 别再为祖国担忧
> 你流的血照亮的路
> 我们继续向前走！
>
> ——《安息歌》

叙事者：1945年8月15日，日本无条件投降。历时八年的中国抗日战争终于惨胜。历经日本帝国主义长达半个世纪的殖民统治的台湾人民也终于回归祖国怀抱。吴思汉也如同希腊神话英雄尤里西斯一般可以归返故乡了。

9月，李万居被委任为台湾行政长官公署前进指挥所新闻事业专门委员，成为当时首批接收台湾的四名台籍人士之一。

10月5日，早雾漫天的重庆，李万居与宋斐如、黄朝琴、游弥坚等几位台湾人，随同接收台湾的前进指挥所第一批官员，搭乘美国飞

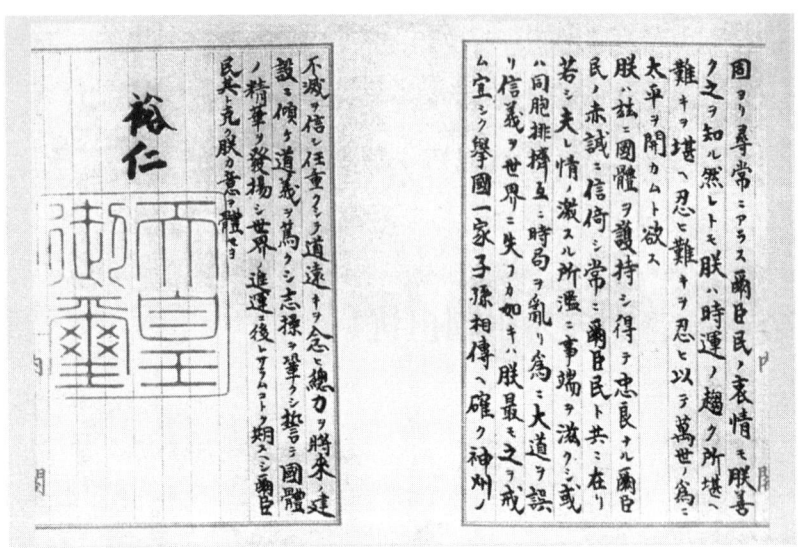

1945年8月15日,日本天皇签署诏书宣布"无条件投降"。

1945年9月,台湾省旅汉同乡会组织队伍,高举大幅标语,欢迎进入汉口的接收部队。

台北太平町庆祝回归祖国的街景。

1945年10月17日,台北中学女生热烈欢迎从基隆登陆的第一批接收部队。

机,于傍晚到达台北松山机场。

李万居返台以后接收日据时代的《台湾新报》,改组为台湾行政长官公署机关报《台湾新生报》,任发行人兼社长。

10月10日,《台湾新生报》先行恢复中文版。同月25日,中国战区台湾省受降仪式在台北市中山堂举行。大批市民挤在外头争睹历史性一刻。日本驻台总督安藤利吉签署投降书,随后呈递中国受降主官代表陈仪。陈仪代表中国政府庄严宣布:"从即日起,台湾及澎湖列岛已正式重入中国版图,所有一切土地、国民、政事皆置于中国主权之下。"

就在台湾光复的那一天,隶属台湾省行政长官公署宣传委员会的《台湾新生报》正式发刊。它是光复后台湾第一家报纸,也是当时唯一的报纸。它的创刊词宣称:该报"言论记事立场,完全是一个中国本位的报纸",并揭示"以源源介绍丰富的中国文化,以标准国语写文章,以最大篇幅刊载祖国消息,传达并说明政府法令,做台湾人民喉舌三事为其主要任务"。发刊初期,每期出版对开一大张,除了一、二及三版刊中文新闻外,四版仍沿用日文,译刊当日的各项重要消息。日籍编辑人员退出后,日文版改由省籍人士接编。

吴思汉从重庆返台后随即直接通过李万居进入《台湾新生报》,担任日文版编译员。他的同事包括台湾文学界前辈王白渊、吴浊流和黄得时等人。

《台湾新生报》记者

吴金雀:台湾光复后,调和仔才从大陆回来,跟人接收新闻社。他回家时,我爸爸很高兴,请了好多亲戚、朋友到家里吃饭。我们这

1945年10月25日，中国战区台湾省受降仪式在台北市中山堂举行。

1945年10月25日,中国战区台湾省受降仪式在台北市中山堂举行。

返台后吴思汉进入李万居主持的《台湾新生报》任职。

些嫁出去的姐妹也都回家，一家团圆。

吴金莺：我还记得，大哥从大陆回来后经常回来白河。他很疼我们，每次回家，都买糖果给我们吃。

黄得时：日本改采南进政策后的1941年2月11日，台湾总督府将《台湾新民报》强制改为《兴南新闻》；1944年4月1日起，又将全台六家报纸统一为《台湾新报》。《台湾新报》同时每十天出一次《旬刊台新》。

《台湾新生报》创刊后，我从《旬刊台新》文化部部长转而负责编辑省市新闻。当时的编译部主要承担将中文译成日文的工作。一段时间后，吴思汉才进来报社，与王白渊一起做翻译（日译中）工作。

吴浊流：这家新创刊的《台湾新生报》，由回返自重庆的李万居出任社长。原本在《台湾新报》的记者全部被留用，负责日文版。我也留下来，仍在编译部，承担将中文译成日文的工作。编译部有以前《台湾新报》旬刊台新科的王白渊（主任）和文化部的王耀勋，以及其他两三个记者，颇为热闹。另外还有李万居带来的年轻本省人吴思汉。这人是就读东京（京都）帝大时，独自间关万里潜往重庆参加抗日战争的热血汉。中国语不用说，中文日文都精到。

叙事者：王耀勋后来与吴思汉同一天枪决。根据"国家安全局"的机密档案记载，王耀勋是台北市人，日本明治大学肄业。

1993年4月30日下午，历经长久的寻访联系之后，我终于在台北市八德路采访了王耀勋的遗孀陈枣女士。陈枣女士刻意压抑着内心的激动，生平头一次回顾了她和王耀勋以及吴思汉夫妇认识的经过。她那看起来年约四十出头的女儿在一旁静静地听着。

陈枣：我是苗栗苑里人，东京荒川女子中学毕业。父亲陈焕丰毕业于日本早稻田大学经济社会科，早期是文化协会成员，抗战时期在

1946年10月20日，王耀勋发表于《台湾新生报》的文章。

厦门待了很长一段时间。光复后，我父亲回到台北，一无所有。因为他在李万居到上海求学时帮了很多忙，所以李万居在《台湾新生报》稳定后，就让我进到报社广告科当会计。那时候，吴思汉经常利用上班之前的空当，在报社教同事念中文，学国语。除了我之外，上他课的学生还有编译部的男同事王耀勋，以及比我早进去广告科的女同事李守枝。因为谈得来，下了班后，我们四个风华正茂的年轻男女经常一起喝咖啡、聊天。身为记者的吴思汉和王耀勋经常会有电影或音乐会的招待券，于是也经常邀李守枝和我一起去看电影或听音乐会。渐渐地，我和王耀勋、李守枝和吴思汉便各自发展为一对恋人。

叙事者： 通过陈枣女士的引介，两个多月后的7月17日下午，我在台北市仁爱路一家咖啡店也采访到了吴思汉的遗孀李守枝女士。李守

吴思汉的遗孀李守枝女士。1993年7月17日，台北市。（蓝博洲摄）

枝女士简单介绍了自己的背景之后，腼腆地笑了笑。她看了看咖啡店的周遭，客人不多，于是大方地谈到她和年纪小一岁的吴思汉开始约会的情景。

李守枝：1922年2月6日，我出生于台北市南昌街，蓬莱女子公学校高等科毕业后，在圆山昭和洋裁学校学了一年的插花和家政课，然后考入台湾总督府统计课当雇员。台湾光复后，经人介绍，转到《台湾新生报》广告科任职。

有一天傍晚，我的三妹到报社来等我下班，然后一起回家。刚好吴思汉从二楼办公室下来，他经过我们身边时看了一眼三妹，随即大方地问我说："这是你妹妹？"我说："是啊。"他就直接对三妹说："走，我请你们看电影。"三妹害羞地说："我要先问过我大姐。"我欣赏他直接、干脆的性格，随即收拾好办公桌上的文书，三个人一起去看电影。渐渐地，我就开始和他单独约会了。他很守时，平常约会，说好九点就是九点。如果我迟到，他就毫不客气地当街批评我。我虽然个性较娇，但是知道自己不对，也就静静地让他骂。

那时候，他不但在思想上已经相当进步了，而且在生活上也像工人那样简单、朴实。在我看来，他虽然是到过日本留学的记者，却没有一点读书人高高在上的姿态。

"你知不知道你那个吴先生竟然在路边摊吃面！"有一次，一位报社同事一脸讶异地告诉我。那个时候，社会气氛跟现在不一样，一般有点社会地位的人是不到卫生较差的路边摊吃东西的。所以，我就不以为然地回答他说："我不相信。"

可是，有一次，夏天，他骑脚踏车载我，因为又热又渴，经过北门口铁路平交道附近，就把车停下来，在路边摊买凉水喝。我生性保守，又没那个习惯，不敢喝。他就讽刺我，说："你以为你比较高尚是不是？"

我被他一次两次的批评，到后来，也比较不那么娇气了。他一直很有耐心地教我很多事情。我认为，他所想、所讲的事情都比较有理，所以也都听他的。后来，我读了他那篇重刊的《归国记》之后，对他的经历和想法才有比较进一步的认识。

轰动一时的寻找祖国三千里的传奇

叙事者：据说，吴思汉潜赴大陆之后，过去跟他比较有往来的台南二中同学都被日本特高课严格监视。我从网络上看到一篇题为《怀念石庆璋》的文章就叙述了一则案例：

毕业后进入台北帝国大学医学专门部就读的同届同学石庆璋，就

台南二中第二十届毕业的颜世鸿医师。1991年9月30日,台南市。(蓝博洲摄)

因为一张和吴思汉合照的相片而被日本特务盯上了;后来,他仅仅说了一句"日本大有败北之势"被特务听到,随即被捕入狱。他的父母亲为了救他而四处奔走。可是一直到美军轰炸台北市之后,全身罹患阿尔巴赤痢、骨瘦如柴、根本无法站立的石庆璋,才从禁锢长达一年以上的台北刑务所假释出狱。

1945年12月19日起,吴思汉写于重庆,自叙"寻找祖国三千里"经过的《思慕祖国不远千里:一台湾青年的归国记》,在《台湾新生报》日文版连载七天。文章发表以后立即在全台湾的知识青年当中引起一阵轰动。

颜世鸿:我是日据时期台南二中第二十届毕业生。吴思汉应该早我五届吧。在日据末期,虽然交通不便又冒险,书信及电报又受到监视,可他改名"思汉",而后冒死渡过鸭绿江,寻找祖国三千里的传奇,却已经在台南二中偷偷流传了。由此可见,台南二中早就有人受他的民族意识影响了。

李瑞曦（化名）：我读台南二中一年级时，堂哥李瑞东二年级，吴思汉四年级。当时我们几个同学都认为吴思汉是"南台湾的秀才"。他的思想很清晰，具有领袖之气概。台南二中学生厌恶日本人，想跑到大陆，投靠重庆的蒋介石。他们到日本并不全心全力投注于读书，而是一心想到大陆打日本人。我读台南二中五年级时，也一心想要去日本，当时李瑞东在日本读大学，和我通信，要我一毕业马上去日本。

林书扬：日据末期，我只知道吴思汉考上日本两大名校之一的京都帝大。他寻找祖国三千里的事迹，我当时并不知道。光复后，他用日文在《台湾新生报》上发表这段经历，我才知道。

1946年，我刚刚进台糖总爷糖厂服务。有一次，我特地到台北，找几个台南二中毕业的校友讨论走私糖到日本的计划。那几个校友里面，有在战时被征召到日本海军当技术员的，有些是去日本念书回来的，也有几个冒险家。就在那次非正式的台南二中校友会上，我见到了他。那时候"二二八"还没有发生。我记得，他见了我就说："我还记得，台南二中欢迎新生入学时见过你。"台南二中有个传统，新生入学时，那些二年级以上的在校生要列队欢迎新生。我考进去那年，一百五十个录取生当中，我们曾文郡的大概没有超过二十个。他是新营郡的白河人。那些二年级以上的在校生欢迎我们新生时，新营郡的恰好排在曾文郡的前面，所以他们欢迎完了解散，就换我们曾文郡的去。那时候，他四年级了，应该就站在欢迎的队伍里头。"那年，"他继续说道，"你们曾文郡的才十七八个，不到二十个，所以我还记得你。"然后，他又问我一些其他麻豆同学的情况。

我从他发表的文章谈起，向他提起台湾重返祖国以后的种种事

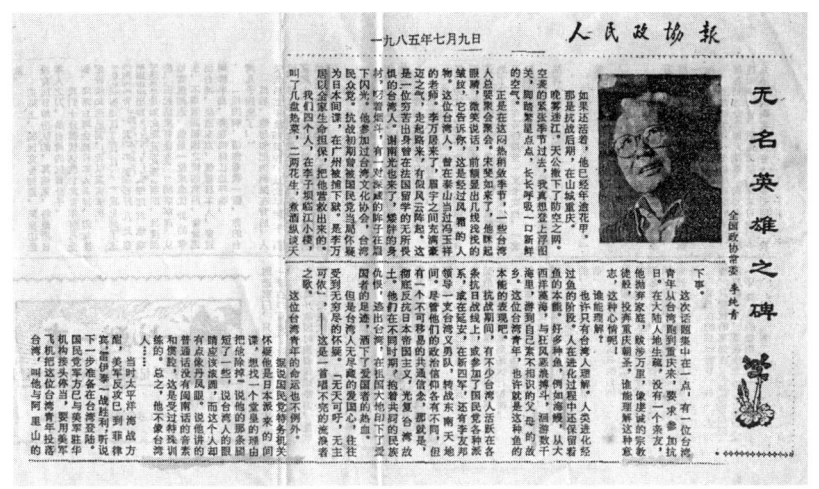

李纯青的《无名英雄之碑》。

情。可他并不怎么想讲这个话题,只讲到他去到重庆,每天都收到几百上千封来自大后方的青年学生的慰问信。那时,虽然距离国共的激烈内战还有段时间,可我也敏感地意识到他的警觉心。我想,他在大陆期间应该看过国共之间的斗争情况,虽然那时候是国共合作、共同抗日,但是国共斗争的残酷性,自然也让他有警觉心。我们五六个人接着开始讨论走私的事情。因为时间不够,我和他只谈到这里。以后我就再也没有见过他了。但是,我心里有数,我知道他这种人大概会走什么样的路。他这种人一定是走这条路的。

启蒙书店与上海找党

叙事者:后来,吴思汉转任《台湾新生报》"上海通讯记者"。当时在上海《大公报》任职的李纯青晚年在那篇题为《无名英雄之碑》的回忆文章中透露，吴思汉那段期间显然一度往返于台沪之间。后来他又在台北邮局附近博爱路的某条巷子开了一家启蒙书店。通过启蒙书店，他逐渐认识了在全省半卖半送左派书籍和杂志的辜金良（1915—2005）等南北各地许多追求进步的有志青年。

李纯青：台湾光复后，吴思汉去台北当记者，不久忽然来到上海，不知什么时候又遄返台湾。他往返于台湾海峡之间。每次到上海都来看我，我与他成了忘年之交。

辜金良：我是嘉义朴子人，出生于小商人家庭，因为爱好文学，曾经义助杨逵办《台湾新文学》。1937年，日本发动全面侵华战争。为了避免被抓去当军夫，我前往南京，担任前农民组合干部李天生经营的大荣公司南京分公司贸易部负责人。因为这样，后来我有机会接触到皖北一带的新四军，并帮助新四军突破日军的经济封锁。日本投降后，我辗转来到上海，暂住虹口的台湾同乡会。等船回台期间，我变卖身上仅存的四两多黄金，除了留点路费外，统统拿去买左派书籍和杂志，准备带回台湾。年底，我终于以难民身份，搭台北轮回到基隆。

返台以后，我首先到台中找杨逵，并通过他介绍，认识了旧农组干部李乔松。我又自己去找谢雪红。后来，杨逵到台北参与《台湾评论》的编辑工作，常在台北。我也因而认识了王万得、苏新、廖瑞发等老台共。为了宣传社会主义、结识同志，并了解台湾的社会状况，我就在全省各地四处访友，同时半卖半送从上海带回来的那些左派书籍和杂志。这样，我认识了南北各地许多追求进步的有志青年。当时在台北城内开设启蒙书店的吴思汉，就是其中之一。通过吴思汉，后来我又认识了郭琇琮。

因为我和皖北的新四军有过联系，1946年5月左右，我就应吴思汉等人的要求，带他们到大陆，寻找到解放区的路。我记得，除了吴思

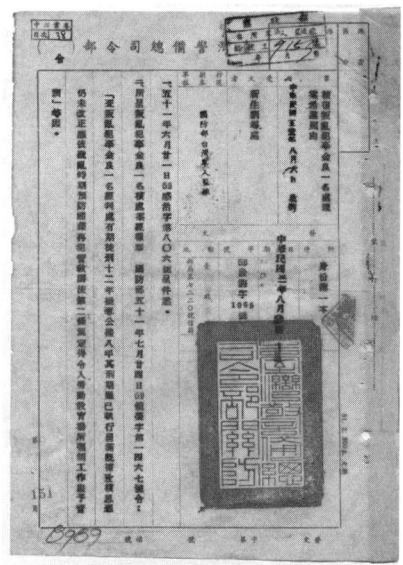
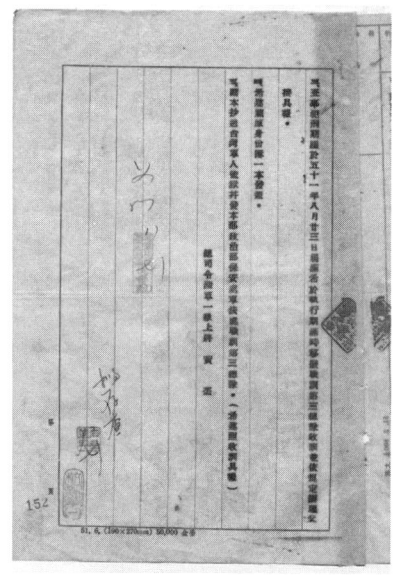

辜金良的档案。

位于上海虹口武进路的旅沪台湾同乡会。

王万得(1903—1985)。

1947年"二二八"事件专卖局现场。

汉之外,那批同行者还包括:已于多年前病逝北京的王万得及其夫人,日本山口商专毕业、1950年11月29日被枪决于台北马场町刑场的朴子同乡李水井,李乔松的儿子李韶东等。我们从基隆搭船。到了上海,我就带他们到台湾同乡会,找李伟光会长和秘书长谢雪堂。在同乡会待了一段时间后,李伟光告诉我们,台湾需要人,要我们回台湾工作。

李韶东: 我记得,我们六人搭船到上海,是在1946年9月。我们在台湾同乡会等了一个多月。到了11月,因为内战的关系,到苏北解放区的地下航线被切断了,不能去,我就回到台湾。吴思汉也跟我一起回来。我虽然知道他在台北开了一家启蒙书店,但基于安全上的考虑,没跟他联系。

徐萌山: 我是云林人,本名许孟雄,1946年公费留学上海暨南大学。大约是那年的11月初吧,我在上海台湾同乡会第一次见到吴思汉。由于我读过他公开发表的《归国记》,看到他本人,当然非常兴奋。我们一见如故,很谈得来。我感觉到他对他的事业是充满希望

李韶东。（蓝博洲摄）

的。他说，他在上海期间读了马列主义的书，也读了介绍中国共产党和解放区的书。他要把这些书送回台湾去。他告诉我，他在台北搞了一个启蒙书店，专门介绍进步书籍，由他的未婚妻管理。他又强调说，他既是读者，又是卖书的人。他相信，这些书，对台湾青年一定会起到启蒙作用。但是，启蒙书店后来却被查封了。

李守枝：启蒙书店原来雇了一个小姐看店。因为吴思汉要去上海，我也辞了报社的工作，到店里帮忙。他去上海后，书店突然被查封，我和那个小姐也被抓去关了一个晚上。第二天，我爸爸才把我保出来。

吴金雀：我这个弟弟很有姐妹情。台湾刚光复的时候，我和我先生住在高雄，已经生了一个小孩。我先生在铁路局工作，当副站长。调和仔只要到高雄，一定会来家里看我们。有一次，外头有个陌生人来跟我说："你先生在车头（车站），叫我来替他收钱。"那时候，骗子很多，我就要他进屋里说话。调和仔原本躺在客厅椅子上休息，听到声音已经站起来了。他那时长得很粗勇，大概有百八高。结果那人一进门，看到我弟弟，就赶紧离开。

唉！我这个弟弟如果还在的话，不知该有多好啊！

调和仔大概是看我们的生活过得不是很富裕，就跟我说："阿姐啊！我过没多久就要过去上海，等我回来以后，我来高雄开一家书店，可以让你顾。"可是他去上海没多久，台湾就发生"二二八"事件。我心里想，还好他没在台湾，他若在台湾，像他这样有正义感的人也不知会怎样？

事件过后，他一直没再跟我联络。后来，他出事后，我才知道他为什么不跟我联络。我想，他当时一定是决心要走那条路了。要不像他这样有姐妹情的人，怎么会突然就不跟我联络了呢？

李纯青："二二八"事件时，吴思汉与我差不多每天晚上都在一起，静听台湾电台和陕北电台广播。

徐萌山：台北"二二八"事件发生后，吴思汉告诉我，他一定要回去推动台湾的新民主主义运动。于是，他不惧满天密布的白色恐怖罗网，毅然地乘船回台。

地下党人

叙事者：从目前可见的各种官方档案资料及幸存者的口述证言看来，吴思汉回台后显然加入了中共地下党的组织，积极地活跃在新民主主义革命的劳工战线上。

1981年11月，曾任中共中央统战部副部长的张执一（湖北汉阳人）在政协文史资料研究委员会主编的《革命史资料》第五辑发表的回忆文章《在敌人心脏里——我所知道的中共中央上海局》忆述说：

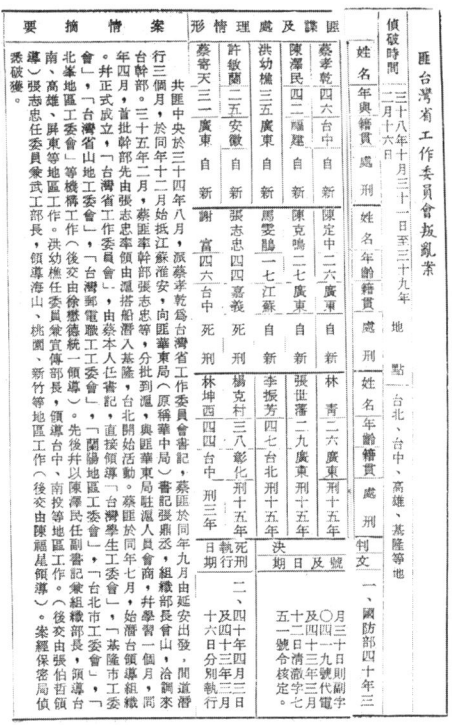

"安全局"关于台湾省工作委员会的机密档案。

1946年夏秋之交，中共中央成立上海局，下设台湾省工作委员会，书记蔡（孝）乾，负责领导台湾地下党的工作。

1959年，台北"国家安全局"为了"教育干部，策进工作"，从卷帙浩繁的档案中整理编成两辑名为《历年办理匪案汇编》的机密文件，称中共在台湾的地下党组织为台湾省工作委员会，1946年7月，在台湾正式成立，由曾经参加两万五千里长征的台籍干部蔡孝乾担任"书记"，领导组织。

"1945年年底，蔡（孝）乾到了上海。"上海台湾同乡会理事长李伟光医师在自述走过的革命道路时回忆说："我安排他住在我的疗养院，蔡孝乾介绍张执一和我联系。从此，张执一一直领导我在上海

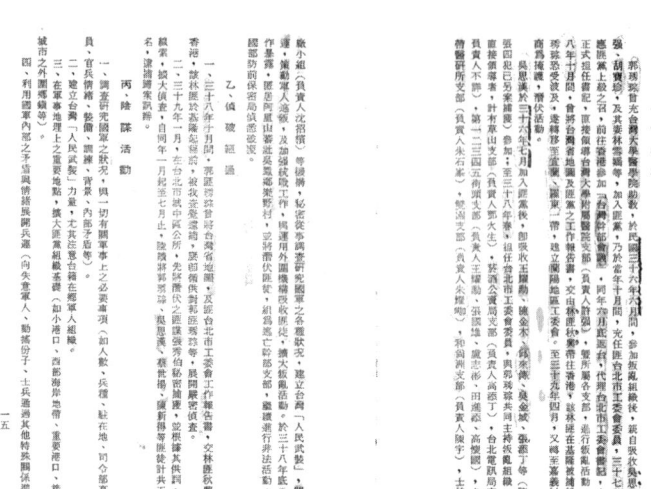

《匪台北市工作委员会郭琇琮等叛乱案》首页。

的地下党工作。"

通过上述内容来看，上海台湾同乡会在蔡孝乾把李伟光介绍给张执一联系以后，事实上就是中共上海局与台湾省工作委员会之间的联络站。那么，包括吴思汉在内的许多从大陆回台湾的人，就是通过同乡会的安排而和岛内的地下党连上线的吧。

综合目前所见的"安全局"机密文件《历年办理匪案汇编》第二辑《匪台北市工作委员会郭琇琮等叛乱案》（页14），与"台湾省保安司令部"（39）安洁字第2204号判决书所载，吴思汉加入地下党的时间与活动内容大致如下：

1947年7月，吴思汉由台大医学院助教郭琇琮亲自吸收入党，随即转引潘启昭、卢伯毅参加，组成支部，任书记。同年，吸收王耀勋、陈金木、邱来传、吴金城、李瑞东、张添丁等参加。

据查，邱来传与李瑞东都是吴思汉台南二中前后期的同学。邱来

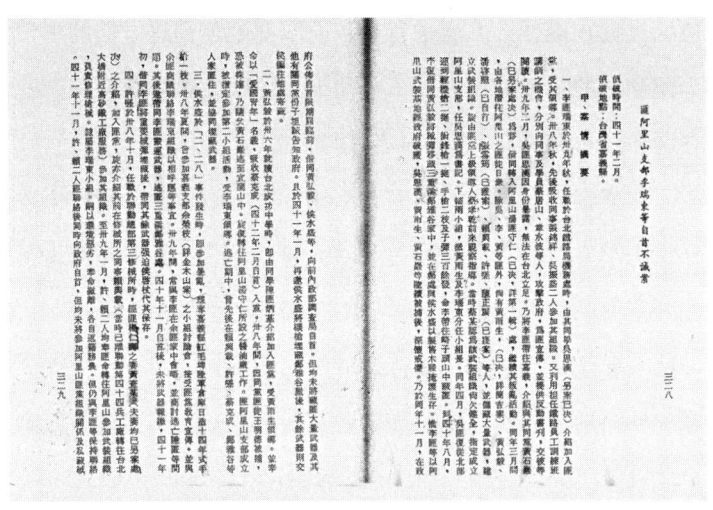

《匪阿里山支部李瑞东等自首不诚案》首页。

传是学校剑道队主将,绰号"狼",毕业后就读"满洲建国大学"。李瑞东在京都时曾经计划与吴思汉一起回祖国参加抗战。

《历年办理匪案汇编》第二辑《匪阿里山支部李瑞东等自首不诚案》(页328)载称:"李匪瑞东于卅九年(应为卅七年之误)秋,任职于台北铁路局机务处时,由其同学吴思汉(另案已决)介绍加入匪党,受其领导。"

那么,同样是台南二中的同学,吴思汉为何没有吸收竹马好友蔡水源呢?蔡水源在接受采访时向我解释了他当时的想法。

蔡水源:台湾光复后,我是这样想的,日据时期,日本人欺负我们,为着国家,大家一定要去抗日,所以我也甘愿放弃学业去祖国。可是现在祖国已经站起来了,兄弟打架,我没趣味。调和仔知道我不可能和他走同一条路。他也从来不曾和我谈政治的事情。有一次,他和李瑞东到白河,也来找我玩。我知道他们俩在做什么事。可是我不问,他们也不告诉我。因为这样,我人在下港(南部),也不太清楚他们究竟在搞什么。后来有很多同学都牵连到这方面的事情。我也因为调和仔的关系被抓去关了十几天,后来无事才放出来。我想,我是在调和仔的保护下才能够幸免的吧。

叙事者:《历年办理匪案汇编》第一辑《匪台湾省工委会铁路部分组织李生财等叛乱案》(页53、54)另载:1947年起,吴思汉与台北开南商职教员李水井("学生工作委员会委员兼书记")等在铁路方面发展党员十余人,嗣再扩增至二十余人,并先后成立"铁路局支部、铁路局台北机厂支部(张添丁任书记)、台北机务段第一支部、台北机务段第二支部"等四个支部。

第二辑《匪台湾省工作委员会学委会李水井等叛乱案》(页94、101)又载:1947年,吴思汉吸收台北师范学院学生陈全目(台南市人,1950年11月29日枪决,得年二十七岁)参加组织,充任"师院支部委员"。

除此之外,综合第一辑《匪台南市委会朴子小组蔡瑞钦等叛乱案》(页83)与第二辑《匪台省工委会台南后掘基地李凯南等叛乱案》(页130-131)所载:1947年6月,台湾省教育会研究组组长蔡瑞钦由何川介绍,参加台北市工作委员会组织,先后受吴思汉、陈炳基二人指挥。

至于台北市工作委员会的发展经过,上述《匪台北市工作委员会郭琇琮等叛乱案》(页14、15、17)的记载如下:

1947年秋季,台北市工作委员会正式成立。10月间,郭琇琮任台北市工作委员会委员。

1948年5月,郭琇琮前往香港,参加"台湾干部会议";6月底返台,代理台北市工作委员会书记,不久正式担任书记,直接领导台湾大学附属医院支部(负责人许强)暨所属各支部。

许强医师(1913—1950)。

(40)安洁字第0861号判决书所载台一五金贸易行会计余大和与吴思汉的关系。

1949年春,吴思汉任台北市工作委员会委员,与郭琇琮共同主持组织。吴思汉直接领导草山支部,烟酒公卖局支部,台北电信局支部,第一、二、三、四、五街头支部,士林热带医研所支部,双园支部,和尚洲支部,士林电工厂小组,以及台湾省铁路管理局、铁路局台北机厂、铁路局机务段、松山第六机厂等支部,秘密从事调查研究国民党军队之各种状况,建立台湾"人民武装",开展兵运,策动军人"叛逃",及加强统战工作,与运用外围机构吸收"匪徒",扩大"叛乱"活动。

同年冬季,台北市工作委员会已在台北市郊建立十一个支部、一个小组,以及个别党员五十余人。

除此之外，"台湾省保安司令部"（40）安洁字第0743号判决书另载：1949年2月15日，吴思汉介绍台大哲学系学生姜文鉴加入组织。

"台湾省保安司令部"（40）安洁字第0861号判决书又载：1949年4、5月间，二十五岁、家住士林的台一五金贸易行会计余大和，经台北市工作委员会"第五街头支部负责人"高怀国介绍，加入组织，受高领导，并吸收同志，查报军队调动情形。9月间，高怀国逃往香港；余大和改由吴思汉（化名李文仁）领导，并由吴介绍，与东京法政大学毕业的"第三街头支部负责人"卢志彬联络，命二十二岁的大同国校教员高清花代吴思汉卖屋。

关于吴思汉加入地下党的时间与活动内容，"安全局"机密文件《历年办理匪案汇编》的档案及"台湾省保安司令部"判决书的记载，大致如上。

一般认为，由于"造案"的需要，以及被捕者面对侦讯斗争时避重就轻的应变考虑，这些内容并不能反映真正的历史事实。然而，不管实情如何，在上述与吴思汉有关的涉案者或被枪毙，或流亡大陆与海外，或遍寻不着，或不愿重提往事等诸多限制之下，我们也只能当作可以了解吴思汉那段期间的革命踪迹的参照了。

在口述证言部分，"二二八"前曾经跟吴思汉一起到上海找党的李韶东的回忆，为我们从不同侧面填补了那段期间吴思汉走过的零碎痕印。

李韶东： "二二八"后，我父亲李乔松被通缉，地下党通知他和谢雪红一起逃离台湾。结果，谢雪红从左营逃离台湾，他却因为人在台中，来不及赶到左营与谢雪红一起走。地下党于是又通过谢富联络员，叫我带父亲到上海。于是我上台北找吴思汉，托他办假身份证。我在他住的一栋日式房子住了几天，因为事情没办妥，就先回台中。等到他来信说办妥后，我再上台北来拿。

1948年年初，我送父亲去上海。一个星期后，我又再回台湾。4月，我因为身份暴露，必须离台。临走前，我又到台北找吴思汉。那天晚上，他还带我去看电影《一江春水向东流》。我说这样太危险了，他却冷静地回我说不怕，没事。他那一点都不怕的态度让我印象深刻。我记得，我们俩人边看电影边掉眼泪。当晚我就在他的住处过夜。第二天，我要到基隆上船。临别时，话不多的他跟我紧紧地握手，然后说："你走吧！不送了。再见。"

电影《一江春水向东流》海报

结　婚

叙事者：在李韶东的印象中，吴思汉当时是单身汉，还没有结婚。一直要到1949年2月，也就是吴思汉正积极展开地下工作的紧张时刻，他和相恋多年的李守枝终于克服了种种困扰与父亲的反对，结了婚。

李守枝：我和吴思汉从相恋到结婚的过程是有点曲折。他向来认为，年轻女孩愈素愈漂亮，所以不喜欢我抹粉、化妆。平常约会，我要是化了妆，他就绝对不带我出门。他去上海前还特别交代报社朋友，要他们监督我是不是有打扮得花枝招展。临行前，他告诉我，说他和他爸爸表示过要娶我，可他爸爸不同意。他向我解释说，他爸爸有三个理由反对我们的婚事：第一，我比他大一岁，他父母反对娶

"某大姐"（闽南语，娶比自己岁数大的妻子）。第二，我是职业妇女。第三，我是台北女人。他这样说，我才想到，有一次，他和我们姊妹去新竹找朋友，在火车上，恰好碰见他爸爸正要回南部。

"你不上班要去哪里？"他爸爸非常不高兴，当场就不留情面地骂他，"你下一站就下车，立刻回去台北。"

当时，我还不清楚他爸爸为何像管小孩那般严厉地对他，听他这样说了以后，我才知道，原来他爸爸对台北的职业妇女存有偏见。

吴金雀：那时候，我父亲反对调和仔的婚事的理由是说：她是台北人，也不知道她的个性如何。我父亲在地方上也算是有地位的人，很多人要来跟他讲亲。古早人是无法让孩子自己主意婚事的。

吴金莺：我虽然年纪较小，可我对当年家里的这场风波却记忆犹新。大哥和我大嫂认识后曾经带她回来家里。我永远记得，他们回来，还在白河引起一阵轰动。因为我大嫂实在很漂亮。那时，我大嫂在报社上班。我爸爸激烈反对大哥娶一个职业妇女，说来说去就是这句话："啊！那……职业妇女不好啦！"然后他又强调，"漂亮的女人都是水性杨花……娶来做某，麻烦啦！"我爸爸的个性很霸道。他真的是很专制的人啊！他说不行，就不行。平常我哥哥对我爸爸很孝顺，什么事都很听他的话。可我记得，这次我爸爸说不行，我哥哥就不回来了。他的坚持终于让他在这场家庭革命中取得最后胜利。

李守枝：吴思汉坚持要娶我。因为这样，他爸爸非常生气，甚至语带威胁说："你若是坚持要娶，我就不理你们。"他也很生气，态度坚决地说："如果你不让我娶她，我就不娶，也不回来。"还好，他妈妈很疼儿子，也很喜欢我，一直居中调解。后来，他爸爸终于同意了。我们就按照传统的习俗订了婚。

吴金莺：就我所知，他们订婚以后，两个人还是通过书信讲来讲去。我大嫂很单纯，什么都不知道。可我大哥却不一样，朋友多，外头——咻，他就出去了。

李守枝：订婚后，我们还是要通过我小妹传纸条约会。我们几乎都约在衡阳路的菊元百货见面。婚事被诸多琐事耽误，一直拖延到1949年2月才结婚。结婚时，没有宴请任何客人。他也不给我戴金项链、金戒指。他还故意嘲讽我，说我若想要的话，他马上给我打一块大块的金牌。几天后，他带我回白河家乡探亲。回台北后，我们就住在芦洲乡下。

陈枣：我和王耀勋早在"二二八"事件之后就订了婚，并于同年年底结婚。我们虽然和吴思汉很熟，但是我们结婚之后，他大概是要保护我们吧，也就没有再到我们家走动了。婚后我们住在《台湾新生报》的宿舍，日子过得很平静。他做他的事，我做我的事。后来，我因为怀孕时病了一场就辞掉工作。再后来，李万居要我到他创办的《公论报》会计部上班，我们才又搬到《公论报》的宿舍。王先生平常没事都待在家里。有时候，他会出去走走。做什么，我也不知道。吴思汉和李守枝结婚的时候不让人家知道，也没有人知道他们住在哪里。但我知道，他和吴思汉一直都有联络。我和王耀勋后来生了一个女儿，但李守枝和吴思汉却遗憾地没能留下子嗣。

李守枝：婚后不久，吴思汉就要我去大陆。他跟我说，我到了那边，他会介绍人去接我。他让我考虑一个星期。我内向、保守，最后决定不去。他气得要死，说我们之间的关系只是男女感情而已，不是同志。后来我怀孕了，他认真地想了好久，最后心情沉重地劝我说："现在局势还不稳定，暂时不要生。"然后他又安慰我说，"等明年，局势明朗了，我们再生。"我听他的劝，拿了小孩。可没想到，他却出事了。他被通缉后，怕引起注意，不常在家。起初，他几天会回来一次,后来,就没再回来过了。

地下活动

叙事者:如果按照官方档案的相关记载,吴思汉应该是在1949年10月以后开始转入地下。

首先,"安全局"机密文件《历年办理匪案汇编》第二辑《匪台北市工作委员会郭琇琮等叛乱案》(页15、20)及"台湾省保安司令部"(39)安洁字第2204号判决书分别载称:

1949年10月间,"保密局"在基隆逮捕了一位名叫林秋兴的"地下党人",随即"循供",严密侦查郭琇琮等人。郭琇琮恐受波及,遂转移至宜兰、罗东一带。年底,吴思汉也因工作暴露,匿居阿里山"蕃社"吴凤乡乐野村,并将"潜伏匪徒",组为"逃亡干部支部",继续进行"非法活动"。

《历年办理匪案汇编》第二辑《匪阿里山支部李瑞东等自首不诚案》(页328)另载:

1950年2月,吴思汉因身份暴露,无法在台北立足,乃将李瑞东带往嘉义,介绍与其"同党黄石岩"为伙,偕同转入阿里山汤守仁处,继续其"叛乱活动"。3月间,由各地潜往阿里山之"匪徒"日众。除吴、李、黄之外,尚有黄雨生、黄弘毅、潘启照、张雪筠、赖兴载、许嗟、陈正震(宸)等人,并"储藏大量武器,建立武装组织"。旋由"匪党上级领导人"蔡孝乾前来视察指导。当时蔡某认为该"武装组织"尚欠健全,指定成立"阿里山支部",任吴思汉为"书记"。下辖两小组,派黄雨生及李瑞东分任小组长。4月,吴思汉复从北部运到"机关枪二挺、冲锋枪一挺、手枪二支及子弹三百余发",命李瑞

汤守仁

东带往东山乡崎子头山中"藏匿"。

这里所谓的"同党黄石岩",据前台北市委吴克泰回忆,原是"台北市工作委员会第一任书记",工作很积极,很勇敢,但办法不多。"二二八"时,他在蓬莱阁前的家作为台北地下党进行台北市武装斗争的联络地点。

后来,黄石岩与儿子黄弘毅,以及李瑞东、汤守仁、黄雨生等人都在不同时间遭到枪决厄运。

《匪阿里山支部李瑞东等自首不诚案》(页329)又载:

许嗟于1949年10月,任职于联勤总部第三修械所时,经"匪杨仁寿之妻黄查某"之介绍,加入"匪党",旋亦介绍其前在修械所之同事赖兴载参加其组织。至1950年1月,许、赖二人均奉命转往阿里山,参加"武装组织",负责"修理枪械",隶属"李瑞东小组"。

所谓"阿里山支部"的"应变方法"是"在边远山地建立武装基地,以收容并掩护已暴露身份之匪党分子,并由汤守仁在山地经营酱

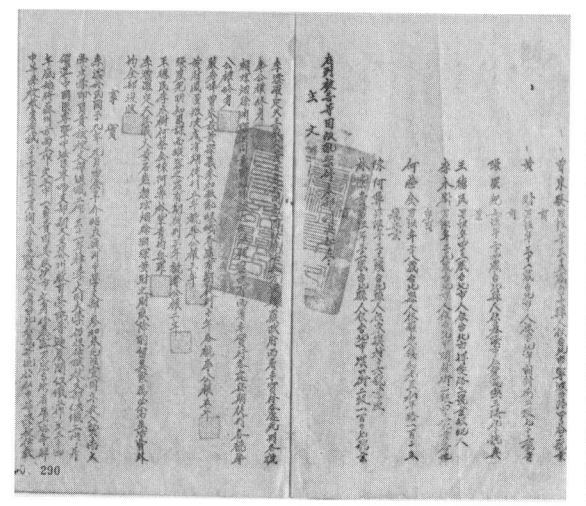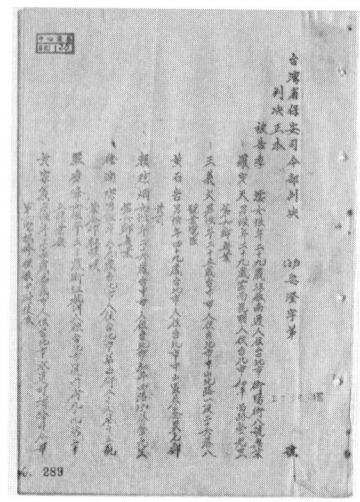

黄石岩的判决书。

油厂一所，将逃匿匪徒伪装工人，一面从事生产以维持生活。或利用偏僻山区之群众，在其住所附近搭盖茅屋，从事垦殖……"（页331）

根据我的调研，上述的官方说法，大体和亲历其事并被处刑十二年的所谓"潜往阿里山之匪徒"之一的赖兴载先生的说法一致。

赖兴载：1926年，我出生于南投水里客家农工家庭。水里公学校毕业。太平洋战争期间，到日本兵器学校充当海军工员。1946年正月，我在基隆港下船。因为家里经济破败，于是到台北一家电器行工作。"二二八"前，转往联勤总部四四兵工厂修械厂。事件后，我经由乐生疗养院院长夫人黄查某介绍，与同事许嗟转往大桥町高砂铁工厂（老板娘是辜颜碧霞）任职。其后我再由许嗟介绍，加入组织，并一起上阿里山乐野部落。

当时，我们在山上的工作主要是做酱油。我们的做法是将豆粕加盐酸或硫酸，放缸里浸泡七天，然后拿出来煮、过滤，再放入最低等的乌糖。

杨仁寿与黄查某的裁决书。

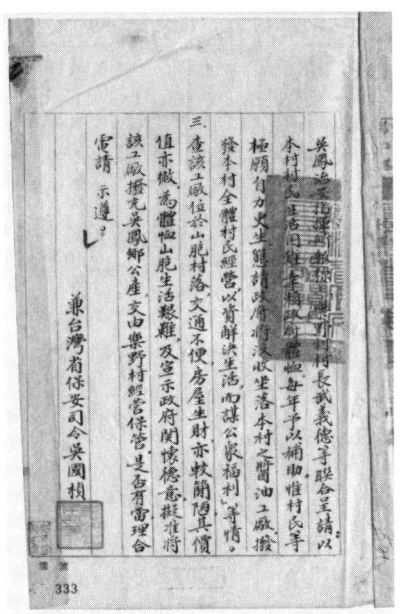

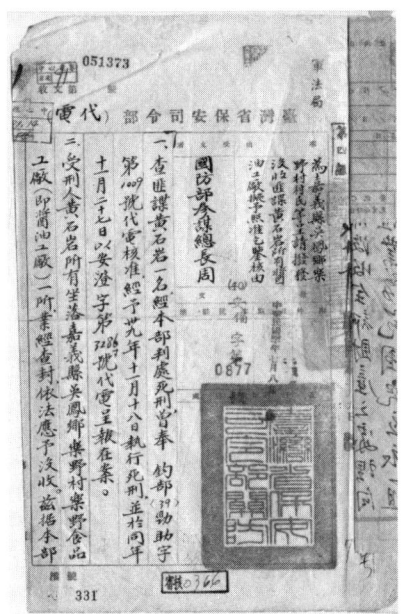

位于乐野村的酱油厂旧址与相关文件。

刚上山的时候，我和许嗟就住在工厂里头。酱油工厂的师傅和黄雨生（大黄）则住在国校上头的汤守仁家。十几天后，因为风声紧，我们又都一起再上山，住在汤守仁的弟兄们搭的山寮里头。后来，吴思汉与李瑞东也来到山上。吴思汉给我的印象是个稳重亲切的人。

叙事者：关于吴思汉在阿里山的活动情况，赖兴载虽然努力回想却只说了这一些。我想，也许是白色恐怖的余悸犹存使得他有所保留吧。

历经多年的寻访，我所能找到的有关吴思汉在阿里山活动的史料与证言，大体如此。不论是官方机密档案、判决书的断简残篇，或是幸存者有所顾虑的追忆所织就的历史图像，依然不能为我们说明几个最基本的问题：

吴思汉究竟在何时、经由何人介绍上山？他在山居期间的详细活动与心境又是如何？还有，他是在何时、在什么情况下离开的？

值得注意的是，"安全局"机密文件的档案与一些白色恐怖幸存者的证言显示，就在匿居阿里山吴凤乡乐野村部落进行"非法活动"期间，吴思汉依然在台北市进行他的秘密的组织活动。

苏有鹏：我在白河公学校和台南二中都低吴思汉一级。台湾光复后，他从重庆回来，跟王耀勋一样在《台湾新生报》工作。因为我们三个都是台南人，所以都有来往。他潜入地下时，我在台大医院耳鼻喉科当住院医师。我曾经提供耳鼻喉科的医师休息室，让他住过一两次。我记得，那时候他白天都不敢出门，总是在晚上出去，四处找朋友。他随身背着装有牙刷等日常用品的背囊，显然随时都准备跑路。

叙事者："安全局"机密文件《历年办理匪案汇编》第一辑《匪台北市委会松山第六机厂支部傅庆华等叛乱案》（页92）另载，1949年12月，"松山第六机厂小组长"傅庆华与吴思汉联络。1950年春，傅庆华受吴思汉命，将松山第六机厂小组扩展为支部。但是，吴思汉

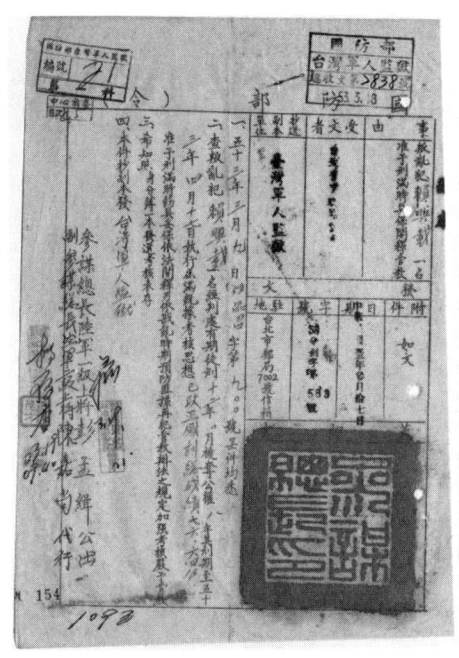 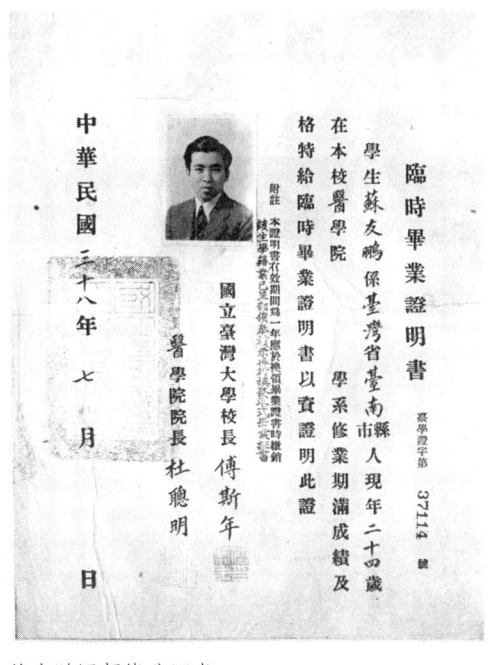

赖兴载(1926—)的开释证。　　苏有鹏医师毕业证书。

与"松山第六机厂支部"的关系后来就不见记载了。

与此同时,吴思汉还做了一件不为一般人所知的事。

1949年12月15日,"台北国府行政院"在台正式办公一周后的会议通过改组"台湾省政府"之任免事项。吴国桢被任命为"台湾省政府"主席,台籍的蒋渭川出任"民政厅"厅长兼"省府"委员、彭德出任"建设厅"厅长兼"省府"委员,其他还有李翼中、林日高等多人担任"省府"委员。

就在这项人事任命发布不久以后的1950年1月9日,《中央日报》刊登了一则庆祝蒋渭川、彭德、李翼中、林日高四人荣任"民政厅"厅长、"建设厅"厅长、"省府"委员的贺启。许多人看了这则启事不免发出会心的微笑。他们心里清楚,刊登这则贺启的人的真正用意

陈明忠。（何经泰摄）

是在借此嘲讽这四个人；因为署名同贺的二十一人当中竟然包括在"二二八"事件中遇害或行踪不明的台籍精英：黄朝生、林茂生、王添灯、宋斐如、吴鸿祺、陈炘、林连宗、施江南、李瑞汉、王育霖、陈能通等人。

但是一直没有多少人知道，这则充满智慧的启事就是善于斗争的吴思汉的巧思之作。

陈明忠：我是在1950年9月第一次被捕入狱坐牢时才听说，这则启事是地下党人吴思汉刊登的。吴思汉为什么要用这些人的名义来刊登呢？因为据说这些人之所以被害，都是蒋渭川告的密，所以吴思汉故意用他们的名字以示抗议。蒋渭川是CC派，他的老板是国民党台湾省党部主委李翼中，也是CC派。"二二八"那时候被打的外省人，很多都是被蒋渭川的人打的；蒋渭川找了一批流氓，到处捣蛋，要把政学系的陈仪斗倒。陈仪很气，要抓蒋渭川，结果被蒋跑掉了，蒋被李翼中保护起来。

逮捕与株连

叙事者：关于吴思汉的被捕，一直没有任何官方文件或历史证言能够确切说出时间与地点。官方档案的相关记载大体如下：

首先，"安全局"的内部机密文件《历年办理匪案汇编》第一辑《匪台湾省工作委员会叛乱案》（页18）载称：1950年1月29日，"匪党上级领导人"蔡孝乾在台北住处被捕，后来在陪伴"保密局"情治人员追捕其他"匪徒"时，乘隙脱逃。

1954年4月，"调查局中央委员会"第六组编印，供"中上级保防干部参考之用"的"机密"教材——郭乾辉《台共叛乱史》（页58）又写道："蔡孝乾获案以后，曾根据他所供的线索，将台共的高级干部大部分予以肃清……"

但是，没有确切的证据能够说明，根据蔡孝乾"所供的线索"而"大部分予以肃清"的"台共高级干部"里头包括吴思汉。

"安全局"机密文件《历年办理匪案汇编》第二辑相关档案另载：1950年1月，吴思汉下属"和尚洲支部"的台北市城中区公所户籍员张秀伯在上班时被捕；"保密局"据供，穷追线索，扩大侦查。4月，郭琇琮转往嘉义，以杂货商身份为掩护，潜伏活动。（《匪台北市工作委员会郭琇琮等叛乱案》，页15、14。）

4月25日，"山地工作委员会书记"简吉在台北市被捕。蔡孝乾随后在嘉义竹崎第二次被捕。（《匪山地工作委员会简吉等叛乱案》，页73。）

5月2日，郭琇琮夫妇一起在嘉义被捕。（郭琇琮遗孀林雪娇女士证言。）

5月10日，"二二八"事件前曾与吴思汉一同到上海找党，后来

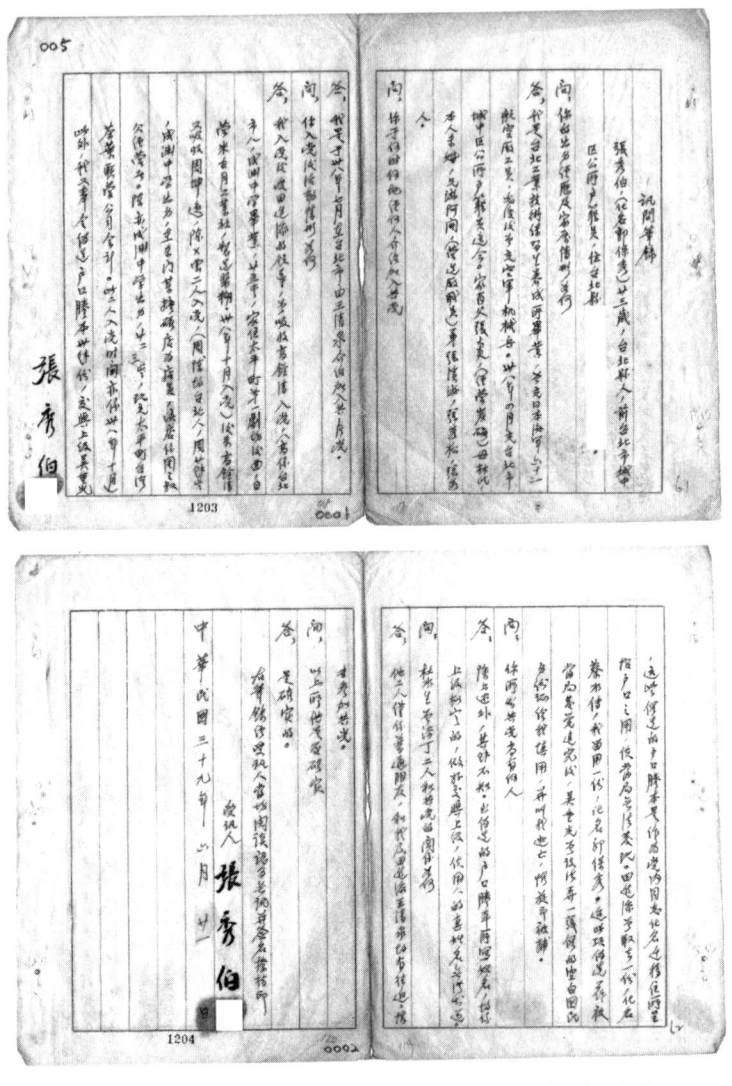

1950年6月21日，台北市城中区公所户籍员张秀伯的讯问笔录。

又一起在铁路方面发展组织的"学生工作委员会委员兼书记"李水井在嘉义被捕。(《匪台湾省工作委员会学委会李水井等叛乱案》，页97。)

张秀伯、郭琇琮和李水井都是跟吴思汉有直接关联的人，他们的被捕当然有可能造成吴思汉立即被捕的事实,但是,这也仅仅是逻辑上的推理,并不一定就是事实。所以,根据这样的官方档案所载,吴思汉被捕的时间与地点依然并不确切。

一直要到这篇报道于2009年2月23日定稿并公开发表的几年之后,我才通过目前可见解密档案中的1950年6月7日吴思汉在"保密局"的侦讯笔录确知:吴思汉与郭琇琮夫妇一样,1950年5月2日在嘉义被捕。

根据"安全局"机密文件《历年办理匪案汇编》第二辑《匪台北市工作委员会郭琇琮等叛乱案》(页15)记载,郭琇琮、吴思汉被捕以后,"保密局"的株连逮捕还在继续进行着。一直到同年7月止,"保密局"一共陆续逮捕了涉及所谓台北市工作委员会的五十一人。

陈枣:吴思汉被捕以后,王耀勋也被捕了。吴思汉被抓时,有人来告诉我。当时我心里很害怕。王耀勋回来,我就问他和吴先生有关系吗,他若无其事地回答我说没有,一点关系都没有。我不放心,问说那你们平常都在忙些什么,他笑笑说我们是男人嘛!以前又是那么

1950年7月止,"保密局"一共陆续逮捕了涉及台北市工作委员会组织的五十一人。

好的同事，有说有笑，什么都可以讲。我心里很害怕，要他赶快去南部避一避。可他却安慰我，说他去南部干什么。他实在没有做什么，不怕。一直到被捕，他都没有离开过家。

胡宝珍：大概是1949年年底，或是1950年年初吧。有一天，曾经担任台大医学院助教的郭琇琮学长像平常一般来找我聊天。日据末期，我在士林参加协志会的活动时就认识他了。后来他因为搞反日组织而被关在牢里头，所以我跟他并不太熟识。光复后，我又经常在协志会活动见到他。当时我念大二，他却已经毕业了。由于他比我大三四届，所以我和他也没有什么密切的来往。我记得，有一次，他在新公园音乐台搞一个教唱跳舞的活动，找我去弹琴。这算是我们之间唯一一次比较紧密的接触吧。那天，他来找我以后又突然不见了。在此之前，他也常来找我随便聊聊，所以我也不觉得有什么异常。

几天后，就换吴思汉来找我了。一见面，我马上就认出他就是以前台南二中的学长吴调和。在台南二中，他高我一届，并且是修完四年的学业就越级考上台北高等学校的资优生。光复那年，我看到《台湾新生报》连载他寻找祖国三千里的文章，这才知道他那传奇的经历。从台南二中时代起，我就非常尊敬、崇拜他。因为这样，我对他的来访感到特别高兴。他告诉我，他是通过郭琇琮牵线才来找我的。其实，他只和我接触过一两次而已。每次见面，也没有说些什么，就只是话话家常而已。可就在我期待着他再来找我的时候，我却莫名其妙地在台大医院被捕了。

苏有鹏：5月13日，我和台大皮肤科住院医师胡宝珍在台大医院同时被捕。我想，我之所以会被抓，主要还是因为王耀勋的关系。因为王耀勋在我之前就已经被逮捕了。平常，从他的言论中，我知道他可能有参与地下党的工作……或许和吴思汉也有关系吧。后来，看了

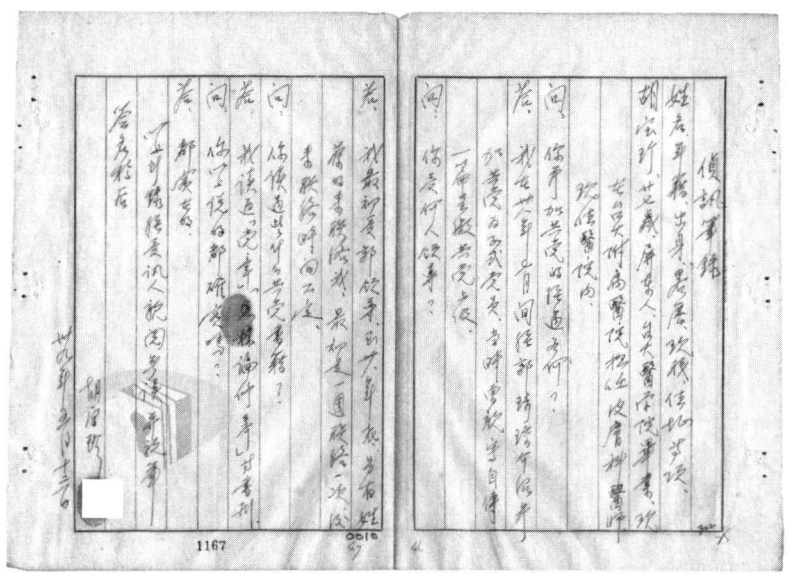

1950年5月13日，胡宝珍医师被捕后的讯问笔录。

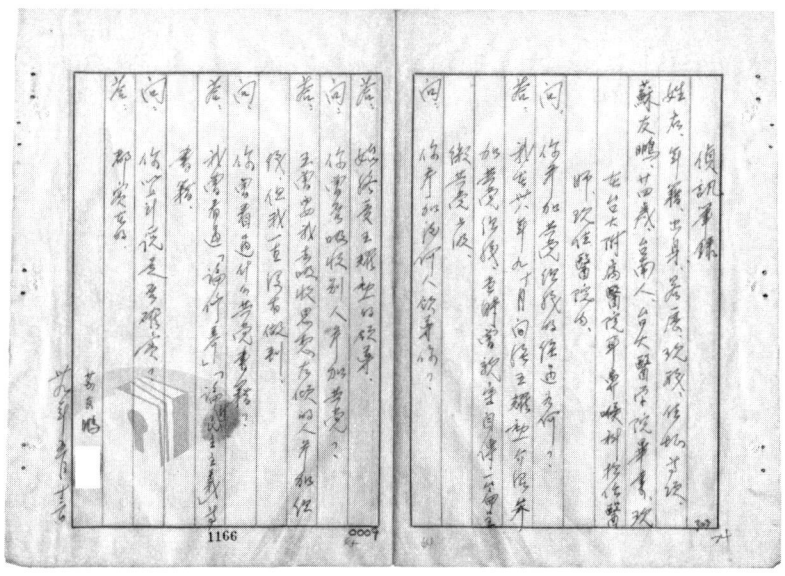

1950年5月13日，苏有鹏医师被捕后的讯问笔录。

判决书后，我才知道，吴思汉地下工作的活动范围很广，几乎台北街头、支部的所有活动都是他搞的。因为王耀勋和吴思汉有组织上的关系，所以，我推想我的被捕是和吴思汉有关的。可是我在牢里只见过王耀勋一次，又没有机会交谈，真相究竟如何，也就无从查证了。

"保密局"的讯问笔录

叙事者：为了更全面地理解吴思汉的人与历史，我谨根据目前可见的解密档案，按照时序，初步整理涉案人在"保密局"的"讯问笔录"中与吴思汉相关的内容。当然，我们必须理解这些看起来井然有序的书写在泛黄纸页上的记录是经历了非当事人难以想象的严刑拷打之后的产物。

6月2日，王耀勋：

> 我是于卅八年七月由吴思汉介绍在台北市参加共产党……后来吴思汉又将胡宝珍、曾清根等先后交我领导。这些人无何发展……又我参加时间不久，到卅九年二月起，吴思汉离开台北，即停止工作，故所知极有限。

6月7日，郭琇琮：

> 我参加共产党后，曾亲自吸收吴思汉等人入党……（卅七）年六月末（自港）返台，即代理台北市工委会书记，不久并正式担任市工委书记……由吴思汉及小陈二人接充委员，吴注意领导

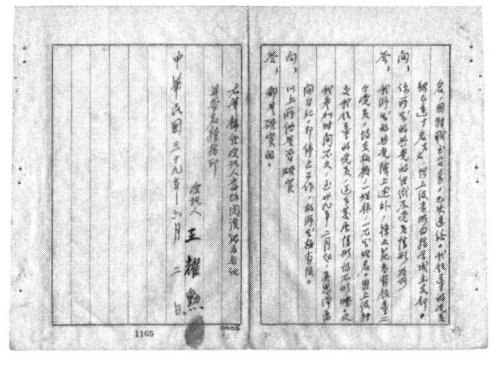
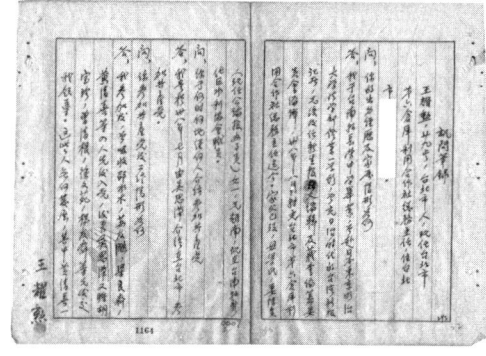

1950年6月2日,王耀勋侦讯笔录。

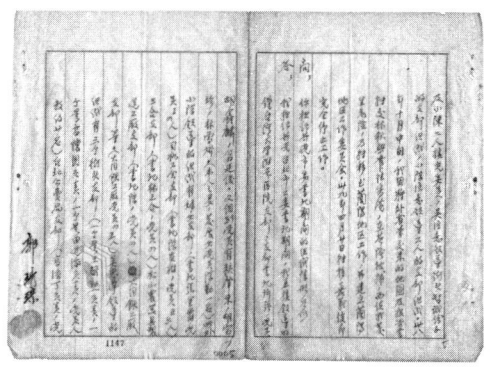
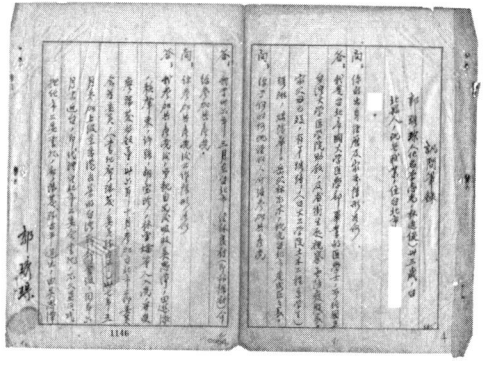

1950年6月7日,郭琇琮侦讯笔录中有关吴思汉的部分。

街头智识份子①的支部组织……

我担任共产党台北市工委书记期间……吴思汉领导的组织有三个街头支部(一个是王耀勋负责,一个是高怀国负责,一个是田进添负责,党员人数约廿名),台北公卖局支部(高添丁负责,党员四人),台北电信局支部(由铁路局支部分出,负责人不详),铁路局支部(负责人李,党员人数不详),铁路机厂支

---

①即知识分子,此处保留侦讯笔录上的用词。——编者注

部（负责人及党员数量不详），铁路机务处支部（负责人林德旺，党员三人，以后发展不详），士林热带医学研究所支部（书记朱石峰，党员三人），草山支部（负责人及数量不详）。

"保密局"接着提讯了"化名林志男"、时年二十七岁的吴思汉。根据"讯问笔录"，吴思汉供出的内容照录如下：

问：你的出身经历及家属情形为何？

答：我在日本京都帝国大学医学部肄业一年，后逃入重庆，光复后返台，先充新生报编译员，后转上海通讯记者，后经营启蒙书房，该书房被封闭后即无正当职业。家父吴匀（开春生药行），母林氏，妻李守枝，弟调铭（台大工学院学生）……姊一妹三。

问：你于何时何地经何人介绍参加共产党？

答：我于卅六年七月在台北市由郭琇琮介绍参加共产党。

问：你参加共产党后的工作情形为何？

答：我参加共产党后，曾先后吸收潘启昭、卢伯毅（此二人并和我组成支部，我充支部书记）、陈全目、邱来传（此二人交与别组织领导）、吴金城、李瑞东、王耀勋、张添丁等人入党，卅八年春才参加台北市工作委员会充委员，曾领导十个以上的支部，后来因不安全，奉命转入台南县吴凤乡乐野村隐蔽，并将逃亡党员干部编成一个支部，自兼书记，卅九年五月二日在嘉义市被捕。

问：你在共产党台北市工委会委员职务中领导的组织及党员情形为何？

答：共产党台北市工委书记是郭琇琮，委员是我和小陈。我领导的组织，计有街头支部两个：一个是王耀勋负责，党员有苏有鹏、胡宝珍、邵水木、曾清根等十人；一个是高怀国负责，党员林从周等四人。台北烟酒公卖局支部，是高添丁负责，党员吴定国等四五人。台北电信局支部负责人张添灯，党员五六人。台湾省铁路管理局支部，负责人李生财，支部委员杨清顺、朱永祥，党员近十人。铁路局台北机厂支部，负责人张添丁，党员八人。铁路局机务处两个支部：一个支部是林德旺负责，党员四人（此支部已交与李水井领导）；另一支部由许钦宗负责，党员三人。士林热带医学研究所一个支部，负责人朱石峰，支部委员许灯炎。草山一个支部，负责人邓火生，党员六人（此支部系谢涌镜发展）。尚有郭琇琮交来的街头支部一个，负责人田进添，党员张秀伯、王清泉等五六人（这个支部因张秀伯被捕已纷纷逃亡）。松山第六机厂一个支部，负责人傅庆华，党员四五人。此外，我个别联络的党员有李德辉、李瑞东、姜文鉴、潘启昭、吴金城等。谢涌镜尚联络党员谢新杰、吴金棠二人。一度有联络的尚有朱耀珈领导的双园支部及若干个别党员。妇女党员只有一个陈勤，曾一度有联络。以上合计支部书记以下党员近一百名。

问：你在阿里山组织的支部情形为何？

答：我进入阿里山蕃社吴凤乡乐野村后约一个月，省委负责人老郑亦来，命令我们组成支部，我充书记，两小组长为黄雨生、李瑞东，以下党员六名。惟3月中旬即解散，为时不及半个月。我们在山里的工作，除派赖、许二党员修理汤守仁的枪械外，曾办夜学。我未入山前，曾有参加高山干部会议的事。汤守仁原来负责掩蔽我的潜伏，后来我们恐怕发生危险，匆促撤离，

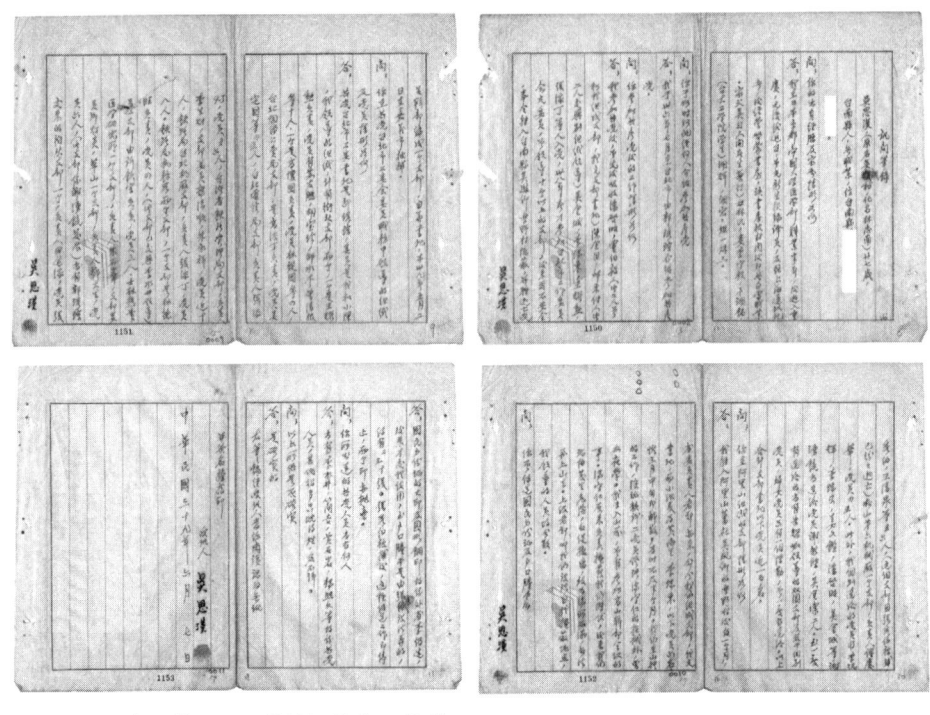

1950年6月7日,吴思汉的侦讯笔录。

致为汤所不满,无法再上山去。上级老郑叫我们设法自找掩蔽地点。我领导的人员均分散。

问:你曾伪造国民身份证及户口誊本吗?

答:国民身份证的大印及圆形钢印均系外省李伪造,后来才交我使用,至户口誊本是张秀伯设法弄的,约有二三十张。张秀伯被捕后,这种伪造工作即停止,两个印亦抛弃。

问:你所知道的共产党人员尚有何人?

答:尚有李水井、简吉、黄石岩、杨熙文等均系共产党人员,其他很多只晓得姓,名不详。

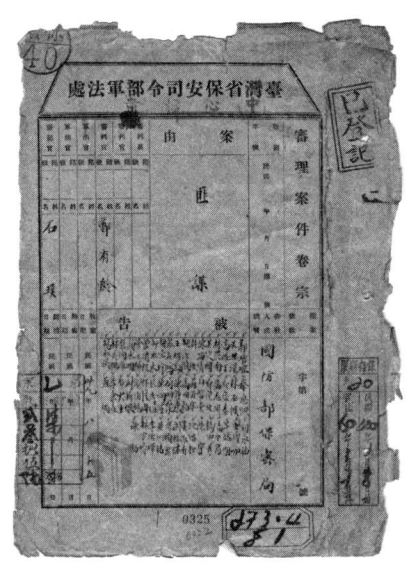
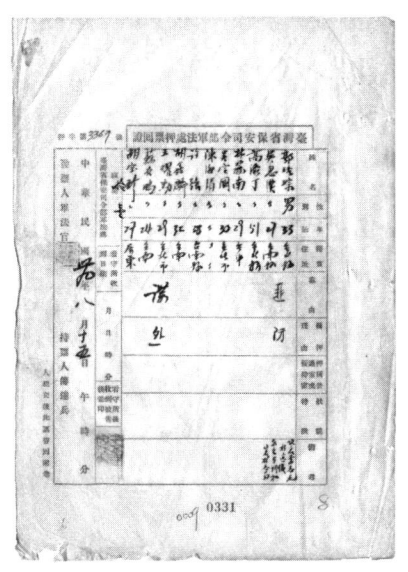

1950年8月15日,"保安司令部"收到"保密局"告发的郭琇琮与吴思汉等五十名"匪谍"的审理案件卷宗。

1950年8月15日,"保安司令部"以"防逃"的理由羁押郭琇琮与吴思汉等五十名"匪谍"。

移监"保安司令部"军法处看守所

叙事者:7月27日,"保密局"局长毛人凤"奉总统(39)午梗机资字第2304号代电批饬",将"共匪台北工委匪犯"郭琇琮与吴思汉等五十名移送"保安司令部"审判。

8月15日,"保安司令部"收到"保密局"告发的吴思汉与郭琇琮等五十名"匪谍"的审理案件卷宗,并以"防逃"的理由羁押他们。

8月17日,"保安司令部"军法处提讯吴思汉与郭琇琮、高添丁、林丽南等四人。根据"讯问笔录",吴思汉与军法官郑有龄的问答如下:

问:姓名事项?

1950年8月17日,"保安司令部"军法处提讯吴思汉等四人。

答:吴思汉,男,廿七岁,台南县人,业我家药店店员,住台南县……

问:你何时参加共产党?

答:卅六年夏天由郭琇琮介绍入党。

问:你参加后做何工作?

答:一般组织方面的发展工作,主要在吸收党员。

问:你何时任台北市工委会委员?

答:做委员我不晓得。

问:你是台北市负责人你总知道?

答:我只知属于台北市。

问:你所领导多少组织党员?

答:上级叫我去联络的差不多有十个支部。

问:你何时去台南县吴凤乡乐野村?

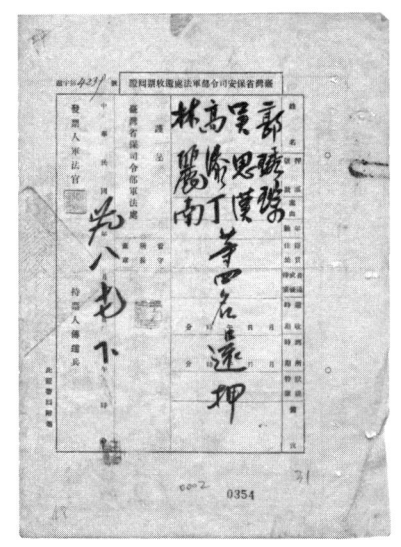
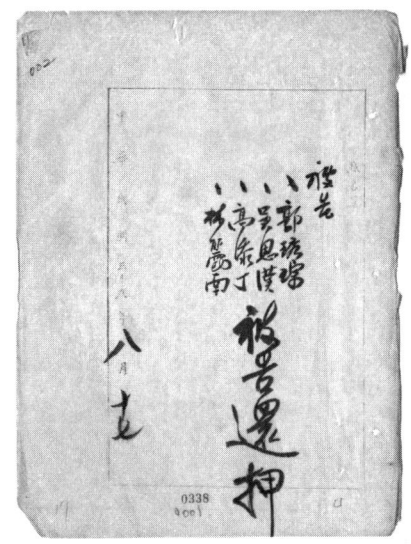

1950年8月17日,"保安司令部"军法处还押吴思汉等四人。

答:去年年底(阴历)。因为我台北工作暴露,上级叫我去躲的。

问:你在吴凤乡另收逃亡党员组织起事的有多少人?

答:约有十人,上级叫我编成支部做书记的。这十人都是工作暴露逃亡的党员,有李瑞东、潘启昭二人与我有关系,其他黄(大黄)、黄(小黄)、林(本名不详)、许、赖、张、陈等在我去到吴凤(乡)前有几个就在那里了。

问:你所领导的有多少支部?

答:有两个街头支部,烟酒专(公)卖局支部,电信两支部(我曾领导过),台湾省铁路管理局支部,铁路(局)台北机厂支部,铁路局机务段两个支部,士林热带研究所支部(我只去一两次,不知是小组还是支部),另外还有个别党员。

问:你除了吸收党员外还有修理枪械工作?

答：吴凤（乡）是汤守仁负责掩蔽我们。

问：他们有多少枪械？

答：我不知有多少枪，大约有两三支日式步枪。

问：汤守仁现住何处？

答：他是乐野村高山族人，是否党员我不知道，他是警察方面人员。

问：你有很多伪造身份证？

答：有的，都是伪造的，是外省李交我使用的。誊本是张秀伯弄的，约二三十张。

问：你除在保密局讲的尚有其他没讲的？

答：没有了。

逃狱计划

叙事者：根据目前所能看到的档案材料，这次提讯之后，吴思汉等人就没有再被提庭问讯了。按规定，移监军法处看守所的吴思汉也可以和家人通信了。

李守枝：我不知道吴思汉确切被捕的时间。一直要到他离家半年后，从军法处看守所给我寄来第一封信，我才确定他已经被捕入狱了。收信之后，我立刻通知白河家里。我公公马上转告大女儿吴金雀，要她一起上台北探监。

吴金雀：我听到我爸爸跟我说我弟弟犯到事情时吓了一跳。我当时心想，怎么会这样呢？以前，他到我那里，从来也不曾跟我说什么……我立刻带着出生不久的第三个小孩（他最后一次来时我只生了一个），跟我父亲上台北。可是我们到了那里却没办法看他，他们不

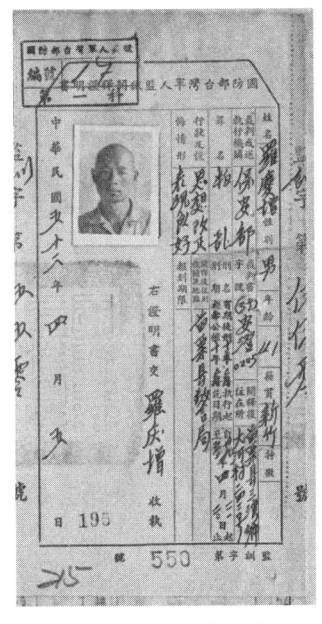

苗栗县三湾乡大河底佃农罗庆增,曾与吴思汉在军法处同房关押。

让我们见他。想起来,实在残忍啊!他们不让我们看他。他也一直没信回来。可怜啦!

吴金莺:不知道是不是怕连累家人还是怎样,后来大哥就几乎没有再回来过白河家里。因为他很少回来,都不在家,当时正在念初中的我也就不太清楚他究竟出了什么事。

陈枣:王耀勋被捕三个月后,我收到他从军法处看守所寄回来的第一封信。王先生信上说,他人被关在军法处看守所,要我去看他。虽然他叫我一两个星期去一次就好,我还是天天去看他;就算没有东西可送,我也会买个花生汤或简单炖个汤送去。我每次去给王耀勋送东西,都跟李守枝一起去。

罗庆增:我是苗栗县三湾乡大河底佃农,二十八岁那年被捕入狱。我被捕以后一直在想,自己无缘无故被抓,脚也被打坏了,实在

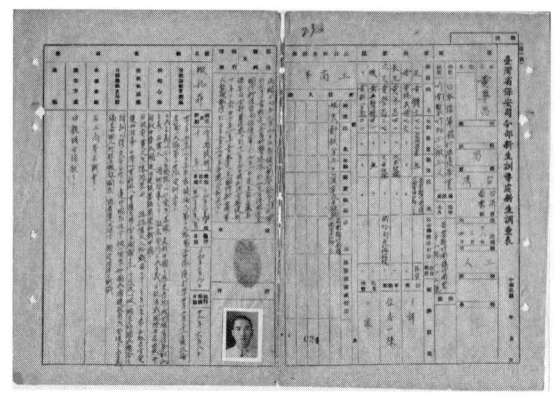
吴思汉曾经邀请一起逃狱的黄华昌。

1950年11月29日被枪决的陈水木。

很冤枉。但是,到了军法处看守所,我看到那里有很多文化水平、知识程度很高的人也都在里头,我就想,像我这样不识字的佃农被抓到这里,算来也没什么好奇怪了。在那里,我曾经与吴思汉同房关押过一段时间。每次,他家里人若送吃的东西来,不论牢房里头有多少人,他一定要平均分给大家吃;有多少人就分成多少份。我非常尊敬他无私的人格。

颜世鸿:1950年6月21日凌晨,我在台大医学院学生宿舍被捕入狱。那时候,台南案的难友计划要逃狱。因为牢里的钥匙大部分是一样的,吴思汉就想设法弄进来一把钥匙。但是赞成这样做的人不多,理由有两个:首先是成功概率太低;再来是担心到时会牺牲更多可以活命的难友。我们这些人长期没晒阳光,脸色苍白,又留着和尚头,就算越狱成功了,出去后,人家一看这样的形体,就知道我们的身份了。因为这样,后来这个计划就没有真正实行。

李守枝:我天天给吴思汉送东西,但不可会面。每次只看得到他签名的收条。后来,他签收回条的时候,不知怎么通过外役给我送了一小块印有钥匙模型的肥皂。我看了那块肥皂,当然可以知道他的意思。我想了想,就算我能把钥匙送进去,不但不能解决问题,反而害了他,也就没有照他的意思去做。

黄华昌: 日据末期我曾经入学东京航空士官学校。1950年6月我在竹南被捕入狱。那时我很担心有人认出我,将我在"二二八"时担任航空大队副队长、策划抢机场等事情抖出来,这样我就必死无疑。吴思汉知道这种情形后,竟偷偷地邀我逃狱。当时我心想若逃狱被抓回来,很可能被判死刑;但若留下来,不知哪天"二二八"的事会曝光,到时也是死路一条。衡量之下,我决定和吴思汉一起逃狱。我们另外找了与我同案的陈水木,三人一起计划越狱。某日我们三人在叠罗汉,魁梧的吴思汉站最下层,陈水木站在吴思汉的肩上,我则爬上陈水木的肩膀,然后由吴思汉一上一下地来举我们。不料这个动作被狱方怀疑是要逃狱,于是就把我们三人都铐上脚镣,再分开关押。

陈　情

叙事者: 陈水木,也就是1947年由吴思汉吸收的师范学院学生领袖陈金木。1950年11月29日,遭到枪决,得年二十六岁。

吴思汉当然也逃不过历史的宿命。

1950年9月7日,"台湾省保安司令部"军法处审判官郑有龄判决吴思汉与郭琇琮、许强、王耀勋等十人死刑。判决书具体内容如下:

> 吴思汉(原名吴调和化名林志南)于三十六年七月加入叛乱组织后,即转引潘启昭、卢伯毅参加,组成支部,由该吴思汉为书记,并吸收王耀勋、陈金木、邱来传、吴金城、李瑞东、张添

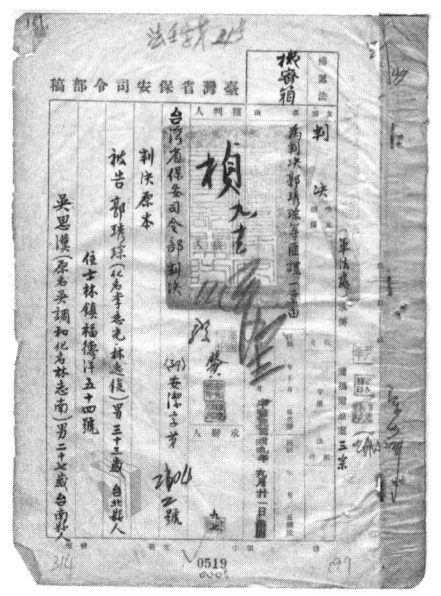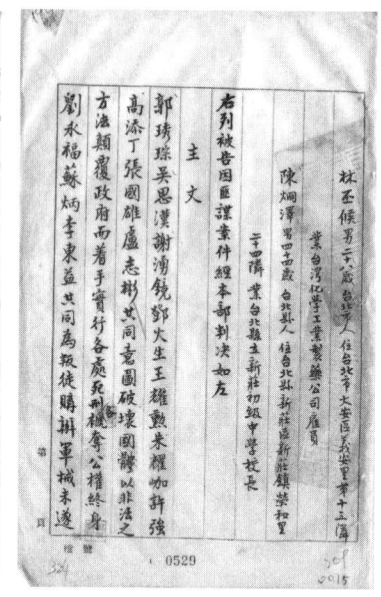

1950年9月7日,"台湾省保安司令部"军法处审判官郑有龄判决吴思汉与郭琇琮、王耀勋等十人死刑。

丁等人参加。至三十八年春担任台北市工作委员会委员,与郭琇琮共同主持叛乱之组织及活动,其直接领导者计有草山支部街头支部、台湾省烟酒公卖局支部、台北电信局支部、台湾省铁路管理局支部、台湾省铁路局台北机厂支部、台湾省铁路局机务段支部、士林热带医学研究所支部、松山第六机械厂支部,于三十八年底,因工作暴露,匿居阿里山蕃社吴凤乡乐野村,将潜伏叛徒组为逃亡干部支部。被告吴思汉供认参加叛乱组织,担任台北市工作委员会委员,领导支部达十个单位以上,又间接教唆苏芳宗将伪造之国民身份证交来,由其签用伪造大印及圆形钢印,再发给党徒使用等情不讳。亦经被告郭琇琮、王耀勋、苏芳宗供质属实。惟该被告伪造国民身份证部分,因其叛乱罪应受重刑之判决，认为该罪科刑于应执行之刑无重大关系，予以停止审判，仅依叛乱罪论处。

查被告吴思汉系台北市叛乱组织之主要匪干，策划叛乱行动，指使匪徒实施煽诱动摇分子，扩展非法组织，实达意图破坏国体、颠覆政府之程度，依法应处以极刑，褫夺公权终身，以昭炯戒。

叙事者：9月20日，"台湾省保安司令部司令"将该案判决正本三份呈报"国防部参谋总长"周至柔，"电请鉴核示遵"。

10月19日，周至柔以"台湾省保安司令部呈核郭琇琮等匪谍一案罪刑拟分别核准与改判当否"的"事由"，签呈蒋介石批示。

10月26日，努力想要挽救他那年仅廿七岁的长子吴思汉的生命的吴匀给"保安司令部军事法庭诸推事先生"写了一封陈情信：

敬启者。窃民吴匀之长男吴思汉，许久全无音信消息，突接九月十日由保安司令部军法处看守所押房十一号来信，又十月二十二日报纸上，始知被押收牢，附匪行动，胜然惊骇。父为当地方反共抗俄委员会委员及台南县国药公会理事长，为保卫台湾而活动，不料，不肖民儿如此与父相反行为，岂不痛恨燥心。法网昭昭，又未赐晤面，本不敢启齿。父子之情，家族之爱难禁，虽年少轻举盲动，法律不容，恳求诸先生体念五十三岁之老父日夜不能寝食，心乱神烦不断，怜悯同情家族哭泪不绝，倘能宽大处理者，将来谅必血悔反悔（**误**），则我家幸甚，吾宗族幸甚！谨奉十纸恳求宽恕，至为感载。

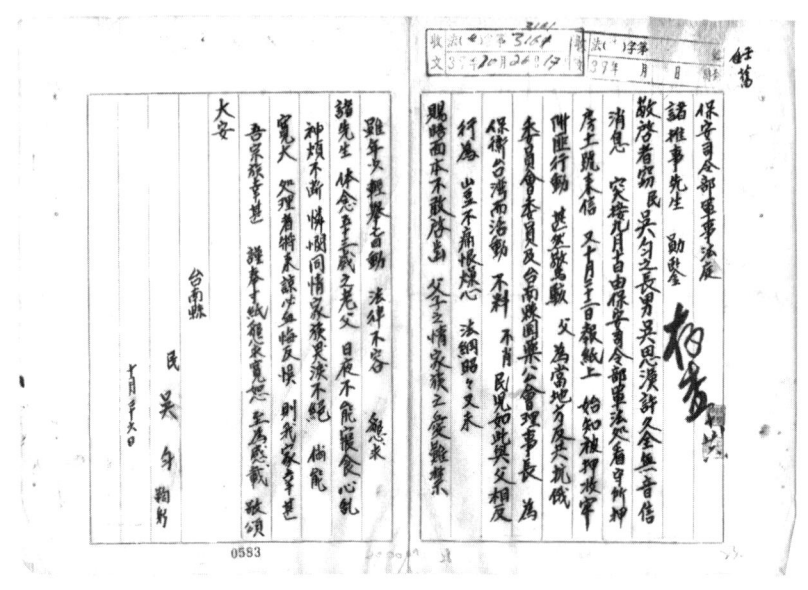

1950年10月26日，吴匀给"保安司令部军事法庭诸推事先生"的陈情信。

叙事者：10月27日，吴匀再接再厉，同时给"行政院"院长陈诚、"台湾省主席"吴国桢和"保安司令部副司令"彭孟缉分别寄送陈情书。为了对照用字不同或前信没有的内容，另用**粗体**标示：

敬呈者。窃民吴匀之长男吴思汉**近忽失踪**，久无音息。突接**渠**九月十日由保安司令部军法处看守所**第十一号**来信及十月二十二日报载，始知**因有**附匪嫌疑被押收牢。**不胜骇异！**民为当地方反共抗俄委员会委员及台南县国药公会理事长，**忠诚致力保卫台湾之工作**，不料不肖**渠**竟有此与民相反志向之嫌疑，至深痛恨。**倘若有是事，姑属法律不容。本不敢有所外之求，而**民年已五十三，**骨肉**之情未能免俗，务恳将来谅必血悔反悟（误），则我家幸甚，吾宗族幸甚，十月二十六日曾求情于军法处诸推事先

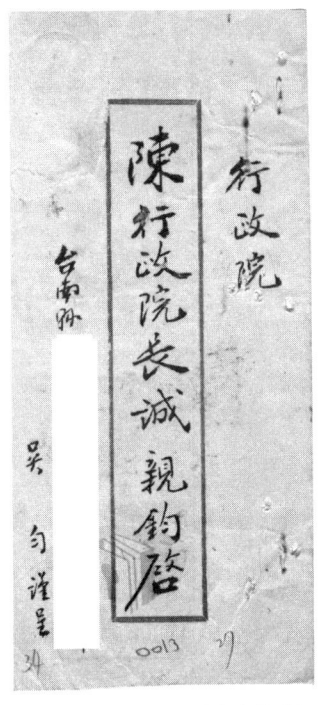 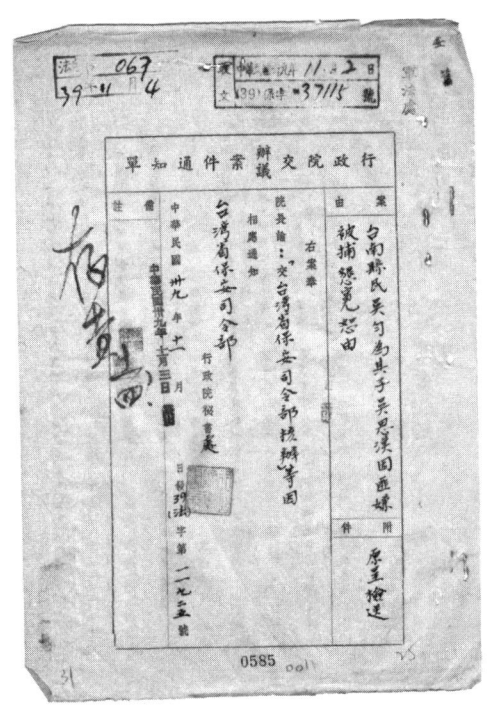

1950年10月27日，吴匀寄给"行政院"院长陈诚的陈情书。

1950年11月3日，"行政院"秘书处将吴匀的陈情案通知"台湾省保安司令部"。

生，谨再略陈民儿吴思汉对日抗战期（间）民族精神及爱国观念坚志投效重庆经过，再向钧长恳求宽恕，至为感载。窃民儿吴思汉抗战期间求读于日本京都帝国大学，在学中不愿被日本之压迫为民族奋斗、爱祖国观念之起见，决意投效重庆，参加抗战。遂与安徽省人戴振本同志由日本京都取道朝鲜、东三省、华北、山东、河南、山西各省，跋涉数千里，不顾日本人追捕，逃过日本战线。始抵重庆，加入在重庆之台湾革命同盟会，参加对日抗战。至于民国三十四年日本投降，台湾光复祖国后，同年八月，李万居飞台，接收《新生报》、思汉随他后批归台，为《新生报》记者，鼓励民族精神、爱国观念，不料记者辞职后竟遭此嫌疑。倘能宽恕处理者，将来仍必为有为之青年。民誓以负责决使保卫台湾之责任，即我家及我宗族永久世世万幸之至也。谨奉寸楮，恳求宽恕，实为感载。

11月3日，"行政院"秘书处"奉院长谕"将"台南县民吴勻为其子吴思汉因匪嫌被捕恳宽恕由"案通知"台湾省保安司令部"。"台湾省政府"秘书长也"奉主席兼司令谕"将吴勻的陈情案通知副司令彭孟缉"查案代拟复"。

11月8日，吴勻又再给"台湾省保安司令部"军法处处长写了一封题为"呈为泣诉民儿附匪嫌疑案仰祈准予悔过自新事"的陈情书：

窃民吴勻，业商，为地方反共抗俄委员会委员。长子调和（即思汉）失踪多日，近忽接渠自看守所来信，又据报端刊登始知有附匪嫌疑被押在案。为父事先未克训导之责难，无管束失宜之咎，惟以父子骨肉之情不忍坐视。冒昧谨将民儿吴思汉身世沥陈一二于左，泣诉钧长准予罪减一等，俾予悔过自新之机，则彼有生赎罪报国有时矣。

一、就民儿思想而言，即于抗战时期彼肄业于日本京都帝国大学医学院，因不甘受日本敌人驱使，充作炮灰，同胞互相残杀，跋涉数万里投奔祖国，至陪都重庆，改名思汉，加入在重庆之台湾革命同盟会，参加对日抗战。迨台湾光复旋与李万居先生回台服务于新生报，似此对祖国忠心耿耿。此其一。

二、就其年岁而言，即尚在青年之期，易受他人之煽惑。古云三十而立。未及自立，既非圣贤，难无一错。况民儿本秉性热

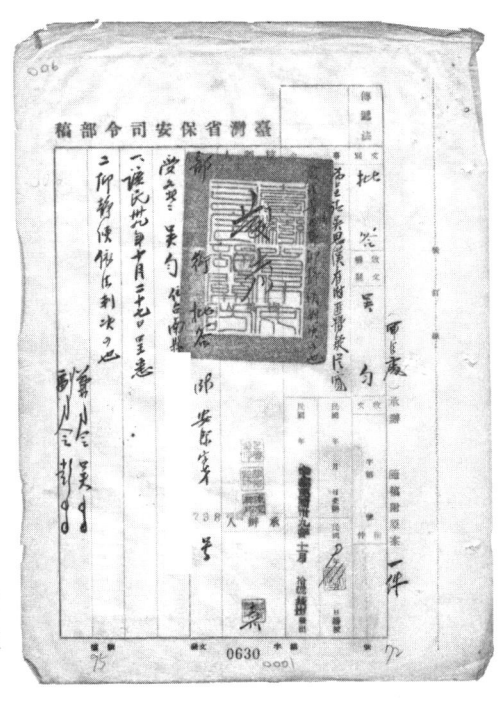

1950年11月10日,"台湾省保安司令部"通知吴匀静候判决。

肠,因一过之差,辄以重典罪之,即亦非体天好生之德。爰以恳祈网开一方,罪减一等,赐予悔过自新之路,俾予更生效劳报国之机。此其二。

综上陈情诉言诚出于父子骨肉之情 泣诉

钧长赐予悔过自新之路,俾有为青年有生报国之机 实无任企祷

11月10日,"台湾省保安司令部"通知吴匀"仰静候依法判决";同时向省政府回报"吴思汉附匪一案已判呈国防部核示中除批示该吴匀静候判决外复请查照"。

11月14日,蒋介石以"联芬字第390329号"代电行文周至柔,内

139

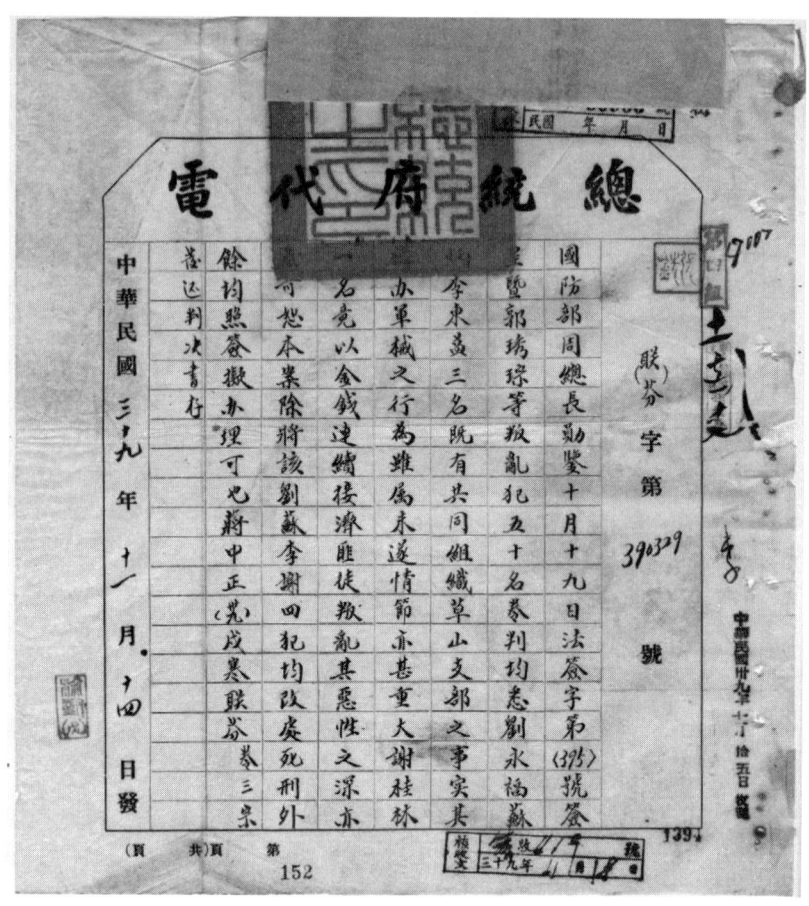

1950年11月14日，蒋介石批示吴思汉等均照签拟处死。

云：除将该案原判无期徒刑之刘永福、苏炳、李东益三名及处刑十二年的谢桂林等"四犯均改处死刑外余均照签拟办理可也"。

这样，吴思汉就毫无起死回生的任何可能性了。

李守枝：那时，我和陈枣听说，台北火车站几乎每天早上都会贴出来一张由"保密局"和"警备总部"的彭孟缉和周至柔两人联合署名的大布告，白纸黑字，写着当天被枪决者的姓名和所涉案件。于是我们每天亲自或拜托人去查看究竟。如果在这个布告上没看到吴思汉和王耀勋的名字，就会庆幸他们人还活着，并赶快给他们送东西；如果东西被退回来，我们心里明白，这就表示他们人已经不在了。所以，那段时间，我们的心情既难过又很害怕。

颜世鸿：我因为牵连所谓"学委案"而被处刑十二年。1950年10月，天气渐渐变凉了。"秋决"也随着朝鲜战争爆发的形势变化而展开了。在军法处看守所，押房与走廊都有一道铁门。早晨，如果铁门开得太早，那不是放我们出去洗脸，而是来请人走路的。有一些心内有数的人，在铁门没有开以前，总要去蹲马桶，然后用干毛巾摩擦身体，再换上一套新内衣。我记得，吴思汉当时关在七号押房，我有时候可以看得到他。他很少说话。我看到他，每天一清早就穿得整整齐齐，安静等待。这种准备他做了三十多天。一直到11月1日，我们移监新店时，他仍在那里。

罗庆增：我记得，1950年秋天以后到过年前，杀掉最多人。每天早上，有时七八个，有时十几个，一起被叫出去枪杀。那时候，看守会点名叫人去枪杀，都是每天早上外役还没有出去的时候；扫地的、抹地的外役，不放他们出去。过不久，看守就会来叫人。喊了人，手铐铐着，就要拖出去枪杀。我心里很清楚。吴思汉认为他自己也差不多会被抓去枪杀了。每天早上睡醒后，他就穿好西装，头发抹一抹，等他们来叫。他知道，时间差不多了。每次点过名，外役放出去了。他就把西装脱掉，随手一丢，说："干您娘！还未轮到我，夭寿。"我对这种人的精神，实在是打从心里钦佩。

李守枝：因为军法处不让我跟吴思汉会面，我于是利用送东西的时候故意等待，这样就被我看到两次。最后一次，大概是他和一群人被叫出来审问，从牢里出来，经过大厅的时候。他看到我，就大声地跟我说：明天啦！ashidala（あした）。我听了很难过。但是第二天却没有像他讲的那样执行枪决。然而，该来的还是要来的。四五天后，就通知说那个了……

枪　决

叙事者：11月22日，周至柔以"郭琇琮等匪谍一案罪刑经签奉核定希遵照改判并将执行郭琇琮等死刑日期报备"等事由，电发文"台湾省保安司令部"，转达蒋介石的核示。

如果根据"安全局"机密文件《历年办理匪案汇编》第二辑《匪台北市工作委员会郭琇琮等叛乱案》（页22）所载，郭琇琮、吴思汉等十四人的死刑执行日期为12月3日。

但事实显然不是如此！

就在这时，吴思汉的父亲吴匀也听到了这即将来临的噩耗。当他遇到吴思汉公学校的学长周竹煌时，无奈而憾恨地回答对方的关切，说："我们调和仔要走了，无望了，要我三日内见面。"

吴匀并不放弃最后的希望。他尽其所能努力想要挽救这个年仅二十七岁的长子的生命。

11月26日，吴匀又写了一份题为"民子思汉以附匪嫌疑被拘押请宽恕处理"的陈情书，谨呈周至柔：

> 谨呈者。民吴匀之长男吴思汉近忽失踪，久无音息。突接渠九月十日由保安司令部军法处看守所第十一号来信及报载，始知因有附匪嫌疑，被押收牢，不胜骇异。民为当地反共抗俄委员会委员及台南国药公会理事长，忠诚致力保卫台湾之工作，不料不

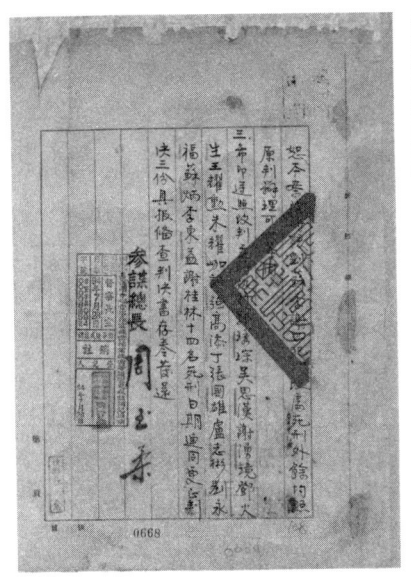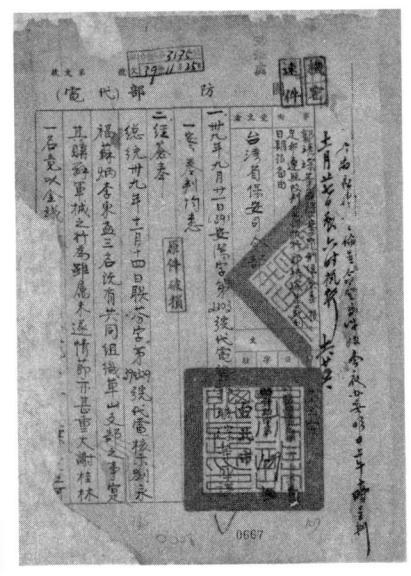

1950年11月22日，周至柔将蒋介石的核示转达"保安司令部"，希该部遵照改判，并将执行死刑日期报备。

肖渠竟意有此与民相反志向之嫌疑，至深痛恨。谨陈民儿吴思汉对日抗战期间民族精神及爱国观念，坚志投效重庆经过，恳求宽恕，至为感载。民儿吴思汉对日抗战期间求读于日本京都帝国大学，在学中不愿被日本之压迫，为民族奋斗爱祖国观念之起见，决意投效重庆，参加抗战。遂与安徽省人戴振本同志由日本京都取道朝鲜、东三省、华北、山东、河南、山西各省，跋涉数万里，不顾日本人追捕，逃过日本战线，始抵陪都重庆，加入在重庆之台湾革命同盟会。参加对日抗战，至于民国三十四年日本投降，台湾光复祖国后，同年8月，李万居先生飞台，接收《新生报》，民儿思汉随他后批归台，于《新生报》服务，鼓励爱国精神、民族观念，不料辞职后竟遭此嫌疑。倘若有是事，姑属法律不容，本不敢所有法外之求，而父子骨肉之情祈，体念老父心乱

143

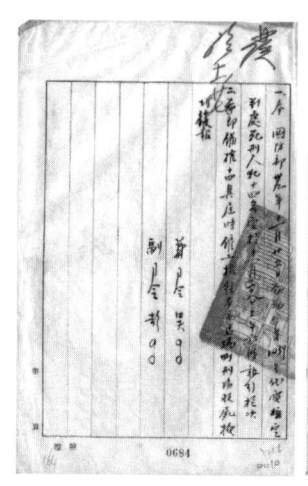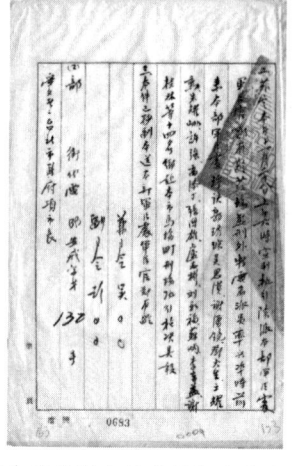

1950年11月27日,"台湾省保安司令部"发文宪兵第四团李团长:11月28日上午6时,派兵准时前往军法处,将吴思汉等十四名绑赴马场町刑场枪决。再发文台北市市长,备棺十四具,收尸掩埋。

神疲,日夜不能寝食,家族老幼啼泪悲愁不绝,同情民为反共抗俄委员及国药公会理事长并中医师之立场,忠诚致力反攻大陆,保卫台湾工作之劳以补民,昇赎罪几分曾向有关机关求情。兹再陈苦情,大胆冒渎,再向钧长恳求宽恕。倘能特别宽大处理,准予罪减一等悔过反悟者,将来仍为有为之青年。民誓以负责决使保卫台湾之,责任即我家及我宗族永久世世万幸之至也。谨奉寸楮,恳求宽恕,实为感载。

11月27日,吴勻再次同时给"行政院"院长陈诚、"台湾省主席"吴国桢和"保安司令部副司令"彭孟缉分别呈递陈情书。

11月28日,"国防部"将吴勻的陈情书呈参谋次长郑介民阅后,以"事属贵管,移请核办"之由,移文该部军法局处理。然而,就在这天清晨,吴思汉与他的同志们已经难逃厄运,死于国民党的枪下了。

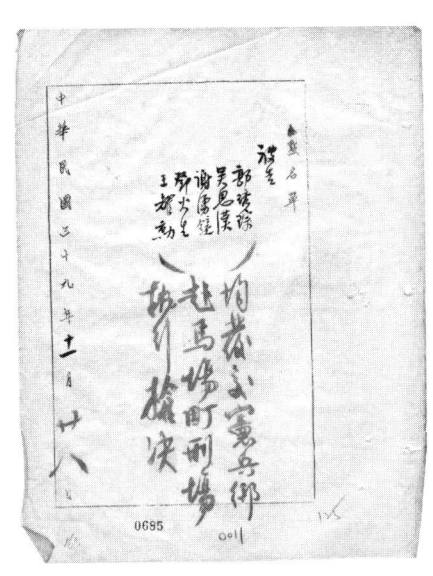

吴思汉等五名绑赴刑场的点名单。

其实,早在一天前,也就是11月27日,"台湾省保安司令部"已经草拟好有关枪决吴思汉等人的"布告"内容,然后以"部衔代电(39)安戒字第130号"密送"保密局";又以"部衔代电字第131号"发文宪兵第四团李团长:"郭琇琮等叛乱一案"的吴思汉等十四名,"定于11月28日上午6时宣判执行除派本部军法处军法官郑有龄莅场监刑外转电希派员率兵准时前来本部军法处将该郭琇琮吴思汉等十四名绑赴本市马场町刑场执行枪决具报";再以"部衔代电(39)安戒字第132号"发文台北市市长,"希即备棺十四具届时雇工抬往本市马场町刑场收尸掩埋复报"。

11月28日上午6时,"台湾省保安司令部"军法处军法官郑有龄将郭琇琮、吴思汉、谢涌镜、邓火生、王耀勋等五名提交该处第一法庭宣判。审判长先问吴思汉等人的"姓名、年龄、籍贯、住址和职业",然后"朗读判决主文告以判决理由之要旨","并谕已报奉

145

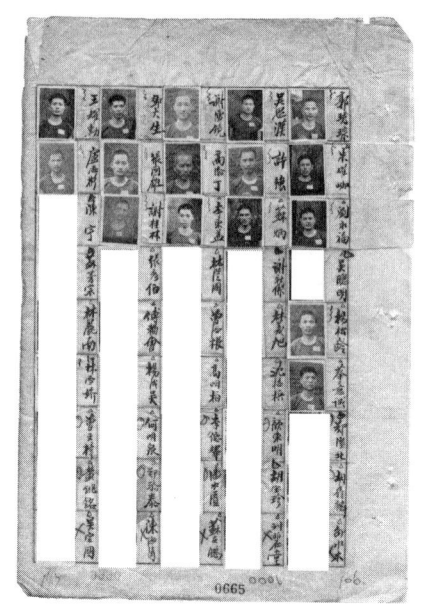
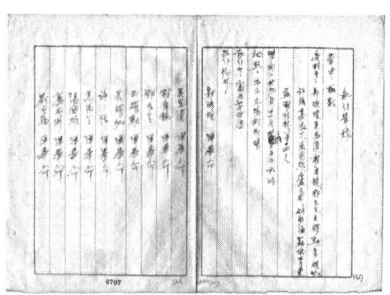
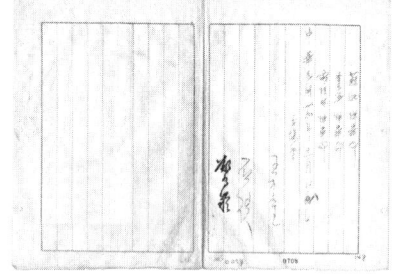

执行笔录与英烈群像。

国防部（39）劲助字第1039号代电核准"，最后再问："你们有无遗言？"吴思汉没有遗言。吴思汉五人随即被发交宪兵第四团，绑赴马场町刑场，连同许强等九人，执行枪决。

收　尸

陈枣： 有一天，军法处把王先生的衣服都送回来，衣服里面偷偷夹着一张字条。王先生写着：我们明天可能要被枪毙了，你不要来了。

叙事者： 陈枣女士说到这里时表现得异常冷静，仿佛那死别之痛过于激烈，已经到了无法用泪水或高亢的音调来表现了。这时，我注意到一直在一旁静静地聆听的她的女儿早已抑制不住地饮泣了。陈枣

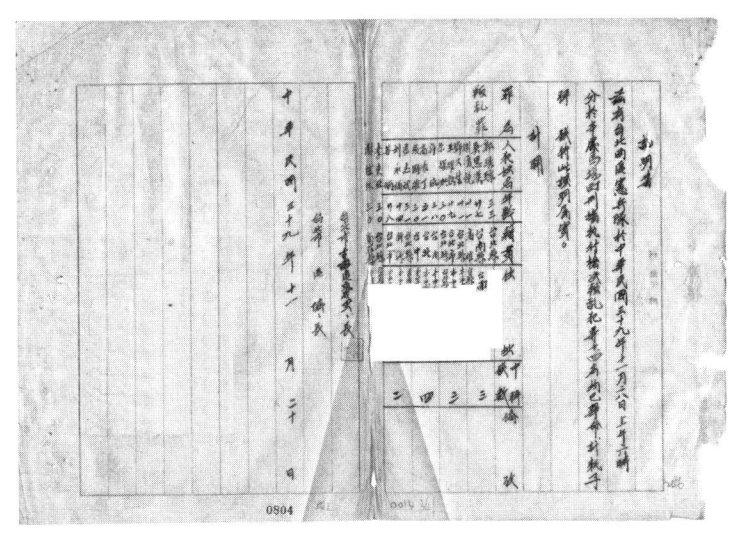

里长证明书。

女士停下来,怜惜地看了看女儿,然后压抑着悲伤,继续述说。

陈枣:结果,我拿到一包衣物,李小姐也拿到了。刚好,她的一个朋友吴小姐住在马场町附近,她父亲又是马场町的里长。我想,如果要枪毙时都要先让里长盖章,所以就要李小姐拜托吴小姐留意有没有吴思汉的名字。隔天,吴小姐看到吴思汉的名字,马上就通知李小姐,李小姐再叫她弟弟打电话通知我。我接到电话通知后就骗我婆婆,说今天大概可以面会了,我要赶快去看看。可她老人家那时候就已经知道了。那么早,她不以为然地说:"怎么可能就知道可以面会?"然后就一直哭。大概是七点钟,我坐三轮车赶去马场町。到刑场时,人已经死了。不过尸体还是热的。

李纯青:记得是1950年岁暮,我阅读台湾报纸,忽然有几行短短消息跃入眼帘:"共匪吴思汉于某日被捕,昨晨在某刑场执行枪决。"我不能相信这条消息,但又不能不相信这条消息。吴思汉之死

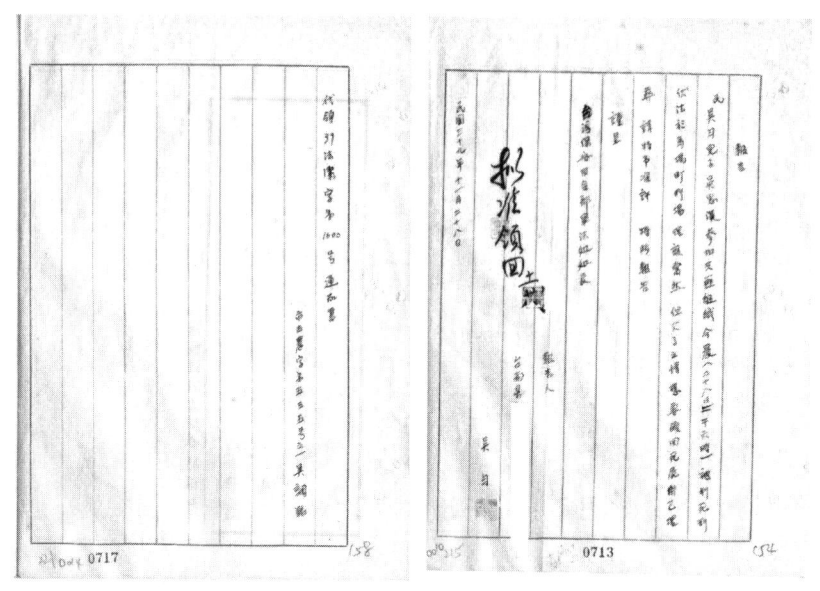

吴思汉的弟弟吴调铭收到枪决通知书。　　吴勻的领尸申请报告。

强烈震动了我的灵魂。谁去收尸呢？我恍惚听见一群乌鸦在灰暗的天空啼叫。

吴金莺：大哥被关时，我大嫂每天都去看他。他们每天都通信，信要检查才能送进去。她不知道怎么藏的，他给我大嫂的信，都表示了他的觉悟。大哥枪决后，是大嫂与我爸爸去收尸的。

李守枝：那天一大早，一位住马场町的朋友，就到我娘家找我。我母亲听到消息就说："实在作孽！"我心里悲痛，一时之间不会自己走路下楼。等到我穿了衣服，跟我的小弟赶到刑场，他已经在泥地上倒得直直的。我看到载尸车在现场，把那些尸体一个一个载去殡仪馆，不让人领收。

叙事者：枪决那天，吴思汉的弟弟吴调铭收到（39）法洁字第1600号的枪决通知书。吴勻随即写了一份领尸申请的报告谨呈"台湾

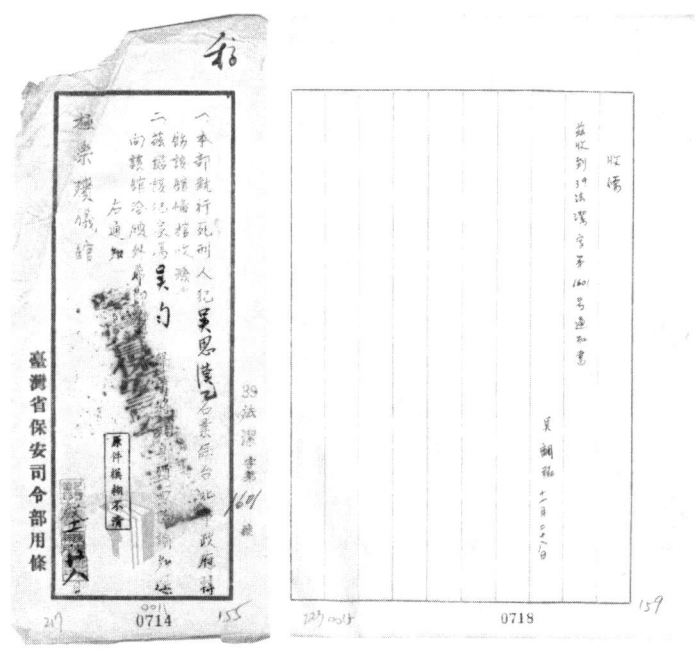

军法处长包启黄关于通知 吴调铭收到领尸通知书。
极乐殡仪馆的批示。

"省保安司令部"军法处处长：

  民吴匀儿子吴思汉参加共匪组织，今晨（28日上午6时）被判死刑，伏法于马场町刑场，理该当然。但父子之情，想要领回死尸自己埋葬，请特予准许，特此报告。

  "台湾省保安司令部"军法处处长包启黄随即批示：通知极乐殡仪馆。

  一、本部执行死刑人犯吴思汉乙名，业经台北市政府转饬该

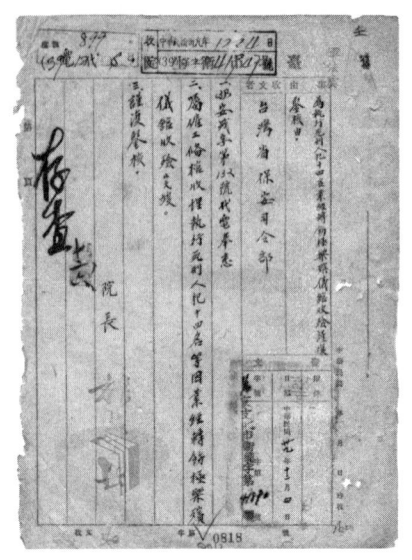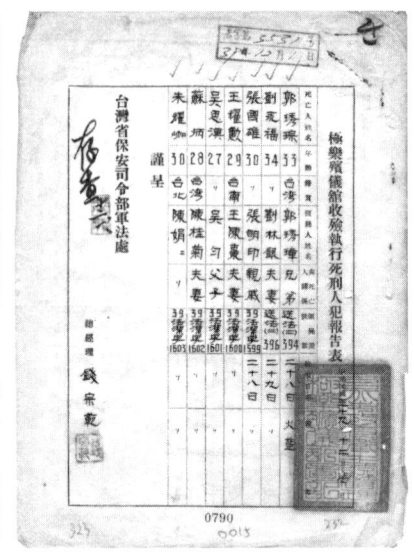

台北卫生院与极乐殡仪馆的收敛报告。

馆备棺收敛。

二、兹据该犯家属吴匀声请①将尸身领回，除谕知径向该馆洽领外希，即办理。

吴思汉的弟弟吴调铭然后又收到（39）法洁字第1601号的领尸通知书。

李守枝：我和小弟又转到殡仪馆认领。他双手反绑着。小弟帮他解开。我看到他的心脏边和肚脐附近一共中了三枪。我们随即办理火化申请。第二天，我再去领骨灰，然后跟我公公一起送回白河。

吴金莺：大哥的骨灰送回来的时候，我们几个兄弟姐妹都去新营车头迎接，然后就在关子岭大善寺简单地办了家祭。

---

①即申请，此处保留批示中的用词。——编者注

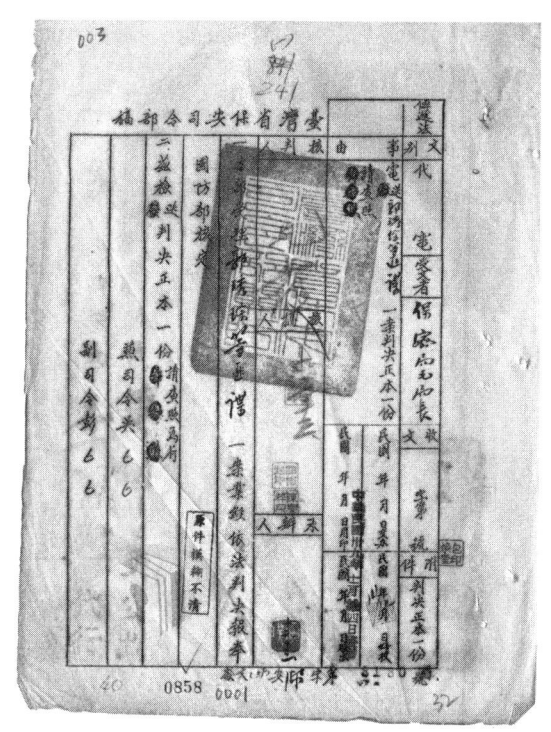

1950年12月14日,"保安司令部"将"郭琇琮等匪谍案"判决结果电送"保密局"毛人凤查照。

还在旅行的陈情书与判决公文

叙事者： 尽管吴思汉与他的同志们已经慷慨成仁,火化成灰了,吴匀的陈情书却还在相关单位公文旅行。

11月29日,"军法局"承办员赵省吾呈报第二组组长刘锡炎："吴某已于11月28日由台保部执行本件转台保部核办。"

12月1日,"行政院"秘书处"奉院长谕",将"台南县民吴匀呈为长男吴思汉因有附匪嫌疑事恳求减罪从宽处分"案由,交"台湾省保安司令部"核办。该部保安处随即致军法处云：

查吴思汉一名，本处并未拘押，亦无前案，是否贵处承办，相应检附吴匀原呈一件，送请卓办为荷。

12月5日，"国防部"以参谋总长周至柔名义发文代电给"台湾省保安司令部"，要求该部：对吴匀陈情的"吴思汉附匪"案"查案径复"。

12月8日，"台湾省政府"秘书长"奉主席兼司令谕"，将吴匀"为长子思汉因匪嫌被拘恳从宽处理"的呈案"交保安部查案复"。

另一方面，"台湾省保安司令部"司令吴国桢也将"郭琇琮等匪谍案"判决结果及执行情形向各相关单位报备。

12月14日，电送"保密局"局长毛人凤查照。

12月15日，以"电覆郭琇琮等匪谍案执行日期等报部核备"事由，呈报周至柔。电文内云：

一、钧部卅九年11月25日（39）劲助字第壹零参玖号代电暨附件均奉悉。

二、遵将郭琇琮、吴思汉等十四名于11月28日上午6时提验正身，发交宪兵第四团绑赴马场町刑场执行枪决。其余被告亦皆送监执行各在案。

三、谨检仝郭琇琮等更正判决正本参份报请核备。

12月17日，周至柔以"据台湾省保安司令部呈报郭琇琮等匪谍案执行日期等情转请核备由"，转请蒋介石"鉴核备查"。

12月29日，"总统府驻国防部联络室"主任傅亚夫电"军法局"谓：奉蒋介石批示，该局承办的周至柔的呈案"准予备查"。

1951年1月6日，周至柔名义发出"则副字第0018号"代电给"台

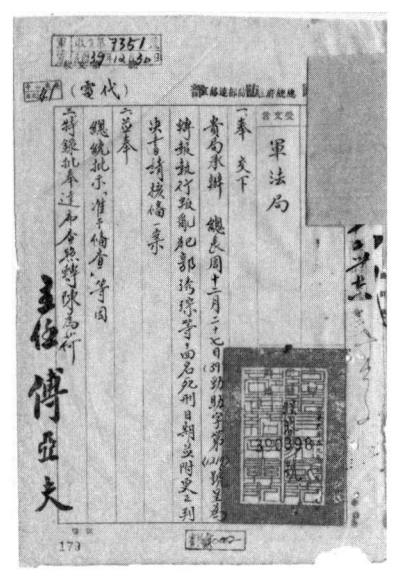 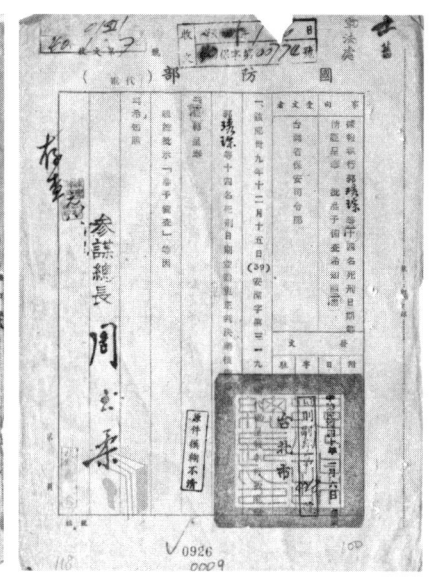

1950年12月29日，蒋介石批示：郭琇琮等死刑执行日期"准予备查"。

1951年1月16日，"国防部"向保安司令部转达蒋介石批示。

湾省保安司令部"，告知"据报执行郭琇琮等十四名死刑日期等情经呈奉批准备查希知照"。

这样，枪决郭琇琮、吴思汉等十四人的官方处理程序终于告一段落。

尾　声

叙事者：白河吴家的悲剧故事并没有随着吴思汉的生命结束而画上句点。时代的风暴依然在这个已经饱受撕裂的家庭余波荡漾着。

首先就是判决书主文所云"全部财产除酌留其家属生活费没收"的具体处置了。

1950年12月15日，"台湾省保安司令部"司令吴国桢检发"台湾

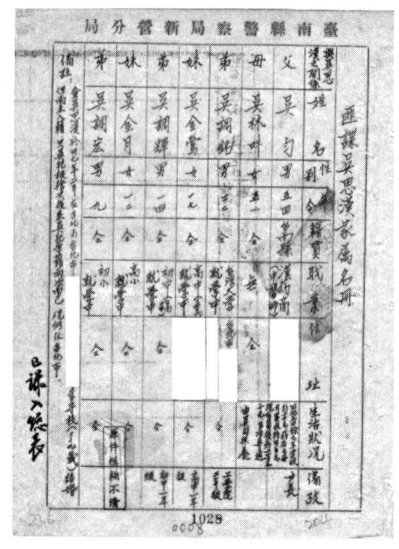
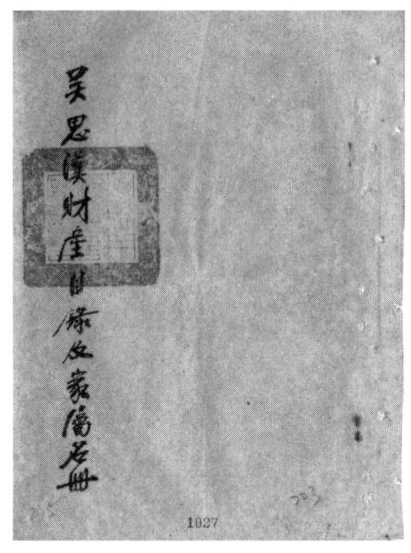

刑警大队下交台南县警察局新营分局调查吴思汉的财产目录及家属名册。

省警务处"刑警大队"郭琇琮等判决正本乙份",并"希即分别查明该郭琇琮吴思汉等十一名之全部财产并查明各该犯之家属人数（载明家属姓名称谓身籍职业等及其生活状况）分别列册报凭核办"。

"台湾省警务处"刑警大队随即派台南县警察局新营分局调查吴思汉的财产目录及家属名册。

12月29日，吴勻在新营分局列册的"查点吴思汉财产目录"的"保管负责人"名下签字，声明："兹依照右记目录之财产确实保管无讹，若有遗失损坏情事，愿受军法上最严厉制裁。"白河镇长、里长、邻长及联保人四名则在"兹依照右记目录之财产确负监管之责，若被藏匿或搬逃愿负赔偿之责"的声明之后签名。

1951年4月5日，"台湾省警务处"刑事警察总队兼总队长刘戈青"汇案造具"吴思汉与"郭琇琮等十名家属调查表乙份"暨"吴思汉

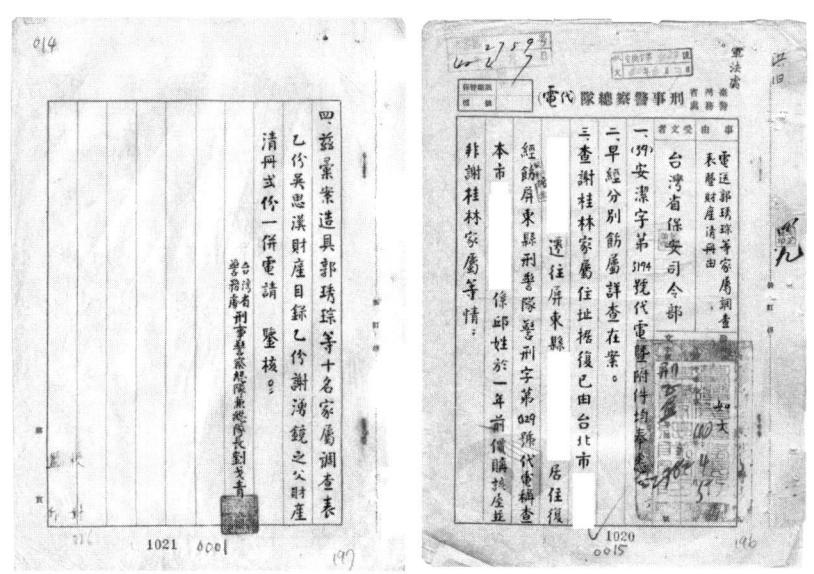

1951年4月5日，刑警总队长刘戈青"汇案造具"吴思汉等十名家属调查表暨吴思汉财产目录等，一并电请"台湾省保安司令部"鉴核。

财产目录乙份"等一并电请"台湾省保安司令部"鉴核。

1952年1月18日，"台湾省保安司令部"为"郭琇琮等叛乱一案十一名被告"的"财产可供执行没收情形"，电请周至柔"核备"。内云除郭琇琮、许强、谢桂林三名医师之外，其余"吴思汉等八人均无财产"。

财产没收的问题暂时解决了，但风暴却还没有平息。

就在吴思汉刑死马场町之后不久，他父亲吴匀又莫名其妙地被逮捕入狱。

吴金莺：大哥死后不久，我爸爸也被抓去了。抗战胜利后，我爸爸在天津、大连的店都被没收了。我爸爸是提得起放得下的人，他不会因为财产没了而感到失志。回来台湾后，他就把生意收起来，开汉药店，自己做中医师。这样，他也能够维持几个孩子的求学。当时家里虽算不上有钱了，可也过得还好，要吃、要穿，都不是问题，比起别人来，家境还是相当不错。所以，我爸爸一直感到纳闷：我大哥为什么要去管那些事？其实，他根本不知道我哥哥在外头干了些什么事。

我爸爸被关时，家里已经没什么钱了。我妈妈只好变卖房子、仓库、田地等不动产来维持一家人的生活。她每天都会弄好吃的饭菜，让就读台大的二哥送去给爸爸吃。

我爸爸的生活能力很强，能屈能伸。他被关了十个月左右才释放出来。回来后，大概是怕再连累其他人吧，他做的第一件事就是把家里所有的大哥的照片统统烧掉。他虽然没有因此而失志、酗酒，但从此以后，他什么都放在自己心里，什么也不说。就连对我妈，他也从来没谈过被关的那十个月是怎么过的。一直到1980年过世，他也没有向我们说过什么，一句也不曾说。他只叮咛我们：什么都不要管，尤其是政治。他叫我们话不能乱说。

那时候的国民党实在太残酷了。像我最小的弟弟，当时才六七岁而已，可他走到哪里都有人在跟踪。还有，个性活泼又好客的大弟考上台大土木系，请了好多朋友到家里唱歌、跳舞；他们也说这样不行。你想，我大哥发生事情的时候，他才小学六年级而已，到他上大学，已经过了几年了，可它还这样。后来他也不能出国。实在是有够过分。

叙事者： 白色恐怖的阴影显然是深深地烙印在受害者的家属的内心深处的，即便是在吴思汉已经被枪决四十三年之后、戒严令也已解除的1993年3月13日，吴金莺女士在谈到这段不堪回首的往事时仍然余悸犹存，再三交代我，绝对不能把这段谈话写出来。如今时间又过去了十六年，无论是岛内政局与两岸关系都已经有了翻天覆地的变化，我决定违背当年采访时的承诺，把它写出来，为的不是消费他们的悲情，以此进行政治斗争，只是希望人们能够因此记取历史的教训，不要让这种无条理的政治所带来的悲剧再度发生，如此而已。

吴思汉的母亲已于1974年逝世了。那么，面对从小乖巧秀异的长子的悲剧，她又要如何煎熬过来呢？我虽然于心不忍，还是向情绪依然纠缠在悲伤当中的吴金莺女士提了出来。她在继续述说之前，拿了桌上的纸巾，轻轻地擦拭了刚刚想要抑制却还是流了出来的眼角的泪水。

吴金莺：自从知道我大哥出事以后，我妈妈每天都在盼他回来。我大哥原本对学医没兴趣，可我爸坚持要他念，他不得已只好妥协。因为这样，起先我妈会怪我爸，说他若没叫我大哥去读医，他也不会跑到大陆去，也就不会发生这种事了。其实，我们那时候也不知道什么是共产党。若知这有生命危险，怎会让他去……不过，各人有各人的思想。如果说是生病没法度医，也就算了，那么巧、体格那么好的人却……但是我认为，我大哥会走这条路主要是因为他同情农民和工人。那时的农民、工人真的很可怜。就我所知，只要两千块，就可以要一个女孩子给你做到二十岁。我大哥被枪决，对我妈当然打击很大，她很伤心，每天都在哭。可等到我爸又被抓走之后，她就不再哭了。她当时五十几岁，虽然没读书却很能干。那时候，家里都是她一个人在打理，不论是出外借钱或是……我妈妈很有量，心肠好是出名的。她很疼小孩，连养女都疼，一直到她过世前，她经常抱憾地说，如果我大哥和大嫂生有一个孩子，那该多好。

吴金雀：那时候，我弟媳也没生，实在很可怜。我那弟媳很好呢！她对我们不输亲姐妹。我弟弟很会拣，拣到一个那么漂亮又有情的老婆。我弟弟死后，她说她不要再嫁。她很孝顺。我父亲去台北住院时，也是她最孝顺。她没生一个孩子，又始终没再嫁，实在可惜。

吴金莺：我大哥死后，大嫂就到银行做事，一直做到退休。每年清明，她都会回来白河祭墓。她很照顾我们姐妹。我在台北读书时，每逢假日，她都会邀我去吃饭。因为怕连累其他人，大嫂早就把大哥的照片都烧光了。她珍藏的一皮箱大哥给她的书信，也在后来搬家时弄丢了。大哥的历史就像被烧掉的照片与遗失的书信那般随着时光的流逝而灰飞烟灭了。然而，大嫂仍然终生守着她对大哥的爱恋未再改嫁。那时候，仍然有好多人在追她，也有好多人帮她介绍对象，可她都不要。我曾经问她怎么不再找个对象结婚，她就笑我说：你怎么讲得那么简单！一个人的感情怎么能轻易就……她说，我还太小，不懂。她总是这样说。

邱奎壁：台南二中时特别疼爱吴思汉的四年级级任导师矢野，战后当过琉球县长，后来他到台湾旧地重游时听到吴思汉牺牲的消息，非常难过地流着泪说："像这种人才，想不到因为这种事情就这样死了。实在可惜啊！是啊！可惜了这样难得的人才。"

颜世鸿：吴思汉与郭琇琮是不同的典型。他的人生虽然走的也是台南二中、台高、京都帝大医学部的秀才路线，却不大肯定作为个人的自己在历史上的角色。但是，他对生命与死亡都是认真的。像他这等脑袋，不知十年是否能有一个。那是一个大量生产才子的年代，可你若要他们走路，一颗子弹就够了。然而，他们的死亡却像1927年4月的爱国志士一般，只是被当作一个数字，轻易地处理掉了……我想，吴思汉如果当一个自私的、高高在上的才子，大概也就不会有这个下场了。可我相信，当年，他只是凭着一颗炽热的爱国心，不计个人前途，冒着生命危险，忍饥受寒，苦苦地寻找祖国三千里。为什么当权者宁可让这颗心停止跳动，却不紧紧地抓住它呢！

叙事者：关于殖民地台湾青年吴思汉的身份认同之旅的故事，我只能说到这里。此时此地，"身份认同"的问题，在时代与政客长期操弄下，已经变得极其复杂而敏感。我想，他那为了抗日而寻找祖国三千里的传奇恐怕也不会再让新一代的台湾青年有所感动了吧！而他最终死于白色恐怖的枪口下的悲剧命运也恐怕只能让那些不愿或不想当中国人的台湾人当作必须"去中国化"的典型教材吧！

即便如此，历经多年的寻访之后，写到这里，我脑中浮现的却是李纯青在追忆吴思汉的那篇文章的其中一段话：

> 这位台湾青年从台湾跑到重庆来，要求参加抗日。在大陆人地生疏，没有一个亲友，他抛弃家庭，跋涉万里，像虔诚的宗教徒般，投奔重庆朝圣。谁能理解这种意志，这种心情呢！
>
> 谁能理解？
>
> 也许只有台湾人理解。
>
> 人类进化经过鱼的阶段。人在进化过程中还保留着鱼的本能。好多种鱼，例如海鳗，从大西洋藻海，与狂风恶浪搏斗，洄游数千海里，游到自己素不相识的父母的故乡。这位台湾青年，也许就是这种鱼的本能的表现吧。

问题是，因为国际冷战与国共内战的双战结构而被扭曲了的台湾历史，什么时候才会给这样的殖民地青年典型的吴思汉恰如其分的定位呢？

2008年7月4日初稿

2009年2月15日二稿

2009年2月23日三稿

2016年6月7日四稿

口述证言

林书扬先生，1987年3月，台北市新北投。

林雪娇女士，1987年4月，台北市新北投。

苏有鹏先生，1987年4月，台北市厦门街。

黄得时先生，1988年10月2日，台北市林森北路。

徐萌山先生，1990年4月9日，北京。

邱奎壁先生，1991年9月30日，台南市市区。

颜世鸿先生，1991年9月30日，台南市安平。

蔡水源先生，1991年11月14日，台北市公馆。

胡宝珍先生，1993年3月13日，台南县新营。

吴金莺女士，1993年3月14日，台南县新营。

陈　枣女士，1993年4月30日，台北市八德路。

李韶东先生，1993年6月17日，上海市。

李守枝女士，1993年7月17日，台北市仁爱路。

罗庆增先生，1993年8月，苗栗县三湾乡大河底。

辜金良先生，1993年年底，屏东市。

赖兴载先生，1994年1月8日，台北县土城。

吴金雀女士，1994年3月31日，高雄市大港街。

文字资料

汪知亭，《台湾教育史》，台北：台湾书店，1962年12月增订版，第103、56、61、63、118、89页。

吴文星，《日据时期台湾师范教育之研究》，台北：国立台湾师范大学历史研究所，1983年元月初版，第161页。

台湾省立台南师范学校编，《补报卅五年（1946）二月以前（台湾总督府台南师范学校）历年毕业生名册》。

南一中校友会编，《省立台南第一高级中学（原州立台南第二中学校）校友录》，台南：1979年，第38页。

黄昭堂，《台湾总督府》，台北：自由时代，1989年初版，第172、178、184—186页。

苏新，《愤怒的台湾》，台北：时报出版社，1993年初版，第84—86页。

吴建堂，《台高会名录》，台北：台高会，1982年10月15日，第24页。

[日] 近代日本思想史研究会，那庚辰译，《近代日本思想史》第3卷，北京：商务印书馆，1992年8月第1版，第129—130、134—144页。

中国国民党中央委员会党史委员会编，《抗战时期收复台湾之重要言论》，台北：国民党党史会，1990年6月30日初版，第280、282—284、287—289页。

杨锦麟，《李万居评传》，台北：人间出版社，1993年11月初版，第105、108、113、127页。

李纯青，《无名英雄之碑》，北京：《人民政协报》，1985年7月9日。

李纯青，《望台湾》，北京：经济日报出版社，1991年6月第1版，绪言第4页，第17-19页。

陈国祥、祝萍，《台湾报业演进四十年》，台北：自立晚报出版社，1988年6月第2版，第25-26页。

吴浊流、钟肇政译，《台湾连翘》，台北：台湾文艺出版社，1987年6月25日初版，第171-172页。

刘革新，《怀念石庆璋》（原文日文），1994年撰；译文见刘克全编：《永远的刘瑞山》（2004年），第300-303页。

姜天陆，《南瀛白色恐怖志》，台南：台南县文化局，2002年1月初版，第274、277-278页。

《中共的特务活动原始资料汇编》，香港：阿尔泰出版社，1984年1月，第73-106页。

《安全局机密文件：历年办理匪案汇编》，台北：李敖出版社，1991年12月31日初版。

蔡子民整理，《李伟光自述——一个台湾知识分子的革命道路》（下），北京：《台声》总第28期，1986年11月，第45页。

吴克泰，《吴克泰回忆录》，台北：人间出版社，2002年8月初版，第197、212页。

吕正惠、陈宜中，《一个台湾人的左统之路：陈明忠先生访谈录》，台北：《思想》第九期，2008年5月初版，第74-75页。

高唱欢喜的青春之歌

——寻找新民主同志会林如堉

1950年12月16日，清晨时分。台北马场町的天空中又响起了一连串一声紧过一声的枪响。刹那间，年仅二十八岁的板桥青年林如堉，与他的同案难友——年仅二十一岁的江西籍的吴朝麒，如同一批批爱国的、追求祖国进步与统一的本省籍与大陆籍的青年的命运一般，仆倒于蒋介石流亡政权有计划、有组织的政治肃清中。枪声的余音缭绕。近四十年后，这微弱得就要死寂了的余音，终于通过幸存的殉难者的同志与家属的口述，在历史的长河中延续了下来。

三十八年后的寻访

叙事者：逝日久矣！三十八年后的1988年12月16日，我在林如堉当年的同志李熏山老先生（1922—2003）带领下，来到台北市松山区的一般住宅区，拜访林如堉的家人。

李熏山老先生是生于杨梅的客家人，第一次见到他是在几个月前的5月6日清晨。那时候，单身的我住在台北市士林区阳明山岭头神学院附近树林中一间没装电话的、简陋的寮舍。老先生家住山下的雨农路。天刚亮，他就沿着岭头山脚下的石阶步道，一步一步地爬上我所居住的简陋的寮舍，找到了还在睡梦中的我。我被他那带着浓重客家口音的声声叫唤催醒了。老先生见了我，首先表明他的身份，以及他是如何知道我的住处的，然后就说他之所以专程来找我，主要是希望

李熏山（前左一）与台北帝大预科同学。

除了郭琇琮（1918—1950）之外，我还能够继续去寻找他认为值得在台湾历史留名的几个他认识的老同志。

前一年7月，我在《人间》杂志发表了第一篇有关20世纪50年代白色恐怖期间牺牲者的人物报道：《美好的世纪——寻访战士郭琇琮大夫的足迹》。据说这篇报道在台北文化界引起了某种程度的震撼，并且在长期不能见光的50年代白色恐怖受难人中间也有了从未有过的反响。喑哑了几十年之后，他们的青春、他们的理想终于初次在台湾社会得以公开了。

李熏山老先生就是在这样的情境下决定主动找我的。后来，李熏山先生就热情地带着我四处拜访那些牺牲者的亲友故旧，一点一滴地采集他们生命史的零碎片断。

我见到坐在轮椅上的林如堉的老母亲的那天，她已然九十岁高龄了。在长子林如堉38周年忌日看到当年常常与他到板桥家里走动的李熏山老先生时，忍不住又因此想起了爱儿，想起了他那横死马场町的惨痛往事而泣诉着，当年的悲痛显然不曾随着光阴流逝而逐渐淡化。

母亲算是最疼惜大哥了。林如堉的小妹林纪美女士告诉我。母亲告诉他们，大哥林如堉从小就聪敏乖巧，从来不曾对人发过脾气；母亲一旦身体不适，他就会在母亲入睡前，静静地把着母亲的手，听着她的脉息，直到母亲入睡了才敢离开。战后，大哥从大陆回来后，每个月都把领来的工资如数交给母亲处理。因此，大哥的英年早逝，对母亲的打击非常沉重。

就读台北帝大医学部的郭琇琮。

林如堉的弟弟林俊雄先生说，长期以来，只要有人无意中提起英年早逝的大哥，母亲便忍不住心中悲痛，唏嘘地叨念起大哥的种种好与不忍，更让人难过的是，一种看不到却又透明而沉悒的"恐惧"也永远纠缠着她，仿佛类似的恐怖随时都可能降临似的畏惧着陌生人。几年前，她的外甥陈文成博士（1950—1981）离奇陈尸台大校园的遭遇更强固了她那莫名的恐惧之心。

因为这样，林纪美女士在老母亲泣诉之后便推着她进入屋内休息。可她听到我向林如堉的弟弟、妹妹采访关于他们的大哥林如堉的生平事迹时又在里头不断地反复警告着说：不要再讲了！别又出事了。

年轻时候的陈吉女士与长子林如堵（左一）及两个小女儿。（蓝博洲翻拍）

林如堵（后排中）与父母及三个妹妹。（蓝博洲翻拍）

　　林俊雄先生于是带着歉意向我解释说大哥林如堵是家里五个兄弟姐妹的老大，当他牺牲时，只有当时正就读北一女的、小他六岁的大姊还懂点世事。他自己和其他几个姐姐因为还小，所以对他大哥也就谈不上有什么记忆了。

婴幼儿时期的林如堉和大妹林信子与父母及其他长辈。（蓝博洲翻拍）

林家虽不是大地主，也算是地方上的士绅阶级。（蓝博洲翻拍）

在这样的情况下,我实在不忍因为我的探讨旧事而让一个年逾九旬的老太太再度跌入20世纪50年代白色恐怖的社会情境当中,于是就匆匆告辞了。

板桥名望家庭的子弟

叙事者:第二年,也就是1989年的2月26日,一个冬阳照耀着大地的星期天早晨。李老先生又带我到台北市建国北路高架桥旁的一栋大楼公寓,拜访林如堉的大妹林信子女士。我们按照约定的时间按响林女士家的电铃。当年的北一女中学生已经是年近花甲的妇女了。看得出来,她的心情是整理过的正在等着我们。在客厅坐定后,我请她从家庭背景谈起。她喝了一口茶,然后面容平静地悠悠述说着。

林信子:林如堉是我大哥。我父亲林平州,日据时代任职台北州板桥信用合作社理事,曾经当过州议员;台湾光复后任职粮食局督导,一直到退休为止。母亲陈吉出身北投望族,二十二岁时嫁给父亲。据父亲说,我们家的祖先与台湾富商林本源家的祖先,当年是同时渡海来台的。然而,就板桥的三个林家而言,我们的家境却排在第三等。尽管这样,我们的大伯公林清山也当过日据时代的板桥街长,他的两个儿子还是日本东京大学与京都大学的高才生。基本上,我们家虽不是大地主,也算是地方上的士绅阶级了。

叙事者:林信子女士所说关于父亲林平州的社会身份,在日据时期出版的几种有关台湾士绅的名录里头有着更为详尽的记载。综合1937年9月《台湾新民报》编辑出版的《台湾人士鉴》、1942年8月台北民众公论社出版的《台湾官绅年鉴》,及1943年3月兴南新闻出版的《台湾人士鉴》所载,1901年(明治34年)7月19日,林平州生于

1937年9月,《台湾新民报》刊登的《台湾人士鉴》。

1942年8月,台北民众公论社《台湾官绅年鉴》。

海山郡板桥街名望家庭,是父亲林清炘长男,自幼聪明,上公学校之前曾经学习汉学,毕业后进入农事试验场,以优秀成绩毕业后历任台北州农会雇员、台北州农业基本调查委员嘱托、海山郡雇员、板桥街助役、板桥信用利用购买组合专务理事、海山自动车株式会社取缔役(董事)、板桥街协议会员、台北州税调查委员、板桥公学校保护者会评议员、板桥接云寺管理处嘱托、财团法人大观书社事务嘱托、皇民奉公会板桥街分会委员等职;生活的休闲趣味是园艺和书画。

台北二中反日思汉事件

叙事者:日据时期,日本统治当局在台湾实施"差别待遇"的教育政策。就国民基本教育而言,设有两种不同的学校,一种是专供日

海山自动车株式会社董事林平州与长子林如堉。（蓝博洲翻拍）

本子弟及台湾人中地位显贵者的子弟就读的小学校。另一种则是为一般台湾人子弟设的公学校。两种学校的设备、教学、待遇都有极大的差别。因为家境和地位的关系，林如堉就读的是板桥寻常小学校（今板桥高中）。

林信子：在父母眼里，大哥林如堉是乖巧、聪慧且肯上进的好孩子。1930年3月私立板桥幼儿园毕业后进入板桥小学校。他在板桥小学校的成绩很好，一直保持第一名的成绩。然而，因为民族歧视的差别待遇教育政策，殖民地台湾人不能得第一名，所以原本是第一名毕业的大哥，不得不排在海山煤矿矿主山本的儿子之后，退为第二名。

叙事者：据《台北二中同学录》所载，1937年3月板桥小学校毕业后的4月，林如堉考入台北二中第十六届。同届同学包括：1944年死于日帝监狱中的雷灿南，以及1950年10月14日死于国民党枪口下的李苍降（1924—1950），还有公费留学上海暨南大学而滞留大陆的杜长庚等革命青年。

幼年林如堉与父亲及大妹。（蓝博洲翻拍）

1930年3月私立板桥幼儿园毕业的林如堉（坐右四）。（蓝博洲翻拍）

1930年4月进入板桥小学校的林如堉(坐右六)。(蓝博洲翻拍)

1937年3月,林如堉(男右一)板桥小学校毕业照。(蓝博洲翻拍)

1944年死于日帝监狱中的雷灿南。　　台北二中时期的李苍降。(蓝博洲翻拍)

1921年成立的台湾文化协会干部们。

1935年，台湾地方自治联盟理事会。

这样的同学录究竟说明了什么问题呢？看来，我们还得回头看看1937年的台湾的政治局势吧。

时序进入1937年时，20世纪20年代以来，以台湾文化协会为中心而开展起来的台湾抗日的文化启蒙运动、工人运动、农民运动已经逐一被日本帝国主义殖民当局打压下来了，即使是一心一意向日帝叩请"改革地方自治制度"的地方资产阶级政客所组成的右派团体台湾地方自治联盟，也因为主观力量的薄弱以及不被人民群众支持而自动瓦解了。

另一方面，随着1931年九一八事变以来采取的侵华政策，日本对台湾的殖民统治也开始进行所谓的"皇民化运动"。它的第一步就是废止汉文：一切学校、商业机关都不准使用汉文。1932年11月18日，

1936年,日本发生"二二六"事件。

台湾总督府下令禁止开设汉文书房,台湾人不再能公开学习中国语文;1937年4月1日起,《台湾日日新报》《台湾新闻》《台南新报》同时停止汉文版;台湾人经营的唯一汉文日报《台湾新民报》汉文版则减缩一半,并限于6月1日全部废止。7月7日,日本帝国主义通过卢沟桥事变发动全面侵略中国的战争。台湾军司令部随即发表强硬声明,对台湾民众发出警告,禁止所谓"非国民之言动";并于8月15日宣布台湾进入战时体制。相应于"汉文撤废",台湾的殖民当局也同时强迫推行所谓"国语普及运动"。更粗暴的是,它不但禁止民间传统的戏剧、音乐演出,也禁止传授传统武术,更对民间传统的宗教祭祀加以限制和禁止。

林如堉进入台北二中就学,恰恰就是在日本开展"皇民化教育"的黑暗年代。在这样的时代接受日本帝国主义的教育的台湾青少年,果真日后被教育成"皇民意识发扬之一代"的话,也不是什么令人意外之事吧。然而,尽管台湾人民的抗日民族解放斗争已经从文协以来有组织的社会运动形态进入到缺乏领导、缺乏组织的沉寂状态,一些往往是零星分散的、各自作战的反日斗争却依然普遍存在并经常自发地出现。林如堉就读的台北二中也不例外。

就在林如堉进入台北二中的第二年,也就是1938年的5月1日,日本统治当局发表了一件令人难以置信、但却表现出台湾青年思汉情急的事件。事件的主角是1933年4月入学台北二中第十二届的四名学生:李沛霖、林水旺、颜永贤及杨友川。

颜永贤: 1936年,我和台北二中以李沛霖、杨友川等为主的一部分反日的台湾学生,因为受到日本内地"二二六"事件行动的刺激,于是共谋组织以台湾脱离日本为目的的秘密结社。

叙事者: 2月26日,鼓吹皇道精神的日本皇道派军官率领一千四百余名士兵,袭击在东京的政府首脑官邸或私宅,杀死内大臣、大藏大臣和教育总监,占领首相和陆相官邸、陆军省、警视厅及附近地区,企图通过陆军大臣,要求实行"国家改造",建立军部独裁政权。陆军首脑因各方均表反对,经过一度踌躇后,于29日正式下令镇压叛乱。结果,大部分叛军头目均被宪兵队逮捕,参加叛乱的士兵也都相继归队。史称此一日本法西斯军官策划的武装政变事件为"二二六"事件。事后,陆军当局一面通过"肃军"彻底清洗皇道派,确立主张依靠合法手段,自上而下建立军部独裁的统制派对陆军的支配地位,一面迫使在军部支持下于3月组阁的广田弘毅内阁恢复军部大臣现役武

台湾资产阶级民族改良主义者林献堂。

官制,加强军部对政府的干预和控制。此后日本迅速走向全面侵华战争和军部法西斯专政的道路。

颜永贤:4月25日,我和李沛霖、杨友川及其他加盟的台北二中的台湾学生,大约十人,在太平町国昌食堂,举行秘密结社列星会的成立典礼,决议依革命手段,使台湾脱离日本帝国统治,树立以排除日本于台湾的统治权,变革日本国体为目的。同时决定以排斥日人为当前的方针,而且为了训练斗志武力,要常常与日人打架。此后,列星会即按照共同决议,在每个月月底集会一次,并且对外广求会员。

5月23日前后,列星会在太平町高砂食堂举行第一回例会。会中议决:召集更多的会员加入列星会,以扩大强化组织的力量。为此,6月中旬左右,列星会的事实会长李沛霖在大桥町淡水河畔吸收同校学生周世英加入。6月10日及7月4日左右,为了实践列星会的行动方针,李沛霖与杨友川先后在太平町第三世界馆附近的路上殴击台北国民中学校的亲日学生。

叙事者： 与此同时的5月，台湾军部于总督府所豢养的《台湾日日新报》揭露：3月间，台湾新民报社董监事组织的华南考察团，在上海接受华侨团体欢迎时，台湾资产阶级民族改良主义者的领袖林献堂在席上致辞有"林某归来祖国"之语。该报同时连日以头条新闻挞伐林献堂为"非国民"（日奸）。6月17日，也就是日本所谓台湾始政纪念日当天，在台中公园的庆祝会上，一名日本浪人竟而因此殴辱林献堂，惹起所谓"祖国事件"。

颜永贤： 台北二中同届同学林水旺阅读了这则新闻纪事之后，一方面非常同情林献堂，同时也激起他潜藏的思慕祖国、恳望台湾复归中国的抗日情怀，于是与列星会主要干部的李沛霖、杨友川和我串联，决意组织以脱离日帝，复归中国为目的的中国急进青年党，同时组成研究会，研究、草拟党纲，着手组党的准备工作。然而，这个抗日学生组织还来不及成立，就因为李沛霖和杨友川伤害日人的事件，而与列星会一齐被检举。

叙事者： 据日本当局的说法，1936年10月3日，李沛霖和杨友川在台北市建成町二丁目二番地道路上，迎面碰到一名日籍的铁道部见习涂工市冢元克，于是堵住他的去路，质问说你是不是日本内地人。市冢回答说是。李沛霖立即用拳头殴打市冢，杨友川则以所携短刀砍伤市冢的腰部与右大腿。市冢因而住院治疗了三个星期。

这次的斗殴事件也因为市冢的受伤而惊动了日警当局。日本特高课因为调查这次的斗殴事件而发觉，台北二中的一部分台湾学生因为受到"二二六"事件的影响，组织了以台湾脱离日本，复归中国为目的的秘密结社——列星会，并且正准备扩大组织中国急进青年党。日本当局深恐这样的组织活动蔓延开来，重起另一波的台湾学潮，因而就封锁消息，以免惊扰这些反日的台湾学生。然后再循线检举关系人，并将李沛霖等四人以"首谋者"起诉。

颜永贤：1937年2月19日，预审终结。李沛霖、杨友川以违反治安维持法及伤害，林水旺和我则依违反治安维持法，各裁定有罪，付予公判。4月30日，台北地方法院刑事合议部宫原裁判长在禁止旁听的情况下宣判：李沛霖处有期徒刑三年六个月，林水旺、杨友川和我三人，各处有期徒刑三年；未决拘留的240日算入。

叙事者：当局唯恐沉寂已久的台湾学潮经此星星之火的点燃而再度燎原，因而迟至1938年5月1日才对外公开此一学生思汉情急的抗日事件及其内容。

寻找参加抗战之路

叙事者：为了理解林如堉走过的道路，1990年4月7日，我第一次来到海峡对岸的北京，在景山东街西老胡同一栋老旧公寓二楼采访了林如堉的老同志，也是他台北二中第十九届的学弟陈炳基先生，谈谈他们从当年求学、抗日到"二二八"事件后投入新民主主义革命的具体情况。在光线略显幽暗的小客厅，陈炳基先生一边抽着香烟一边回忆五十年前的往事悠悠说道。

陈炳基：日据下的1927年，我出生于台北万华的小商人家庭，1940年以第一名的优异成绩毕业于老松公学校，然后进入台北二中就读。因为日籍老师的歧视教育，我开始自发地反抗日本殖民统治。日本殖民当局公布的台北二中学生思汉情急的抗日事件，对刚刚进入二中就读的林如堉以及我们后来进入台北二中的台湾学生而言，无疑是上了反日、爱国的第一课。在民族纯血的脉动下，林如堉及其同学雷灿南、李苍降等热血的台湾青年，经此抗日事件的教训，终于也在

陈炳基（1927—2015）。

"皇民化运动"高压的时代，找到一条抗日救国的路——毕业后渡海回大陆，投入祖国人民抗日战争的统一战线。

叙事者：在殖民当局铺天盖地推展"皇民化运动"的高压时期，能够自觉地萌生民族意识，进而寻找自己理想的台湾青少年，毋宁说是令人更钦佩的吧。走出陈炳基家，在春寒料峭的北京胡同里，我这样想着。我想，林如堉及其在台北二中前后期的学长、学弟们的抗日意识与行动，就是这样的典型吧。然而，就像陈炳基先生的感叹一般，想不到他和颜永贤竟在1949年出走大陆，林水旺与其父母一家人皆于20世纪50年代白色恐怖时系狱，李沛霖在1976年又因"三省堂事件"而再度入狱，而雷灿南、李苍降和林如堉二个热血爱国的青年竟在不同的历史时代先后牺牲了。

1942年就读台北二中的陈炳基(第二排右五帽子歪戴者)。(蓝博洲翻拍)

1943年4月就读早稻田预科的林如堉(第六排右二帽子歪戴者)与同学于长崎神社。(蓝博洲翻拍)

 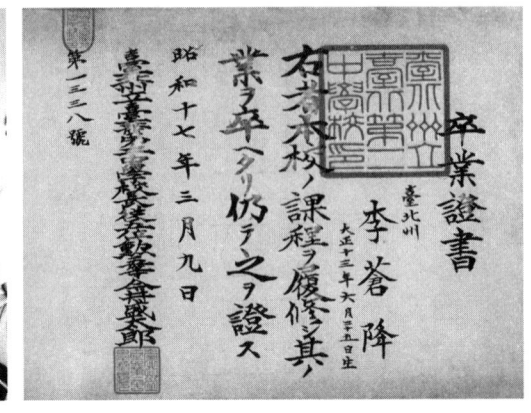

易名为王宏的王康绪。（蓝博洲摄影）　　1942年3月，林如堉与李苍降于台北二中毕业。

林信子：按照父亲的安排，1942年3月大哥林如堉于台北二中毕业后，立即东渡日本，投考一高。可大哥却因考试期间患了流行性感冒而落榜。落榜后，大哥并没有回台湾，他仍然留在日本，进了早稻田预科补习，准备报考日本帝国设在上海的东亚同文书院。大哥一旦考取后就离开日本，奔赴上海。这时，父亲也曾向我提起他的疑问：他怀疑早就立定抗日志愿的大哥报考一高时的落榜是有意的。因为这样，他才有借口违背父亲的安排，然后通过进入在上海的东亚同文书院就读来实践他投入抗日战争的心愿吧。

叙事者：东亚同文书院的前身是创立于1890年的日清贸易研究所，1900年5月，最早设于南京，时称南京同文书院。同年8月迁至上海，并正式更名为上海东亚同文书院。"东亚"，乃"东亚共荣"之东亚；"同文"则意为"书同其文，民同其俗"。书院的办学宗旨是专门培养中日双语人才，既招收日本青年留学中国，又输送中国学员留学日本，养成日本的"知华派"与中国的"知日派"。实际上为日本侵华战争服务。在长达45年的历史中，大部分毕业生都留在中国，进入日本在华的军政外交机构、工商企业以及各地的伪政权。但是，通过在该校任教的中共党员王学文，早年出自于上海东亚同文书院的中西功、西里龙夫、白井行幸、尾崎庄太郎等人，在中国抗战最艰难时期，却勇敢地站在中国人民一边，乃至于后来成为中共隐蔽战线的重要成员。据查，林如堉于1943年4月进入上海东亚同文书院第44期大学预科。除了他之外，同届的台湾同学还有陈伯熙和王康绪。1993年6月，我先在北京采访了易名为陈弘的陈伯熙先生，然后又在上海采访了长期从事日语教学，易名为王宏的离休老人王康绪先生。

陈伯熙：我是台北市人，1937年4月入学基隆中学第十一届。我这一届中学生，入学那一年爆发卢沟桥事变，毕业前三个月又爆发太平洋战争。因此，整个五年的中学时代是在日本军国主义最猖獗的时代度过的，受尽欺凌，也促使台湾籍学生自然地团结起来。到了毕业前的1941年11月，我们自动地相约举办惜别晚餐会，并在会上不约而同地回顾五年来受尽的欺侮和压迫，控诉日本学生的残暴行为，发泄长期积累的不满和愤怒，还表达了反抗日本和向往祖国的心情。散会前，大家都同意做一个纪念章——在象征南方风光的椰子树图案上加上F（Formosa），以示团结和永久纪念。与此同时，我们还依照以往惯例，互相在各自的临别赠言簿上题词留念。有的写上内心的辛酸感受，有的写上惜别词句，有的写上"血浓于水""以血换血""Formosa万岁"等词句，用文字表达五年来受压迫的真实感情。然而，在传递题词的过程当中，一本赠言簿却被日本学生偷去，交给校方。校方迅速将此事报告警察局和日本宪兵队。日本学生知悉题词的内容以后，就以制裁"清国奴"为名，轮番围攻台湾籍学生，并施以拳打脚踢。校方也对全体台籍应届毕业生进行追查，查问纪念章的F是什么意思，写上述言论的作者是谁，以及留言簿上还有什么

1943年5月,林如堉(左二)与陈伯熙、王康绪在同文书院。(蓝博洲翻拍)

1943年5月,林如堉(左)与陈伯熙、王康绪在同文书院工程馆阳台。(蓝博洲翻拍)

1943年5月,林如堉(左)与同文书院同学游上海某公园。(蓝博洲翻拍)

其他不妥言论。结果,惜别晚餐会、纪念章和留言簿,成了秘密组织反抗日本、阴谋策划脱离日本统治的罪证。1942年年初,五名台湾籍同学被警察拘留审讯,包括我在内的其余二十二名受到无限期停学处分。事件之后,我们这些台湾籍学生大多已无心参加毕业考试和毕业典礼,匆匆收拾行李,赴日本投考大专院校,各人走各人的路了。跟林如堉一样,认识到日本殖民统治的残酷本质的我,于是怀着摆脱二等公民命运的渴望,从日本辗转来到上海东亚同文书院。

王康绪:1925年我生于鹿港,在殖民地台湾读了三年的公学校之后,1934年暑假,随同全家迁来大陆长春。读完小学之后,又在北京日本中学读了四年,然后于1943年4月考入上海东亚同文书院第44期大学预科。当年,我是自己一个人离开北京的家人来上海读书的。我记得,林如堉是在4月底从东京经长崎到上海的。他常跟我谈故乡台湾的情况，尤其是台湾学生和日本学生的矛盾。那年秋天（11月30日），日本政府强行征召台湾和朝鲜籍留日学生赴前线作战，取消文科大学生缓征入伍的规定。林如堉因此决定离开学校，开始积极地找机会到新四军去。

叙事者： 除了同届的台湾同学陈伯熙和王康绪之外，为了寻找抗战之路而于1944年9月从基隆搭船到上海的台北二中第十八届毕业生詹世平（1925—2004），也在上海见过王康绪和林如堉。1990年4月，我在北京第一次采访了易名为吴克泰的詹世平先生。

吴克泰： 我出生于日据下宜兰罗东的佃农家庭，家里的日子过得相当艰难，所有的孩子都在放牛，农忙季节还要干相当重的农活。全家族十几个孩子只有我一个人上学。因为父亲四处流转找工作的关系，我先后读过罗东、花莲北埔、罗东与宜兰三星等四所公学校。1936年公学校毕业前，父亲考虑到我以后的出路，就要我去考台北第二师范和台北工业学校，但都先后落榜。后来我考取了三星小学校两年制高等科，临入学前，学校校长却以我去考了台北工业学校为由，取消了我的入学资格。这时，三星公学校针对公学校毕业生开办为期一年、偏重初步农业知识的"补习科"。我只好去报读，一边帮忙家里干农活，一边继续准备第二年的升学考试。这时，卢沟桥事变爆发。我听说战争打起来了，却不清楚日本人为什么要打中国。在闹哄哄的社会氛围下，我还是抓紧时间准备考试，常常学习到深夜。第二年3月，父亲又让我报考台北工业学校，结果又第三次落榜了。我伤心地哭了。父亲安慰我，让我紧接着考私立的三年制台北商工学校，结果还是落榜。父亲于是让我去考罗东公学校高等科，作为明年重考的缓冲期。这次，我一考就考上了。尽管我在公学校的成绩非常不错，却连续四次落榜，因为这样，父亲虽然有意让我继续升学，也不得不

1945年年初,林如堉(右五)被"学生动员"到上海联络部。(蓝博洲翻拍)

严肃地告诉我说:"这是最后一年了!明年你如果再考不上,就回家种田。"秋后,在班主任矢野老师鼓励之下,我决定明年报考台北州唯一让一般台湾人子弟就读的州立台北二中。但是,台北二中有三分之一名额要留给那些成绩较差、考不上一中的日本小孩。在"差别待遇"的教育政策下,日本人小学校与台湾人公学校使用的是两种不同的教科书:小学校五年级念的教材,公学校要到六年级才念。然而为了方便这些日人小孩,入学考题却完全取自日人小学的教科书。这样,台湾人小孩在入学考试时一定吃亏。我搞清楚了状况之后便买了小学校的教科书,从头学习。

1939年3月下旬,在强烈的升学欲之下刻苦勤学了一年的我终于考进了台北二中。由于台湾的经济越来越困难,大米配给越来越少。为了解决吃饭的问题,三年级时,我就搬到桃园一位宜兰同学的家住,每天坐火车上学。因为这样，都会碰到高我两班、在板桥上车的林如堉。彼此也就熟识起来了。

1944年9月初，为了参加抗战，我放弃只念了一年多的台北高校学业，出走上海，寻找到重庆的路。到了上海，我无可奈何地以"军属"身份被安排到日军7331部队第13军司令部所属"法务部"（军法处）服务。1945年年初，日军征兵体格检查的通知来了。在虹口武进路一所日本人的中学接受体格检查时，我遇到几个台湾青年，就同他们打招呼并聊了起来。聊着聊着，我发现他们都和我一样，不愿当日本兵，都愿意去参加抗战。其中有一位是日本人在上海办的同文书院的学生王康绪。我们相约谁先找到关系就要通知，一起走。然后我又向王康绪打听他的同学林如堉在哪里，王康绪告诉我，林如堉被"学生动员"到虹口公园附近的上海联络部。当时，日军为了控制伪政府并搜集情报，在有伪政府的城市都设有"联络部"。我很快找到了林如堉。林如堉警告我说这里是特务机关，来这里说话要小心。我悄悄告诉林如堉，我来上海是想找参加抗日组织的途径。林如堉的态度谨慎，没有多说什么，只告诉我说以后要找他，就到四川北路、海宁路东面那一条街的老乡张添梅家去找。他于是把张添梅家的电话号码告诉我。

叙事者：根据2005年出版的上海市台湾同胞联谊会编《沪上台湾人》一书收录的张仁和《怀念我的父亲张添梅》（页93-99）所写，张添梅生于台湾，以优异成绩毕业于公学校之后考进台北师范学校，毕业后担任公学校老师。四十岁时离乡来到上海，开设一家华益南货号，从事进出口贸易。由于他在台胞当中交游较广，待人诚恳热心，被乡亲们选为上海台湾公会（即上海台湾同乡会）常务理事，经常捐款出资，维持上海台湾公会及为台湾同乡服务的台湾小学的费用。

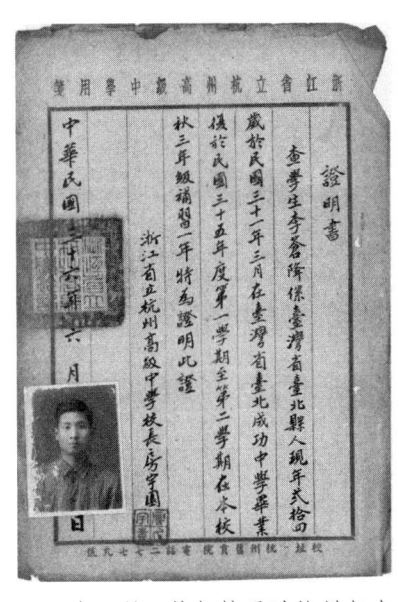

林如堉曾在1946年3月1日成立的台湾省训练团聆听教育处副处长宋斐如演讲。

1947年7月，林如堉通过杭州归来的李苍降认识李薰山。

王康绪：1945年2月，我在上海接受征兵体检，被判定为"第二乙种合格"，同时被通知4月入伍。入伍前，我回北京探亲，得到姨父曾明如（本名詹以昌，老台共党员）的鼓励，最后决定投奔解放区。回到上海后，我听说林如堉到福建去了，准备乘帆船回台湾打游击。3月底，我于是从上海出发，途经扬州，只身走往淮南苏皖边区，当时刚满十九周岁。

吴克泰：体检之后的一段时间，我绞尽脑汁找去参加抗战的路，毫无进展，实在是度日如年。我后来知道，王康绪已经独自一人从扬州投奔新四军，没有通知我和另外一个人。我想起了林如堉，于是打电话给张添梅。张添梅毫无顾忌地告诉我说，林如堉坐小船回台湾运白糖，回来时，在舟山附近，连船带糖都开到抗战区去了。我既为林如堉高兴，又感到遗憾，因为我的抗战之路又断了一条，也很后悔没有早些同他联系。抗战胜利后，我听说，林如堉在福州参加国民党海军，回到了台湾。

林信子：在同文书院，大哥学的是经济。然而，为了参加抗战，他学校还没毕业就离开上海，一个人坐船到舟山群岛，然后再到温州、永嘉，最后终于在福州找到抗日组织，参加了国民政府所属的海军。

抗战结束后，大哥跟随所属的海军部队从福州回到高雄，接收日本海军。有一天，我听人家说我大哥已经回台湾了。听他这么说，我还不太敢相信。但是，当天晚上，我看到大哥果真就在家里出现了。这时候，大哥已经长得非常壮硕了，看起来就像个成熟的男子。我听大哥说，他为了寻找抗日组织，跋山涉海，身上所带的钱财都被沿路的土匪、海贼抢光了。

后来，大哥考取长官公署所办的公务人员考试，辞去了海军翻译官的工作，回到板桥家里。1946年3月1日，台湾省训练团成立。他在台湾省训练团受训一段时间之后，便被分发到桃园角板山乡公所，从事山地行政的工作。

这时候，大哥就很少回家了。

新民主同志会

叙事者：林如堉到桃园角板山乡公所从事山地行政工作不久，"二二八"事件爆发了。但是，我们找不到任何档案资料或历史证言可以说明林如堉对事件的看法乃至行动。我们知道的只是，"二二八"后，林如堉辞去了角板山的工作，到东门附近的泰北中学当史地老师。就在暑假期间的7月的某一天，他通过刚从杭州回来的台北二中同学李苍降介绍，认识了李熏山。

就读新竹中学校时期的李熏山。

李熏山：早在林如堉离开台湾的日据末期，李苍降和我就互相认识了。李苍降，芦洲李家人，李友邦将军的堂侄。为了到大陆寻找参加抗战的路，台北二中毕业后报考"满洲建国大学"，但是因为肺不好，体检未能通过而落榜。因为这样，他就暂时在芦洲公学校当老师，准备有机会再到大陆去。那时候，新竹中学校毕业的我正就读台北帝大预科。我因为常到天水路、迪化街一带，汪精卫政权派来的交流学生的学寮——兴亚寮，找那些大陆学生聊天，了解祖国大陆的情况，因而结识了就读台北商业学校、同样关心祖国的抗战、深具反日民族意识的雷灿南。我们一见如故，谈得非常投机。通过雷灿南的介绍，我也认识了在芦洲公学校当老师的李苍降。

叙事者：1944年4月15日起，日本宪兵队突然以"研读汉文、习国语、抗日"的名义，在北部地区的中上以上校园展开连续三天的检举行动，陆续逮捕了台北帝大医学部蔡忠恕、郭琇琮，台北二中陈炳基，台北工业学校刘英昌等无数学生。李苍降和雷灿南也在这拨大逮捕中先后被捕。

1990年4月，在离台41年后，陈炳基老先生在北京，第一次向来自家乡的我追忆了他在日据末期因为投入反日运动而系狱的经过。

陈炳基：1943年11月下旬，中、美、英三头会议在开罗举行，确定"日本窃取于中国之领土，例如东北四省、台湾、澎湖群岛等归还中国"是三国共同对日作战的目的之一。为此，家住汐止的二中高一级学长唐志堂特地来找我讨论。我们两个谈得很投机，一致认为：依据开罗会议的联合公报，战后，台湾即可以回归祖国怀抱，那时我们就有出头天，就能当一等公民了。因为这样，我们决定投入实际的反法西斯战争的行列，贡献我们个人的力量来加速胜利的来临。于是我找了同期的郭宗清和黄雨生，唐志堂找来同是汐止人的台北工业学校学生刘英昌。然后，通过刘英昌，认识了留日归来的外科女医生谢娥。谢娥告诉我们，她之所以学外科，是因为她一直抱有回大陆为负伤的战士服务的志愿。从此，我们六个人经常在汐止观音庙共谋回祖国参加抗战的计划。当时，美国的潜水舰经

1946年《台湾新生报》关于日据末期北部校园大逮捕的报道。

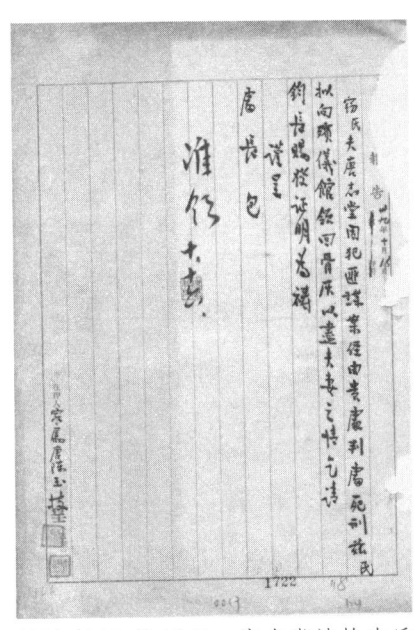

1950年10月14日，唐志堂被枪决后其妻的领尸报告。

1993年6月1日的刘英昌。（蓝博洲摄影）

陈炳基与谢娥晚年在美国重逢。

常在台湾近海出没。一般认为，美军正计划登陆台湾。由于局势的变化，谢娥认为，我们没有必要通通都到大陆抗日，毕竟岛内的工作还是要有人做。我们采纳了谢娥的意见。但是，因为唐志堂与刘英昌即将毕业而被征去当日本兵，所以决定他们两人一毕业就偷渡大陆。此外，我们还讨论了一旦盟军登陆时该如何响应的问题。刘英昌是学工的，因此就负责搞炸药；谢娥是医生，所以她建议在日人饮用的自来水中放毒。

1944年春天，唐志堂和刘英昌毕业了。于是谢娥提供一笔钱，托新竹的女同学安排船只，让他们从当地海边偷渡大陆。我们原本以为他们两人已经偷渡了，但没想到，他们却因为有人密报而被捕了。接着我们也陆续被捕了。后来，我们才知道，日警的逮捕是从郭宗清展

 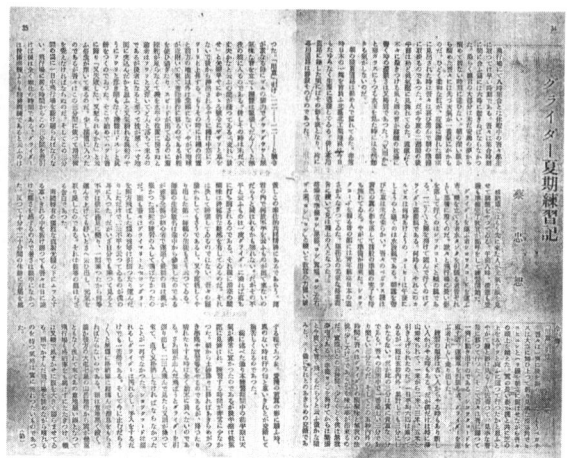

1962年6月8日，傅赖会 蔡忠恕台北高校时期的散文。
的军人监狱开释证明书。

开的，线索是他在谢娥家的墙上题了一首反日的汉诗而遭人检举。郭宗清被捕后，日警便以他诱捕了谢娥，我们来不及逃就陆续被捕了。除了我们六人以外，还有台北二中的同学刘钦琅，以及台北工业学校的学生傅赖会和谢权益等总共有九个人被捕。除了谢娥之外，台北二中五人，台北工业学校三人。当时仍在学的只有郭宗清、黄雨生和我三人，其他人都已经毕业了。

李薰山：在此之前，我在帝大图书馆偷了一本重庆版的白话本抗日禁书《清算日本》，看完后就拿给雷灿南看；雷灿南看完后又再拿给李苍降看。然而，李苍降却不小心让担任日本人密探的同事发现，而去密告。这样，刚刚取得许可，就要以"通译"的身份渡海到祖国大陆，实践抗日夙愿的雷灿南，以及李苍降，也先后被捕。他们两人咬牙忍受日本宪兵惨无人道的拷打，始终没有把我供出来。雷灿南后来即瘐死狱中，李苍降则处刑五年，一直到台湾光复后才释放出狱。

陈炳基：我们被捕是在5月。被捕以后，我因为不肯回答审讯而遭到严刑拷打。他们一直逼问我为什么要反日,我不得不回答时就避免说是基于民族意识而反抗,只说是不满学校的日台人差别待遇。这样才避过一顿狠过一顿的毒打。在监狱,人满为患,我们才知道,同一时期,光是台北地区被检举的青年学生,还有雷灿南、李苍降及台大的蔡忠恕、郭琇琮等人,其中蔡忠恕和雷灿南不幸先后死于狱中。

我们这个案,除了谢娥、唐志堂、刘英昌三人已有实际行动而被处刑较重之外,我和其他人都因为未成年而判"起诉犹疑",关了两个来月就出来了。之后只要有人放出来,我们这些先出狱者一定去接他们。谢娥、唐志堂、郭琇琮和李苍降,一直要到光复以后才出狱。

日帝对台湾青年学生的大检举提供了我们扩大串联与团结的条件。在狱中,我不但认识了同年入狱的郭琇琮、李苍降等人,而且通过他们又认识了1937年反日事件的学长林水旺等人。

1945年日本投降后,我们这些坐过日本牢的台湾青年很自然地又聚在一起了。我们计划搞一个学生联盟。每天,由我和林水旺主持,在往双莲座路口的蓬莱妇产科前,向一般青年学生及市民演讲。我们还到台北二中门口,召开学生大会,惩罚那些平时歧视、虐待台湾学生的日本老师,要他们向台湾学生道歉。

9月5日,日据时代台湾农民组合的中坚分子,因为日警的通缉而逃亡大陆参加抗战的张士德,以国民党上校军官的身份,回台筹划成立国民党三青团台湾区团。战后台湾第一个自发性的学生组织——台湾学生联盟,经过几次的学生干部会议之后,也于10月初在中山堂正式成立,随即积极主办以脱离日本统治、迎接祖国为主题的宣传、演讲及教育等活动。原来各校的组织则改为该联盟的支部。从10月5日前进指挥所的接收官员抵台,经10月10日台湾光复后的第一次"双十节",到10月25日陈仪主持的受降典礼,台湾学生联盟也

《观察》杂志

1946年7月东京台胞在涩谷区遭到日警枪杀后的抗议舆论。

与其他的人民团体一般，抱着欢天喜地的心情热烈地迎接、庆祝。一般而言，在长达五十年的日本帝国主义的殖民统治下，台湾学生政治思想比较落后。所以台湾学生联盟成立以后，也面临领导者之中进步学生较少的困境。后来一个时期，联盟便为反动派所乘，接受了御用士绅的领导，反对进步思想、排斥进步学生，造成运动进程上的许多障碍。11月17日，陈仪公布了所谓人民团体组织临时办法，命令所有的人民团体自即日起停止活动。台湾学生联盟的组织于是顺势解散。但是，通过这一次的结盟，战后台湾的学生运动也形成了一定的基础与影响。日据末期以来的进步学生，也随着日后台湾社会矛盾的深化，逐步形成一股进步的力量。

12月，李苍降与台北二中学弟唐志堂、我以及刘英昌等人一同加入三民主义青年团，担任台北分团部筹备处第二股股员。1946年3月29日，我们四人以三青团名义在台北公会堂搞了一场庆祝青年节的活动。之后,三青团台北分团部书记长畲阳却语带威胁地吓唬我们说,台北分团是共产党的一个根据地,我们年纪轻,不懂政治,可千万不要被"共匪"利用啊!因此,在做不了什么事的客观条件下,我们决定离开三青团。这年秋天,李苍降便由李友邦引介,插班浙江省立杭州高级中学三年级。他于是经由上海到杭州。在上海,他通过在暨南大学公费读书的台北二中同学杜长庚介绍,认识了许多在暨大公费求学的台湾学生,并且与他们共同学习进步思想。到了杭州,他又不断把读过的诸如《观察》《文萃》等民主党派的杂志,寄给留在台湾的我们,使得我们对大陆上国共斗争的情况能有一定程度的了解。我继续投入战后台湾学生的爱国运动,从东京涩谷事件、北京沈崇事件到"二二八"事件,一直站在运动的第一线。

叙事者:1947年3月10日,三青团中央直属台湾区团部主任李友邦因为在"二二八"事件期间"唆使三青团暴动"与"窝藏共产党"的罪名被非法逮捕,解送南京。李友邦夫人严秀峰女士急速赶去南京,设法营救。李苍降在杭州接到婶婶从南京发来的电报后即刻返回台湾,协助处理相关事宜。这时,经历了光复以后这样那样的事件,在杭州、上海又受到国内反内战学生运动洗礼的李苍降,在思想认同上,自然就如同大多数的台湾青年一样,从所谓的白色祖国转向红色祖国了。这样,他也就有了要求实践的主观愿望。因此,他就以自己的交友圈为主,陆续找了李熏山、林如堉等人,筹组一个具有进步思想的青年团体。

李熏山:1946年,当我以台大工学院第一届学生的身份毕业时,我自己就想过:我是学理工的,既然现在台湾已经光复了,政治的事就别再理了。于是就留在台大化工系当助教。这段时间,我也应基隆中学钟浩东校长之请,去兼了一年课。经历了一场"二二八"事件

1947年1月9日,台北学生声援沈崇事件而发动反美游行。

基隆中学钟浩东校长(1915—1950)与该校毕业班师生。

李友邦、严秀峰与三个小孩。

后,我看台湾再这样下去是不行的,于是就通过台大医学院助教刘沼光的介绍,参加了中国共产党在台湾的地下组织,决心再度投入台湾的社会改造运动。

　　8月,因为交通的关系,我辞掉了基隆中学的课,转到台北的泰北中学兼课。林如堉大概也就是在这个时候到泰北中学任教的。可是我是被捕以后侦讯时才知道,原来林如堉也是泰北中学的老师。事实上,我认识林如堉是在任教泰北之前。暑假快结束时,林如堉还带我及另一位朋友谢传祖(苗栗客家人),从台北徒步到角板山。那一趟路,我们一共走了两天。我还记得那些山地朋友在角板山乡公所热烈欢迎我们的情景。从那种场面,我不难理解林如堉的山地工作是成功的,他用工作的成绩赢得了角板山山地朋友的拥戴。

谢传祖　　　　　　　　黄石岩的遗书。

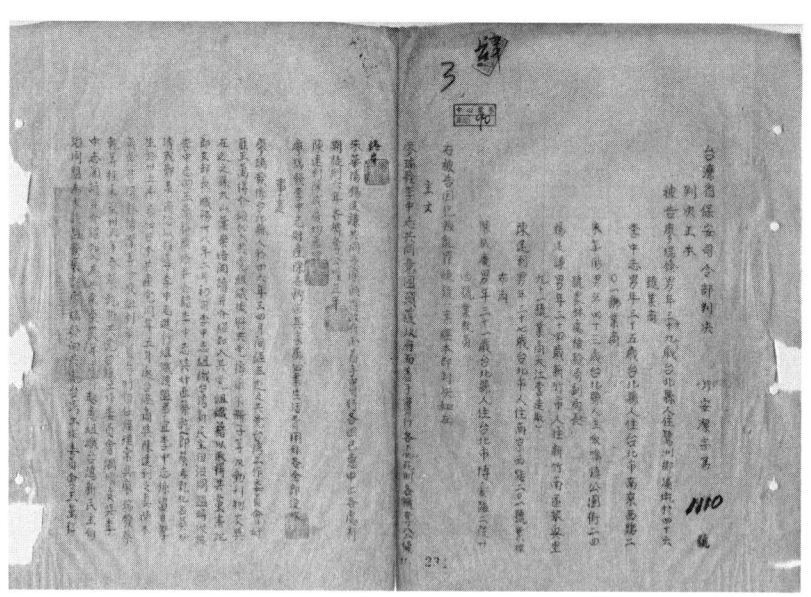

廖瑞发的判决书首页。

通过李苍降的串联，暑假结束后，林如堉和我又认识了一个台大毕业生李登辉，以及他台北二中的学弟、日据末期以来的台北学运主要领导人陈炳基。

陈炳基："二二八"事件后，我从台湾头到台湾尾逃亡了一段时日，然后才透过一个跑单帮的朋友帮忙，买了一张船票，从基隆逃到上海。7月，我才又假借难民身份混上回台湾的船。船在基隆靠岸。下了船，我的第一件事就是寻找地下党，办理入党手续。月底，我的入党申请批准了，同时被派担任学生工作委员会筹委。不久，台北二中时代的学长李苍降跑来找我，说他与三个朋友：李熏山、李登辉及林如堉，想要组织一个进步团体，问我要不要也来参加。因为这种做法违反"单线领导"的组织原则，我立即向上级指导廖瑞发（老台共）汇报。他听了后却说可以啊，你可以参加。大概是在八九月吧，我们就开始组织起来。当时，我们五个当中，只有李熏山和我是党员，其他三人都不是。因为我是学工委，我知道李熏山是党员，他却不知道我是不是。

李登辉：1946年我离开日本，回来台湾……到台湾大学复学时，农学院包括我在内才五个学生，第二批学生晚了两年才进来，人数也不多，可能只是多了四五人。在没有多少人的情况下，台湾大学农学院成立学生自治会，由我做理事长。

"二二八"事件发生前，我还住在我阿姨家。那时候，何既明慢慢介绍给我一些同学，例如一起开书店的林如堉、刘甲一，还有芦洲李友邦的侄子李苍降等，这些人都是他（台北二中）的同学……我认识这些人以后，也认识了陈炳基，但是我还不大知道李熏山。

"二二八"事件发生以后，台湾人才进一步知道国民党政府实际的情形，大家讨论，看政府这个样子，对国民党失望，为了台湾的未来，开始反对国民党。因为战争破坏了整个环境，人民生活的依靠都没了，台湾的知识分子差不多都认为，人不管有什么思考、有什么精神，再怎么说，最重要还是物质的生产、物质的建设，看起来共产主义说的物质建设也是最重要的优先嘛。共产党因此真正在台湾扩大规模和组织。

那时我们也没其他办法可想，发生"二二八"这种事件以后，出来喊的人后来都被打死了，再也没有一个人出来喊，让所有台湾人团结起来。当时许多人就想，共产党也许会有办法，我们实在没想得太深。事实上，台湾有那么多人被打死，而且国民政府统治的情况是四处都有贪污，物价高、经济差，每一项问题都发作起来。我们想，台湾应该走另外一条路，无论怎样，另外一条路可能就是一条出路。

陈炳基：我们五个有心为台湾的社会改造奉献牺牲的年轻人大量研读了有关马克思主义的理论书籍。记得我们最早研读的就是《新民主主义论》小册子。因为我们的中文阅读能力还不够好，林如堉在大陆念过书，中文好，于是就先由他翻译成日文，然后我再拿到大同铁工所附近一个地下党员黄石岩的家，用他们的油印机来印。起先，我们这个小团体的名称换来换去，读了《新民主主义论》后，我们对当时台湾的社会性质及运动性质也有了科学的认识，于是就决定组织的名称叫作新民主同志会。

"二二八"纪念行动

李薰山：后来，新民主同志会的五人小组就定期在古亭町李登辉的住所读书、开会，讨论组织发展的状况。

李登辉：1947年8月……林如堉、李苍降、陈炳基、李薰山和我五

1992年的郭明哲。　　青年郭明哲与张如松。
（李文吉摄影）

个人才真正开始要组织，但不是组织共产党。我不太了解他们各人的事情，像李熏山是怎么来的我也不知道，突然之间有这个人来……

新民主同志会成立的时间我不太记得，但是主要是在"二二八"事件以后，需要组织来对抗国民党，台湾才有法度……

我和这四个人大部分都是在学习，当时毛泽东提出"新民主主义"，也提出"联合政府论"，"钢铁是怎样炼成的"也是毛泽东的话，大陆有很多这款书进到台湾来，大家都在讨论……

新民主同志会成立那时候我已经离开天水路，住在……罗斯福路的日本宿舍。那间宿舍后来叫作普罗寮……新民主同志会成立以后，常常去普罗寮开会。

叙事者：从各方面的历史证言看来，李登辉刚从日本回台的时候，起初是寄住在未过门的妻子曾文惠的娘家；后来，他就搬到古亭町萤桥附近一栋名为普罗寮的日式房子。普罗，即为普罗阶级（Proletariat）的简称，在社会科学的意义上指的就是无产阶级。至于所谓寮，也就是日文的宿舍。因此，普罗寮也就是指无产阶级的宿舍。当时，经常出入普罗寮的，还有在大甲担任小学老师的郭明哲（1921—1998）等人。

郭明哲：据我所知，普罗寮的房子原本是一栋日本人的宿舍，台湾光复，日本人遣返以后，一个任职水利局工程师的台湾人陈振基就把它接收下来，作为宿舍。陈振基毕业于日本九州岛农专，在千叶高射炮兵部队服役时，恰好与当时名为岩里政男的李登辉分配在同一队，两人因此成为好友。后来，陈振基调职冈山水利局，就把房子让给还没有固定住所的李登辉，以及就读台大经济系的小舅子柯耀南，两人一同使用。再后来，柯耀南又介绍了张如松和张世辉两个大甲籍的兄弟搬来同住。张如松毕业于台中师范，当时在台北市日新国小教书，1953年9月5日被枪决。张世辉当时就读成功中学，1948年也考进台大水利系，后来自首。他们四人合资请了一位三轮车夫的太太做饭、打扫。

我是张氏兄弟的表哥。所以寒暑假期间上台北，就到普罗寮打尖。因为这样，我认识了李登辉。我大他两岁。因为两人的年龄与思想倾向都比较接近，交情也比较深。我记得，他的房间摆满了各种左派书籍，书桌面对的墙上还贴了一张列宁的照片。我们都把列宁当作革命的导师。有一次，看完一部苏联电影后，他还带着一种与有荣焉的得意神情笑着告诉我，说他发现列宁和他一样都是戽斗仔（闽南话，指下巴较长者）。

普罗寮的几个台湾青年后来也搞起了读书会。我曾经建议李登辉等人读一些日本新潮社出版的世界文学大集中具有阶级意识的小说。他们也都读了。其中一本是法国作家描写地主的。我认为读这本小说对心理分析有用。另外，我印象比较深刻的是一本日本女孩所写的日记体小说，主要描写战争时期的穷困生活。我听说，当我在假期结束

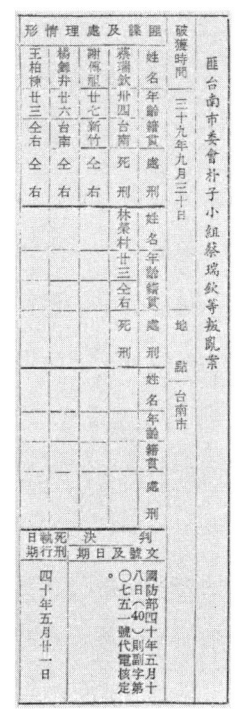

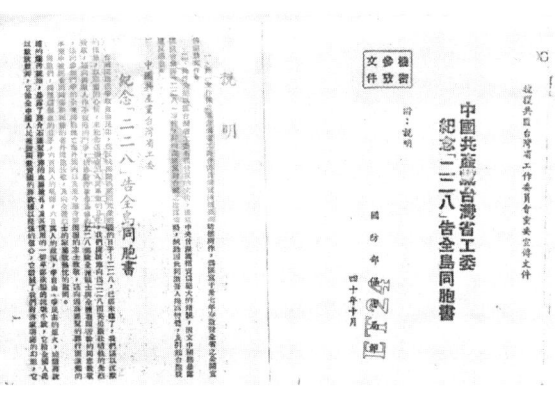

《纪念二二八告台湾同胞书》

"安全局"关于蔡瑞钦枪决的档案。

晚年的徐懋德、李薰山与陈炳基。(左二、三、四)

回台中以后,他们四人仍然继续在读这本书,而且每次开饭前,总要先念一段再开动。

叙事者:显然,新民主同志会的五人小组和普罗寮的室友们并没有在组织上发生横的联系。

1948年2月27日晚上,地下党决定第一次以台湾省工作委员会的名义,向所有台湾人民散发《纪念二二八告台湾同胞书》的传单,内容主要是:唤起台湾人民忆起去年"二二八"的英勇斗争与蒋军的残酷屠杀而加紧团结,加强对反动派的斗争意志,准备对反动派开展斗争等。到了3月5日,这份传单几乎已经在全岛各地出现了。

李熏山：1947年9月，奉党的指示，新民主同志会改属为台北市工作委员会的支部，直接由郭琇琮领导；林如堉则为负责人。表面上，我们还是以新民主同志会的名义发展组织。11月左右，有一次集会时，陈炳基带一个从上海来的外省人徐懋德来带领大家讨论与学习。以后，郭琇琮就不再与我们联系了。后来，我们才知道这个徐先生是交通大学土木系毕业的，在大陆时就是搞学生运动的进步分子，现在也是负责学生运动的省委。有一次，他把自己目睹的学运分子被活埋的惨痛经验告诉我们，要我们随时警觉、小心，并且要有觉悟。

相应于党的决定，我们五个人也决定以新民主同志会的名义散发一份纪念"二二八"的《告台湾同胞书》。于是，除了陈炳基之外，我们四人就当场各写一份草稿，互相讨论。最后，因为我是用日文写的，大家认为一般民众比较能够理解，就决定以我那份为定稿，油印后寄发。寄发传单的信封上头署有台湾省政府之名，那是我那任职于省府文书课的爸爸提供的。然后，我们就选择省参议员、各机关首长为寄发对象，故意向他们表示，我们的组织已经渗透到省政府里头了。当晚，夜更深的时候，我们又到街头上涂写政治口号，口号的内容由党统一制作：两人一组行动，一人写，一人把风。我们沿着泰顺街到台大，再到南昌街的台电变电所的墙上涂写，最后，在位于南昌街的"二二八"刽子手彭孟缉住宅的围墙上书写口号。

逮捕与逃亡

李熏山："二二八"周年纪念行动后，李登辉就不再出席新民主同志会的聚会了。原因不明。徐懋德只是告诉我们说：李登辉以后不会来了。于是他另外带了一个台南人蔡瑞钦来替补。我们的聚会地点也改在三条通林如堉的住所。不久，上级认为新民主同志会的名字听起来不够通俗易解，要我们改名为台湾人民解放同盟，同时在具体工作上分为宣传、组织及教育三部，由林如堉负责教育，蔡瑞钦负责宣传，李苍降负责组织。

陈炳基：到了1947年年底，我奉组织之命专搞新民主同志会，以一般社会青年为发展对象；至于学生工作则交给学工委去搞。于是我们又各自发展了一些工人群众。然而，也就在组织扩大的同时，我发现已经有一个特务小组渗透进来了，而这个特务小组却是从我这边钻进来的。我是从生活上的两件小事而有所警觉的。第一件事是，有个礼拜六，我回家里休息时（我因为工作上的警觉平常几乎不在家），刚好有个邮差来到我们家，问说陈炳基是不是住在这里呀。我人在二楼，以为是有我的信就回答他说："是啊，有这个人，现在不在，你找他什么事啊？""哦！没有，没有。"说着，他就匆忙地离开了。他一走，我就感觉到有问题了。我想，这个邮差说要找陈炳基却又说没有什么事，这个一定有问题。还有一件事就是，有一天，我在万华碰到一个叫作吴起旺的人。这个家伙，我们知道他是军统特务，是台北二中毕业的，大我一届或两届，当时在成功中学当教员。在日据时代，学校的上级生对下级生有绝对的权威，尽管时代已经不同了，他还是以一副学长的姿态教训我说："喂！你陈炳基，不要在街上大摇大摆走啊！你……你……怎么认得林如堉、李熏山啊！这个，你不要瞎交朋友啊。"先前在家里时，邮差说要找陈炳基，结果没有信。现在这个吴起旺又警告我不要跟我们组织里头的林如堉与李熏山交往。这两件事加起来，使我不得不起疑心。我于是向徐懋德汇报这件事。后来，有个台中的地下党员上台北来说，他在一个当特务的同学家，发现他的桌历上写着三个人的名字：林如堉、李熏山、陈炳基。于是

基隆港。

台北街头。

组织开了紧急会议,指令我们三人马上躲起来。事后我才知道,问题出在我发展的一个姓刘的印刷工人,这个人是我读老松公学校的同学。我吸收他及其他三四个印刷工人之后,因为在新庄的麻风病院(乐生疗养院)上班,没办法每天到,就把他们交给林如堉和李薰山去组训。听说是他们两人把党章交给他们阅读而出事的。因此,他们只知道我们三个人。李苍降、蔡瑞钦和徐懋德因为没有和他们接触,所以没有暴露。

李薰山:到了10月下旬,我们突然接到组织的指令,说是我们这个小组已经被特务渗透了,要我们马上离开台湾。因为我学的是化工,所以被派往东北,林如堉则被派往福建。接到指令后,我和林如堉并没有马上赶到基隆港。我们心想,就要离开台湾了,不知什么时候才能回来,于是就在台北街头这里看看,那里逛逛。我们看到街上有人卖锅贴,因为没吃过,就去吃。怎知,吃完锅贴,赶到基隆港,我们原本要搭的那艘船已经开走了。可我们并不担心,天真地想,要走也不差这一两天。我们于是又放心地分手,各自回家睡觉。怎知,当天晚上,我就在泰顺街住处被埋伏已久的特务逮捕了。大约同一个时间,林如堉也在板桥家里被捕了。陈炳基因为接到指令就马上离开台北而躲过一劫。至于李苍降,似乎身份还没有暴露。

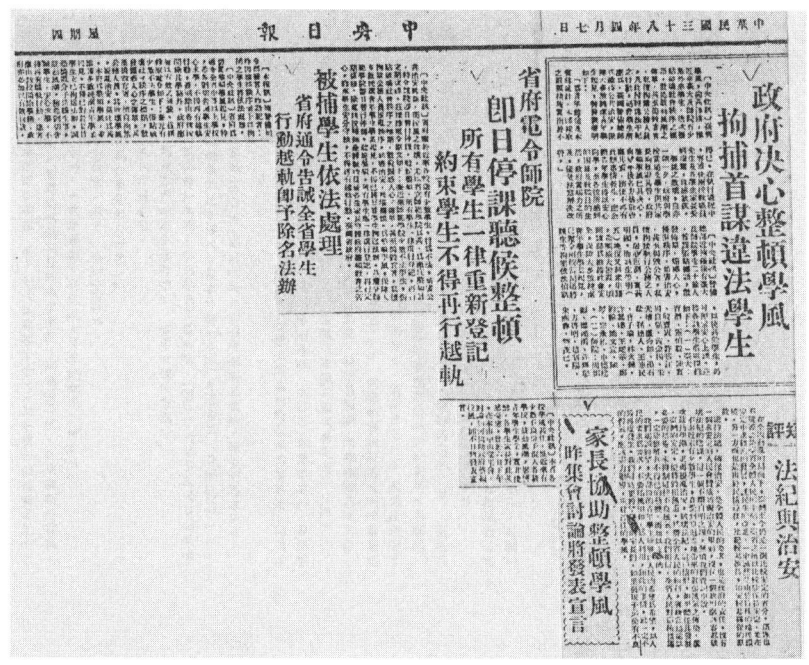

1949年4月6日陈诚当局镇压台北学运。

陈炳基：我记得，当时组织的指令是要我们三人在1948年10月20日以前离开家。我平时就很少待在家里，接到指令也就不再回家。可林如堉与李熏山根本就没有遵守指令。10月25日凌晨，那些特务分成三路，同时到我们三人的家里围捕。结果他们两人都被捕了，新民主同志会的组织也被破坏了。我又开始在台湾各地躲来躲去。一直到1949年4月6日台北爆发镇压学生运动的事件后的12日，我才不得不出走大陆，从基隆偷渡到上海。怎知，这样一来，我竟再也不能回到自己的家乡了。

林信子：大哥被抓走的时候已经是半夜了。大哥一个人住在楼上。我和家人住楼下。半夜时候，我在睡梦中被屋子里里外外围捕的叫声惊醒，等我走出房门时，正好看到大哥被好几个人押走。他们

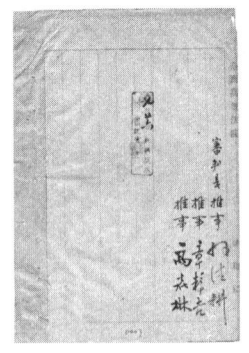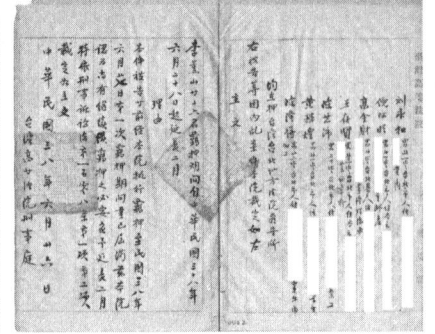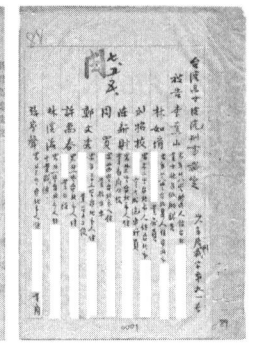

1949年6月26日,"台湾高等法院"刑事庭以"本院认为尚有继续羁押之必要"的"理由"裁定林如堉等十六名羁押期间自6月28日起延长两个月。

那群人中,后来有两个人还来问我:"有没有一个姓李的来你们家啊?"我感到既愤怒又恐惧地回答他们说:"我不知道。"

侦讯与台北监狱"内乱"案

李熏山:他们这一次的围捕行动,连我和林如堉,一共抓了三十几个人。被捕以后,我们就被押往警备司令部。侦讯时,他们问新民主同志会一共有几个人,我回答说三个人。这是我和林如堉事先套好的说辞。因为这个回答与他们掌握的名单一致,我没有受到什么刑求。他们还笑着夸我,说我太坦白了。我们因此很快就被送往军法处结案。

叙事者:根据近几年才解禁的台北档案局所藏"台湾高等法院"刑裁字第九一号刑事裁定书所载,林如堉和李熏山等十六人后来又被移送台湾台北地方法院看守所羁押。6月27日法定羁押期限届满。因此,6月26日,"台湾高等法院"刑事庭以"本院认为尚有继续羁押之

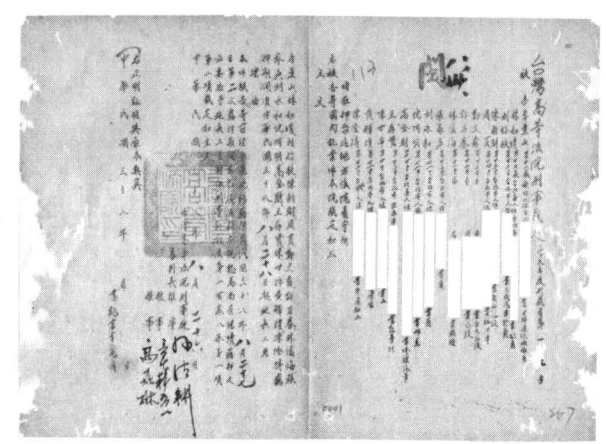

8月26日,"台湾高等法院"刑事庭再以同样"理由"裁定林如堉等十六名羁押期间自8月28日起延长两个月。

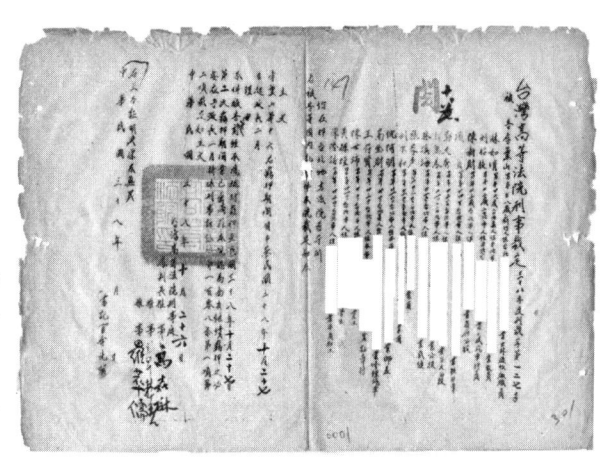

1949年10月26日,"台湾高等法院"刑事庭又以同样"理由"裁定林如堉等十六名羁押期间自10月27日起延长两个月。

必要"的"理由"裁定"林如堉等十六名羁押期间自中华民国三十八年六月二十八日起延长二月"。8月26日,再以同样"理由"裁定羁押期间自"八月二十八日起延长二月"。10月26日,又再以同样"理由"裁定羁押期间自"十月二十七(八)日起延长二月"。

到了1949年12月20日,"台湾高等法院"刑事庭刑事判决裁定:林如堉和李熏山"共同预备意图以非法之方法颠覆政府各处有期徒刑三年六月褫夺公权三年";刘招枝等三人被处两年半有期徒刑;郑文秀等四人处刑一年四个月；其余七人无罪。

李熏山系台大工学院毕业，于民国三十六年五六月间任台大助教时，经吴思汉之介绍（时吴任《新生报》记者，系共产党台北市委）参加共产党，因与该党在台工作人员李洁、刘兆光等熟识。嗣李熏山介绍林如堉一同参加，不时在林如堉处秘密集会。旋因公开以共产党名义活动难以发展，乃于同年10月改组为新民主同志会便于号召，当由李熏山、林如堉暨在逃陈炳基任该会干部，吸收刘招枝、陈新财、周买为会员，更由刘陈周等三人辗转介绍郑文秀等陆续参加。该李熏山、林如堉时以反动宣传品分发会员阅读。三十七年三月复改名为台湾人民解放同盟，内分宣传、组织、教育三部，仍由李熏山、林如堉及陈炳基分任领导，进行其意图颠覆政府之预备工作。业经台湾全省警备司令部获悉，分别逮捕，连同在林如堉处抄获之宣传品，解送本院检查处，依内乱罪提起公诉。

上开事实，业据被告李熏山、林如堉在全省警备司令部、情报处暨军法处分别自白。嗣虽在续审中稍有翻异，然对于参加共产党及吸收会员，并负责领导各节，仍不予否认。核与各被告供词互相参证，均属相符，并有抄获之党章宣言等，可证犯行至堪认定其参加共产党，印发反动书报，并利用外围组织吸收党员，显属意图以非法之方法颠覆政府。惟查其行为无非借宣传以增强共产党力量，尚属预备阶段，不能谓为着手实行。

李熏山：因为当局还没有在台湾实施戡乱戒严体制，林如堉和我侥幸躲过一死。结案后，我们就被移往爱国东路的台北监狱收押。大约是1950年5月底，不知为什么，林如堉又被叫回军法处，重新审理。

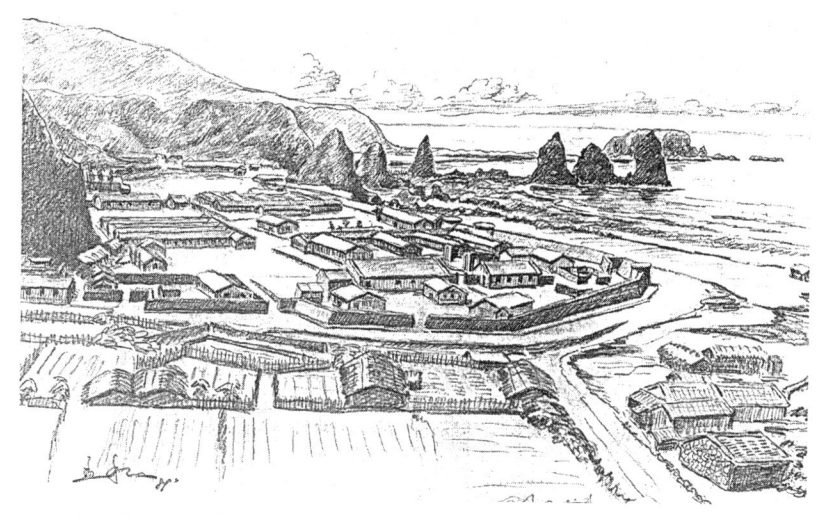

1953年1月5日,李熏山被押往绿岛集中营。(陈孟和绘制)

叙事者：根据近几年才解禁的台北档案局档案所载,林如堉之所以又被叫回军法处,重新审理,应该与5月13日被捕、11月28日枪决的板桥朱内外科医院三十岁的医师朱耀珈有关。在6月1日的"讯问笔录",我们看到朱耀珈医师"坦白的"如下内容。

朱耀珈：1941年9月,我毕业于日本仙台市东北帝国大学医学专门部,曾任该校副教授及仙台市立病院皮肤科主任医师。1946年1月返台,曾任台北市立皮肤科医院医师。1950年1月,转充叔父朱彩阳所营朱内外科医院医师。1948年1月,经林如堉介绍,在台北市参加共产党,初由林如堉领导,后与张德和、洪某组织支部。林如堉被捕后,我任支部书记,上级改派李苍降来领导我。我原打算在板桥建立组织,因林如堉被捕及张德和逃亡的事件影响,恐受牵连,不敢活动,故在板桥毫无发展,仅有一些群众。我所知道的上级人员为李熏山、林如堉、李苍降……

叙事者：朱耀珈医师于1950年11月28日与郭琇琮医师等同被枪

1950年10月15日,《中央日报》关于李苍降等人枪决的报道。

决。然而,从目前可见的涉案者证言与官方档案,林如堉似乎并没有因为朱耀珈医师的"坦白"而改判死刑。他之所以后来改判死刑,还是因为后来涉及的所谓台北监狱"内乱"案。

李熏山:1952年4月5日,我服刑期满。狱方又以"本性及思想未改"的理由,将我移送"台湾省保安司令部"军法处。

叙事者:"台湾省保安司令部"军事检察官因李熏山"违反检肃匪谍案件"声请交付感化。11月25日,"台湾省保安司令部"军事法庭军法官邢炎初裁定:应予照准。

被告李熏山,于民国卅八年四月间因犯内乱罪,经台湾高等法院判处有期徒刑三年六月,发交台北监狱。执行期间与押犯刘招技、徐培远等互通字条,图取联络,以便暗中活动。经该监狱派员监视始无表现。乃解由本部军事检察官侦查,电准该监狱四十一年十一月十七日密字第卅七号代电查复属实,以被告虽因

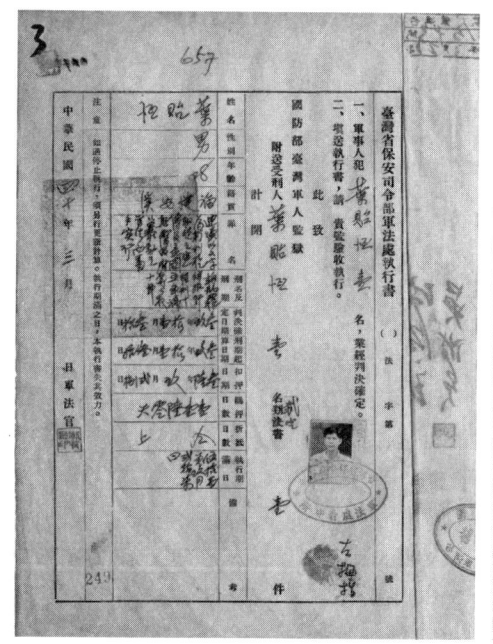 

1951年3月,叶贻恒的军法处执行书。　　1960年5月,李梓鼎的开释证。

监视严密尚无不法活动事证,惟竟在执行刑期中不知感报政府宽大处分,实无改悔之意,声请交付感化以资教育前来。经核无异,应予照准。除感化期间另以命令行之外,爰依戡乱时期检肃匪谍条例第八条第一项第二款裁定。

李熏山:结果,我又被加判感训四年。当时外头正是全面展开肃清左翼的白色恐怖时代,我在狱里多待几年,未尝不是好事。1953年1月5日,我又被押往绿岛集中营,过着与世隔绝的囚徒的日子。一年多以后,我再被转往台北板桥生教所,接受感化教育。

到了1955年10月,我再度刑满,才从牢里放了出来。这时候,国民党的肃清行动也告一段落了。这时候,我才知道,原本幸免于难的新民主同志会的同志李苍降和蔡瑞钦,已经先后在马场町刑场牺牲了。昔日的同志只剩下一个不知逃到何方的陈炳基,以及已经脱党的李登辉。

后来,我又听说,林如堉因为牵扯进台北监狱的"内乱"案,而以"恶性不改"的理由也被处死了。

叙事者:为什么林如堉在判决定案以后又会被调回军法处重新审理而被处死呢?据20世纪50年代政治受难者的一般讲法,为了加重量刑的需要,当年的判决内容往往会加上许多不是事实的内容。尽管如此,在找不到当时事件见证人的情况下,我们只好通过可信度值得存疑的官方文件,从侧面加以了解了。

根据台北档案局字迹模糊而辨识艰难的"台湾省保安司令部"(39)安洁字第2598号判决书所载,1950年10月19日"台湾省保安司令部"军法处审判官郑有龄判决二十八岁的林如堉与二十二岁的江西籍台北监狱同监难友吴朝麒死刑。

> 吴朝麒原系青年军第206师排长,于37年(1948年)6月间,因逃亡罪,经台湾省警备司令部判处有期徒刑三年六个月,移送台北监狱执行后在监自称系共匪老党员,藏有"中国人民解放委员会台湾地下工作队"布质证件,并写有"中国向哪里去"之反动文字作为教材及"台湾策反工作计划书",均交与叶贻恒(二十八岁,福建安溪人)为宣传之用,38年(1949年)底,以该布质证件给予伪造文书之嫌疑犯赵建华观看,劝诱其加入匪党。林如堉前因内乱罪经台湾高等法院判刑,在监执行期中组织"工作同志联络会",仍继续宣传马列主义,吸收因便利脱逃罪在监执行之李梓鼎(三十一岁,福建福安人)加入。
>
> 本案被告吴朝麒供认在监自称系共匪老党员并藏有"中国

人民解放委员会台湾地下工作队"证件，否认有写作反动文字及劝诱赵建华加入等情。讯据共同被告叶贻恒供称"吴朝麒告诉我他是匪党分子曾给我看一张'中国人民解放委员会台湾地下工作队'的布质证件，又吴写过一篇《中国向哪里去》，内容是说中国将来是个'新民主社会'的国家，我把这篇交给叶登炎（三十五岁，台南人）"云云，又于其自白书及庭讯时均供述，该被告吴朝麒在38年9月间写有"台湾策反工作计划书"一份给我，曾转予林如堉、叶登炎阅看，其内容有办报纸、组织妇女队等，并经林如堉供承见及此项计划书等语。罪证明确，不容狡卸。被告林如堉虽否认有组织"工作同志联络会"、吸收李梓鼎参加等情，但据被告李梓鼎于侦查及自白书中均称，被告林如堉与其他监犯胡绥之等组织"工作同志联络会"，由林如堉讲述马克思列宁主义。监犯张丰钦、林器聪来对我说，他们（指林如堉等）叫你加入，我开个名字给他，从此我就参加了共产党。我接到台北地方法院判决书后数日，林如堉到我住的17号房讲资本论。其自白书内又称，记得有一次，林如堉用毛边纸钢笔写的"到那时候，资本家的工厂、商店都属工人所有，那时工人就是主人翁"等语。指陈历历如绘，质对无异，参以被告游赐一（二十七岁，台南人）所供，有一次听林如堉讲西安事变同和谈八条件，内容都很偏激，完全站在共产党立场谈话云云。足见被告吴朝麒、林如堉判刑在监，继续宣传匪党言论，煽惑众人，借组织团体吸收他人参加之手段，各别以非法之方法颠覆政府已达着手之程度，殊为显著，实属怙恶不悛，应予判处极刑，褫夺公权终身，以昭炯戒。

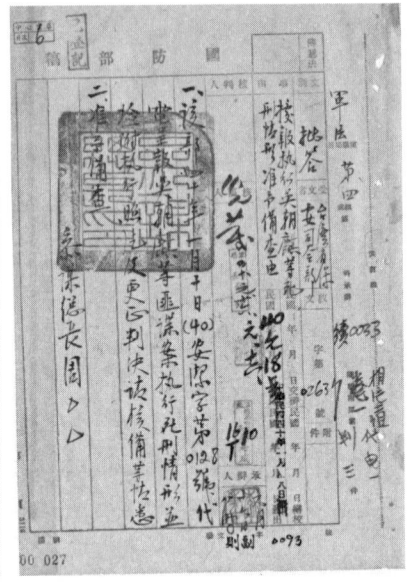

1951年1月10日吴国桢检呈林如堉与同案"更正判决及执行照片"电请周至柔查核。

1951年1月18日周至柔准予"保安司令部"将执行林如堉与吴朝麒死刑执行情形备查。

叙事者： 10月31日，"台湾省保安司令"吴国桢检呈"吴朝麒等匪谍一案卷判"电请"国防部"参谋总长周至柔核示。

11月29日，"国防部"行文"台湾省保安司令部"：周至柔核准"吴朝麒等匪谍一案罪刑"，"惟被告吴朝麒、林如堉二名，依惩治叛乱条例第八条第一项规定，其财产除酌留其家属必需之生活费外，全部没收，漏未宣告，应予补正"，"希知照，并将执行吴朝麒、林如堉二名死刑日期，连同更正判决三份，呈报备查"。

12月16日晨五时，"台湾省保安司令部"将吴朝麒、林如堉两名提庭，验明正身，发交宪兵第四团，绑赴马场町刑场，执行枪决。

1951年1月10日，"台湾省保安司令"吴国桢检呈"吴朝麒等匪谍一案更正判决及执行照片"电请周至柔核查。

1月18日,"国防部"行文"台湾省保安司令部",周至柔批答:"据报执行吴朝麒等死刑执行情形准予备查。"

1954年,台北"国家安全局"编印,内部发行的一份机密文件《历年办理匪案汇编》第一辑《匪台北监狱组织吴朝麒等叛乱案》,记载了有关林如堉"犯行"的更详细的内容:

  一、案情摘要:台北监狱被处刑之内乱犯,均同羁一处,由监犯吴朝麒、叶贻恒二犯为首,以同押之内乱犯为对象,成立所谓"中国人民解放委员会台湾地下工作队",并借在工厂做工之机会,私自印制白底红字之方形证章,前面印有"中国人民解放委员会台湾地下工作队"字样,反面则印有五角星及镰刀斧头图样,暨"P.A.C.D."等英文字母,编有号码,以俟"人民解放军"解放台湾后协助解放工作为词,以煽惑各内乱犯参加反动组织。曾先后将《历史唯物论》《社会学》《中国向哪里去》等反动书刊,秘密记于普通书籍空页上,在监狱内向各犯讲述。隔日召开"讨论会""批评会",发起自我批评,以不断学习、充实自己为号召,以蛊惑各犯接受反动教育。嗣为调查局所侦破。

  二、阴谋策略及活动方式:1. 以在监狱之内乱犯为对象,成立所谓"中国人民解放委员会台湾地下工作队",俟共匪解放台湾时,协助解放工作。2. 利用在工厂做工之便利,私自印制布质白底红字形证件,前面印有"中国人民解放委员会台湾地下工作队"字样,反面印有五角星及镰刀斧头图样,暨"P.A.C.D."英文字母,企图借此煽惑各内乱犯参加该非法组织。3. 将反动书刊《历史唯物论》《社会学》《中国向哪里去》《三大纪律八项注意》等,秘密抄录于普通书籍空白上,以为教育在押各犯,并隔日召开"讨论会""批评会",发起自我批评,以不断学习,充实自己为号召。4. 以反动歌曲《你是灯塔》《国际歌》《解放区的天》《毛泽东是我们的救星》等歌,教育同押内乱犯。5. 联络在押各内乱犯,于必要时集体暴动越狱。

三、通讯方法:1. 秘密与监狱看守人员建立感情,建为通讯据点,所有对外及外来信件,均透过看守人员递转,以避免监方检查。2. 利用化名及隐语,与外间及监内通讯。

四、侦破经过:我运用工作同志赵行时,因案牵累押于台北监狱,与同押内乱犯吴朝麒认识,日久吴犯暗自表明渠为匪党党员,并密示"中国人民解放委员会台湾地下工作队"证件,嗣赵行时同志获无罪开释,乃向我当局报告,除令赵同志以灰色身份与吴犯联系,了解其对外关系,一面并与监狱方面联系,继续侦查其在监内活动,并秘密截检吴犯来往信件,以发掘其所有关系,后吴犯获准调服劳役,经积极办理保释手续,为恐吴犯获释出狱后无法切实控制,乃予以扣讯。

家书三则

林信子:大哥被捕以后,家里人一直不知道他的下落。因此也就没有机会探问他。一直要到1950年秋天,父亲才收到大哥的一封家书。那是10月19日,从青岛东路3号军法处看守所第19押房寄出的。在信中,他特别关心小时候因为发烧而使得头脑有点迟钝的弟弟的教育问题。现在想起来,我才知道,当时,写信的大哥已经有赴死的心理准备了罢。因为自己死了,家里唯一的男孩就是弟弟,所以他要父亲特别培养弟弟啊。最后,他才要求我们寄送一些生活用品。

林如堉：父亲：天气已经秋凉，朝夕甚至感觉冷意。不知家中大小玉体如何，儿在狱中，生活已成惯常，身体也好，请别惦记。

俊雄弟已进六年级，是国民学校最后一年。儿虽不敢希望他明年考上中学，却切望他肯用功，不必立即赶上别人，但要慢慢有进步。我想，他的脑筋是因为在刚生下时天天发高烧，致使原来的素质变坏、失灵了的。但我绝不悲观将来没有希望。我看他虽然在普通科目上不及别人，但在另外一方面却超出人群，这是表示他绝不是傻孩子的明证，只能说在记忆力、思考力方面差一点，而且这也不过是目前的观察而已，若能用正确的方法去启发他，说不定能慢慢地培养他这些能力。我的童时的境遇拿来和他相比时，那简直太好啊。不论玩具、书本，我都完备，教我读书的人也很多，而且很热心。这些条件他全没有，自然使他的智慧启开得较慢。他的智慧还在睡着哪！必须先叫醒他。可是不要太慌忙，也不要粗鲁，慢慢地、亲切地给他自己自然地醒来，好像草木逢春萌出芽来似的。教的人必须冷静、耐心，先引诱他观察周围，注意一切的现象，起怀疑的心理，再去追求其底细的原因，必使他的学习是出于自动的、高高兴兴的，避免呆板的灌注式的，如书房一般的教法。教法的好坏支配孩子好坏的成分太重，不得不研究。最要用心的是提高他的自信。失了信心的孩子，即使有很好的天分，却往往落于人后，因为他的精神畏缩得不敢抬头，这样拖下去，就糟蹋掉他的天分，绝对不要骂孩子一句"傻瓜"。孩子不了解时，应反省自己教法的不对，再进一步努力使他了解，一而再，再而三，不要生气，不要灰心。他对音乐的素质要特别注目，尽量设法使他有机会受音乐的修养，或许林如堉寄给父亲的第一封家书。

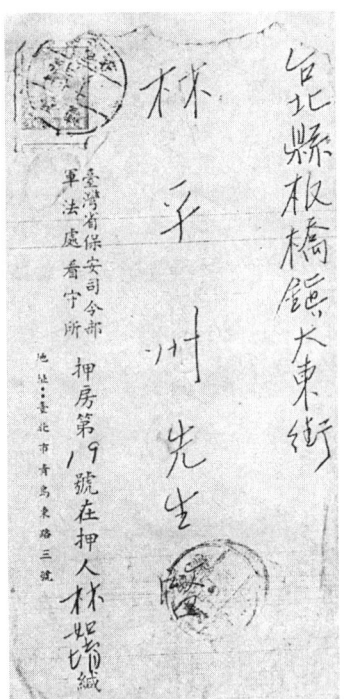

林如堉从青岛东路3号军法处看守所第19押房寄出第一封家书。

备受疼爱的幼年林如堉与父亲。

能在这方面成功。我们必须在特殊的方面给他寻出路径,请详细考虑。

请送柚子、草纸、古书(《水浒传》《西厢记》《史记》《左传》等汉文版)、墨水、眼药水、水饺。

林信子:收到信后,我就陪着爸爸,马上赶到青岛东路的军法处看守所,给大哥送去他信中要求的水饺、柚子、古书、墨水和眼药水等。11月29日判决核定后,我和父亲又分别收到一封他写于12月11日的信。从信封上的住址变动,我们知道他已经从第19号押房调到第23号押房了。然而,我们并不知道这是不是因为大哥已经被判决死刑的缘故。在信中,大哥不但根本没有提到,反而在信中鼓励并教育我"完全地享受青春",以及如何自主地决定自己的婚姻……

林如堉:信妹:你们都好么?今年也很快地要过去了。一过年你就是二十二岁,正是青春的绝顶,精神、身体都充满着活力和希望的年头。

祝福你的幸福,珍惜时光,彻底地享受你的一天一天罢。

林如堉给大妹的信。

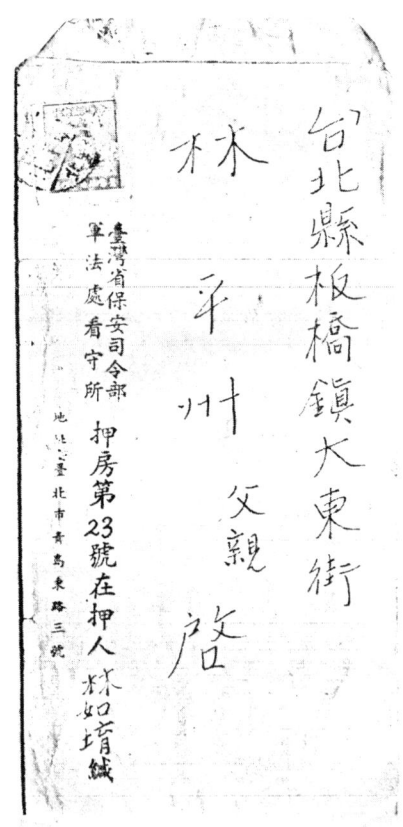

林如堉从第23押房再寄二封家书。　　"安全局"关于林如堉枪决的档案。

高唱欢喜之歌，狂跳悦乐之舞罢。这是你们的权利，不要蹂躏，不要拘束。放大胆量，同时却要细心地玩味你们的时间，花开花谢只在瞬间，别错过片刻而遗憾于将来。

但是，你们得认清，所谓享受青春，并不光是意味着寻欢求乐，你们不应该把精神全灌在这一方面，这不过是生命的消耗而已。青春真正的价值在于建设，在它对以后的人生所储存的活力和才能，在它的影响力量。你们应该好好地学习，为将来打好优良而稳固的基础。这样做，青春才具有真正的和无限的价值，也才能算完全地享受尽你的青春。

听说，父亲在想着你的结婚问题，我希望你自己也得积极地考虑，父母亲的选择不一定最好，他们和我们属于两个不同的世代，彼此之间的眼光和见解往往差得很远，结婚又是关系你人生幸福最切的大事，你要出来自己做主，千万不要全赖别人。

嘉妹结婚的经过值得做你的参考，她自己做不了主，一意要我给她决定，但偏偏碰到我太不负责任，几乎不肯为她一想，结果由父亲独断，幸亏，结婚后还算顺调，但想起她当时的心境，

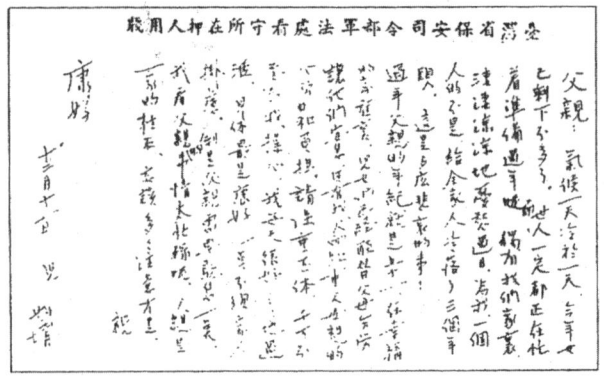 

林如堉给父亲的最后一封家书。　　　殡仪馆的收尸记录。

必定是极端的悲凉、寂寞,这为得是她太没有个性,太不像现代的女性,这一点,你要注意。

可靠的书籍、杂志上的记载,你所尊敬的人的意见,和朋友们的经验等都要细心研究,不要害羞,有问题有意见,马上提出来商量,不要搁在心中闷藏着。

结婚的幸福与否,大部分决定在你自己,你自己的做人态度对,风度好,有才能,有教养,那么你就不要忧虑没有好的对象,也不要怕结婚后不能幸福。运气、机会对人的影响力极其微小,对这些你不要迷惑,你自己的好与不好,才是一切的关键,你必须潜心追求自己为人的价值的向上。

恋爱的失败或谈亲事的不顺利,都用不着着急、悲伤,起初的失败往往引导更美满的成果,只要你自己有充分的资格的话。祝好!

林信子:大哥给父亲的信,隐隐透露出一种夹杂着负疚、忧心而凄凉的心情。想来,大哥一定是在担心自己一旦死去,在弟弟尚小而

1994年春天李熏山与林如堉弟媳在马场町刑场遗址祭悼林如堉及其他20世纪50年代白色恐怖牺牲者。（蓝博洲摄影）

有点拙朴的状况下，落在父亲肩头的经济担子，以及心头的压力，一定是非常沉重的。

林如堉：父亲：气候一天冷于一天，今年已剩下不多了。世人一定都正在忙着准备过年。而独有我们家里，凄凄凉凉地忧愁过日，为我一个人的不是，给全家冷落了三个年头，这是多么悲哀的事！

过年父亲的年纪就是五十一，在幸福的家庭里，儿女们已经能替父亲分劳，让他们安息，只有我反而加重父母亲的辛劳和负担。

请保重玉体，千万不要为我操心，我每天很好地过活，身体最是康好，一点不须家人挂虑。倒是父亲需要歇息一点，我看父亲的事情太忙碌呢，父亲是一家的柱石，应该多注意才是。祝康好！

高唱欢喜的青春之歌

林信子：1950年，12月16日，星期六。早上7点钟左右，就读北一女的我，一如往常，从板桥搭火车到台北上学。走出站台，我看到交通已经繁忙流动的火车站前挤满了围观公告的群众。我怀着一种莫名的忐忑不安的心情缓缓走上前去，在拥挤的观众外围，远远地看到了那枪决所谓"叛乱犯"的密密麻麻的死刑者榜单上的一行写着：

　　　　林如堉　　二十八岁　　台北　　死刑

我心中悲痛，一时间却不知道要哭，只是茫然地转身，离开兀自私语的围观民众，然后不知怎么地，又搭了火车，回板桥。我强忍着心中悲痛茫然地回到家里。父亲正愣愣地坐在客厅的椅子上。

"回来了。"看我进门，父亲就温和地说道，也不问我怎么不去上学。我静静地走过父亲身后，要把书包放回房里。经过母亲的卧房时，我听到母亲痛哭失声地抽泣着。我再也忍不住心中的悲痛了。可是我怕惹母亲更加伤心，于是就关起房门，无声地饮泣着。

后来，叔叔来了。我就跟随父亲和叔叔一同到马场町刑场收尸。我们把大哥饮弹的尸体送往南京东路的殡仪馆，将尸身爆开处缝补处理，并略加整容，移送火葬场火化，然后再把骨灰奉祀在中和圆通寺灵骨塔。

农历3月16日及9月16日，圆通寺都会开塔，让家族祭拜。出狱以后的李熏山先生随即前来家里探望爸爸和妈妈，并且每年都会前去悼祭大哥的英魂。在那个人人不敢靠近的年代，李先生对大哥的情义，最让我们一家人感到暖心了。也因为对他的敬重，我们也会向他问起大哥和他的同志们的历史。通过他的叙述，我和弟妹们也逐渐理解：大哥与其他同一时代的台湾青年一般，都是为了台湾大多数人民的幸福，而毫不犹疑地投入建立统一、进步的新中国的革命事业，并且献出了他们的青春与生命。这样，我们也逐渐能够体会大哥信中所说的"具有真正的和无限的价值"的青春的意义了。

1986年5月，父亲逝世了。1989年，我和弟妹们给父亲"捡骨"后，就把大哥的骨灰移出圆通寺，与父亲一起奉祀在三张犁的家墓。

我听说，大哥曾经有个要好的女朋友，也在他被捕后，为了同样的理想而奔赴大陆了。我想，大哥那一代的青年，就像他在信中鼓励我的那样，尽管为了人民的幸福与祖国的统一而在青春的英年就牺牲了，但他们表现出来的热烈、纯洁而无悔地赴死的生命人格，正好具体地反映了他们是高唱过欢喜的青春之歌的一代人吧。

1990年5月初稿

2010年元月28日修订

2017年元月24日三稿

注仔与黑仔

——"二二八"台北武斗总指挥李中志及其弟弟

注仔与黑仔是两兄弟。注仔是哥哥，本名李金财，后来又改名李中志。1916年，日本据台的第26年，也就是作为台湾人民最后一起武装抗日的噍吧哖起义（又称西来庵事件、余清芳事件、玉井事件）被镇压以后，生于台北和尚洲（今芦洲乡）。黑仔，本名张金海，1927年，也就是作为台湾人民反日统一战线的台湾文化协会左右分裂的那一年出生。然而，人们感到不解的是：既然是两兄弟，为什么一个姓李，一个却姓张呢？其实，在殖民地封建社会的台湾，这倒也是一般家庭常见的现象，不足为奇。

关于注仔与黑仔两兄弟的故事还得从李中志谈起。

1990年4月，为了寻访有关"二二八"事件的民众史，我第一次前往北京，采访了几位亲历事件而后被迫流亡大陆的台籍老人。也就在那次的采访过程中，我第一次听到了李中志的名字。根据叶纪东（本名叶崇培）、吴克泰（本名詹世平）与陈炳基等几位当时学生领袖的口述，在事件中，李中志曾经组织、领导台北地区的进步学生，准备发动一场武装行动。后来，这一武装行动却因为这样那样的原因，没有发动起来。

长久以来，这场爆发于1947年2月的民族内部的悲剧事件，一直影响着台湾社会、政治的正常发展。我想，通过对李中志生命史的认识，应该能够让我们从另一个侧面更加了解"二二八"的历史面貌，进而对台湾的社会发展有更深刻的了解吧。于是我在全面认识

1993年6月16日，上海海宁路，作者与张砚女士。

"二二八"民众史的渴望下，开始四处寻访在历史迷雾中消失了的李中志的踪迹。

然而，一直要到三年后的1993年6月16日，我在上海寻访到李中志的妹妹张砚女士之后，事情才有了比较具体的进展。

注　仔

张砚：我大哥李中志，本名李金财，小名叫作注仔。注仔的意思是说，生下来就注定要受苦。我祖父姓陈，入赘李家，仅生一女，也就是我母亲。为了延续李家香火，母亲招婿父亲张查某入赘李家。按照封建习俗，除了作为长子的大哥从母姓之外，后来出生的我们弟妹三人皆从父姓张。大哥出世三年后，母亲又生了一名女婴。不久，一场霍乱接连夺去了祖父、母亲与抱养的叔叔三人的性命。祖母自然认为是那名女婴所克，于是决定把她送人当童养媳。然而，像这样命带克星的女婴在当时却没有多少人家想要接纳，因而大姐就一直处在这家不要送那家的尴尬情况。相对于他那命运坎坷的妹妹，作为李家长孙，大哥的人生却要来得幸福多了。尽管失去了母亲，父亲又再续弦，大哥仍然在老祖母的呵护下逐日成长起来了。在我的记忆中，作为穷人子弟的大哥从小就非常好学，后来以第一名的成绩毕业于和尚洲公学校。可大哥报考台北二中却不幸落

1933年7月24日《台湾日日新报》号外台共事件专辑。

榜，于是到台北太平町补习中文，后来觉得不足，又跟一位美籍英文老师学了一口流利的英文，还曾经跟他到火烧岛探险。

　　这段时间，随着岛内外革命形势发展的影响，台湾有志之士于1928年4月15日在上海秘密成立了台湾共产党，随即在岛内展开了新形态的反日民族革命运动。年纪才十三四岁的大哥注仔也参加了同乡老台共廖瑞发等人组织的读书会。读书会的地点就在我家对面、另一名老台共李妈喜的家里。其后，廖瑞发与李妈喜在1931年的共产党检举中被捕，并分别判刑三年与两年，读书会的活动也就自然中断。在日本帝国主义的法西斯统治下，台湾全岛笼罩着一片白色恐怖的严峻气氛。在这样的社会气氛下，民族意识强烈的大哥注仔，只能独自苦苦地寻找一条抗日的路，最后，在当时的客观条件下，选择了先到日本苦学，再伺机回祖国大陆，寻找抗日组织的路。

东京苦学

叙事者：1995年6月20日，通过张砚女士的介绍，我在台北市中山北路某条幽静巷弄的一处民宅，采访了当年与李中志一同前往日本的李水清老先生。

李水清：注仔与我是芦洲同乡。1934年前后，我们两家的大人常相往来。因为这样，我也认识了注仔。当时，我刚刚毕业于成渊夜间补习学校，在总督府做杂役，同时计划前往东京半工半读大学专门部。注仔知道了我的计划后，也打算跟我一起前往东京苦学。我们两个于是经常一起读书，准备考试。

中日战争爆发后的1937年9月，伪"满洲国"政府为了培育官员而设立的建国大学在筹备了四五年后正式招生。11月，我报了名，并于第二年元月前往东京考试。建国大学学制六年，前期三年，不分科；后期三年，分做文教、政治、经济三科。第一届的建国大学原来预定招收一百五十名新生，结果却收不到足额的学生，只收了日本学生七十五人，汉族（包括满族）学生五十人，蒙古族七人，白俄学生五名，朝鲜学生十人，台湾学生三人。前后一共办了九届，一共有三十几名台湾学生就读，但是学成毕业的只有三人，第一期的我就是其中之一。

在求学期间，建国大学的学生一律享有如同军校学生的公费待遇，毕业以后也都有工作的安排。我得知自己考上建国大学后，随即决定放弃原先到东京半工半读大学专门部的计划。1938年4月，我准备到东京与其他同学集合，然后前往东北就学。出发之前，我把原先联系好的工读机会让给注仔，但他临时决定与我一同前往东京。到了东京以后，他就在我的帮忙下住进东京国际学生会馆。因为没有大学专

1942年，李中志（立右一）、李水清（立右二）、林庆云（立左一）与其他学友于东京留日学生会馆。

在东京府立第六中学夜间部苦学的李中志。

门部检定的资格，他不能直接报考大学，只好进入东京府立第六中学夜间部苦学。与此同时，为了表明自己立志为中国的抗战而活之意，他刻意将本名李金财改为李中志。

当我就要前往位于伪满长春的建国大学求学时，李中志特地前来送行，并且依依不舍地送给我一句赠言："贫交送友无他赠，唯有青山远送君。"

张砚：就在大哥李中志前往东京苦学的那段期间，父亲不幸病逝了。年纪小他九岁、公学校刚刚毕业的我，于是给大哥写了一封信报丧。在信中，我首先告诉大哥父亲不幸病逝的噩耗，然后向他抱怨

少女张砚。

廖瑞发画像。

说,家里的事,母亲一概不管,希望他能回来照顾老祖母,还有我与弟弟黑仔。大哥与我和弟弟黑仔是同父异母,尽管如此,作为大哥的他却一向对我们疼爱有加。因此,他接到我的信后,随即从日本赶回芦洲家里,处理我们一家的生活。

　　这时候,在监狱里关了三年的廖瑞发早已出来了。他一如以往,常到我们家走动,和我们几个兄妹话话家常,谈论时局。为了生活,大哥李中志也就跟廖瑞发合作,做了一段短时间的猪油生意,从日本买猪油来台湾卖。大哥打算存点钱,然后再带我们一起过去日本苦学。后来,他听到我那从小就送人当童养媳的姐姐不幸被卖去当妓女的消息,立即拿了一笔存款去把她赎回家里,同时教她学点文化。虽然他那带我们前去日本苦学的计划延迟了,可大哥始终不放弃。这样,当他存够了钱,便带着老祖母、两个妹妹及弟弟黑仔再度赴日,继续苦学。东京府立第六中学夜间部毕业后,大哥又顺利考上中央大学法学部(日间部)。他利用晚上时间到东京中央邮政局做翻译工作。这样就基本解决了生活的经济问题。

参 军

叙事者:基本上,李中志在东京苦学的那段期间,正是日本思想界处于极度黑暗的历史时期。从1927年发生的金融危机到1931年九一八事变期间,因为经济危机所带来的日本全国的萧条,促使日本知识分子对自己的存在基础,也就是生活,进行了深刻反省。因而日本思想界出现了三群生活态度不同的知识分子。第一群是想通过与工农群众相结合以重建生活并建立其知性的左翼知识分子。对他们而言,所谓重建生活只能是社会革命,别无他途。正因如此,国家政权当然是以镇压手段对待这种动向。第二群是绝望于理性因而想回到生活却走上野蛮主义(barbarism)路线的右翼知识分子。1933年左翼的佐野学与锅山贞亲发表转向声明以后,这种倾向的知识分子的势力急遽发展,并在野蛮主义达到最高峰的战争时期,纷纷进入国策性研究机关或战时官厅。第三群是在数量上应该占最多数,也许可以称为自由主义的知识分子。他们不管生活如何动摇,始终坚持知性。相对于前两类知识分子,他们是主张"维持现状"的。尽管如此,当日本帝国主义为进行战争准备而控制国民舆论时,这些典型的自由主义者们却因为他们的旧著而陆续遭到镇压。总之,日本思想界的知识分子生态说明了日本的战争势力正在扩张的事实。

1937年中日战争全面开始以来,日本近卫内阁对外打出"东亚新秩序"的口号,对内则展开"国民精神总动员"运动,以此控制由于战时统治而引起的民心动摇。一点也没有放松思想镇压的黑手。这时候,不但作为单纯学说的马克思主义课程从学院讲坛上销声匿迹了,就连《岩波文库》有关马克思主义的三十几种著作也都被迫绝版。全日本各书店有关这方面的经典文献也已经全部拿掉了。

一言以蔽之,此时日本的思想状况处于"黑暗的深渊"的历史时期。在这样的思想的"黑暗时期",许多正处于精神形成期的青年,不管是相信"圣战"或持怀疑态度,都被派到各个战场上去了。①

就在台湾本岛的"皇民化运动"急遽展开的1941年12月8日早晨,人在东京的李中志也和其他日本国民一样,突如其来地听到无线电临时新闻传来日本同美、英开战的广播。当天正午,他又通过广播听到日本天皇宣称"为了自存自卫"而开战的诏书。

随着战线的拉大,日本的兵员明显不足了。

根据台湾总督府《台湾统治概要》的统计,从1942年到1944年的三年期间,一共有六千余名(汉族四千二百余名和一千八百余名少数民族)台湾人"志愿"入伍陆军。被胁迫参加"海军特别志愿兵"的台湾青年一共有一万一千余名。陆、海军的"志愿兵"加起来共计有一万七千多人。

也许,在这一万七千余名"志愿兵"当中,的确会有少数台湾青年是真的打心底志愿参军的,可有些人却是认为与其被征召为当作杂役使用的军夫,不如自己"志愿"成为比军夫地位要高的军人,更多人则是在被戴上"非国民"帽子的威胁下不得已而被迫"志愿"去当"志愿兵"的。

1944年9月1日,日本帝国又针对台湾籍民众实施了征兵制。从此

---

① 日本近代日本思想史研究会,《近代日本思想史》第3卷,北京:商务印书馆,1992年8月第1版,第186—190、129—130页。

1944年9月1日，日本对台湾籍民实施征兵。

以后，不管喜欢或不喜欢，台湾青年有了为日本帝国主义的侵略战争服兵役的义务。

张砚：面对这种无法逃避的客观局势，大哥李中志应该认为，此时此刻，参军也许就是他到祖国大陆寻找抗日之路的一种方法吧。于是，就在大学毕业一年后的一天晚上，大哥突然对弟弟黑仔和我宣布，说明天他就要参军了……在我眼里看来，从小，大哥的民族意识就没有含糊过。我历来没有听他说过一句歌颂日本的话。对祖国大陆的情况，也许是受到读书会那些老台共的启蒙，他反倒可以讲得头头是道。最重要的一点是，大哥一直都反对日本的军国主义政策，并且极力劝说身边的朋友拒绝应召入伍。因此，在大哥的身教之下，弟弟黑仔与我从小便具有了浓厚的民族意识。记得有一回，我在女子公学校听到日本老师斥责一位台籍学生"清国奴"。回到家后，不解其意的我便问大哥："清国奴，是什么意思？"大哥听了随即严肃地向我解释，说这是日本人辱骂我们中国人的话，意思是叫我们滚回大陆去。接着，大哥又叮咛我：以后他要再骂你们的话，你们也就别客气地对他说：日本人滚回去。在大哥的思想影响下，我因而从来就没有感到日本天皇有什么伟大。可让我想不通的是：为什么这样一个向来坚决反日的大哥，明天却要去参军了呢？我虽然对大哥的参军行为感到不能理解也无法谅解，可我也不好当面质问一向敬重的大哥。是啊！我心里头纳闷着：为什么历来反对日本帝国主义的大哥竟然也成为共犯了呢？这个心结要是一天不打开，我自己知道，我就无法再像往常那般地敬爱大哥了。因为这样，我期待着向来让我尊敬的大哥会向我们说些什么！可他终究还是没有多说什么。

　　为了谋生，我们兄妹几个平时都早出晚归，难得有机会共聚一起，家里的许多事情于是就要通过负责管家的大姐来联系。也许是姐姐体会到了我在大哥参军以后的心思转变吧！有一天，姐姐才偷偷地告诉我大哥参军的真正动机。姐姐告诉我，大哥对她说过，为了贡献一己之力于中国的抗日战争，他决定参加日本空军，然后再找机会把飞机开到中国解放区。然而，由于大哥的年龄已经超过三十岁，空军不收，只好改投陆军。他希望能在战场上策反那些士兵，调转枪口，对准日本军国主义的胸口刺去。听了姐姐这么一说，我这才恍然大悟大哥反常的举动，心里的那片阴霾也就立刻消除了。

日本投降后找党

叙事者：1941年年底，日本对美英开战以后，随即根据"国家总动员法"发布种种经济统制令，依此确立了日本垄断资本对全部产业的支配权。这样，民需工业和中小企业就被牺牲了，形成所有资金、资材、劳动力都投入军需生产的战时体制。在这样的战时体制下，农业劳动力严重不足，再加上肥料和农机农具缺乏，日本国内的农业生产因此大幅度下降。另外，由于海上运输的断绝，从岛外进口粮食变得困难，粮食危机也就更加严重。因此，从1941年开始实施的粮食配给制，甚至连成年人一天二合三勺（320克）的配给量也难以维持而不得不掺杂粮。到后来，也因为稻谷的舂米率一再下降，终于不得不配给只去壳的糙米。副食品的缺乏比主食更为严重，因为蔬菜、肉、鱼类的短缺，也逐渐实行配给制。到了1944年年底，全部食品都实行配给制了。这时，日本本土已经进入美军研制的长距离轰炸机B-29的空袭圈内。1945年2月，美国战略空军指挥部下令用燃烧弹对日本大城市进行地毯式轰炸，企图有效地迫使日本国民丧失战斗意志。[①]

张砚：在可预见的轰炸来临之前，在东京储金局工作的我于是提出转勤台北支局的申请，并且意外地得到批准。因此，3月初，我便自己一个人先回台湾。

叙事者：恰恰就在张砚离开东京几天后的3月10日，美军便以324架B-29飞机装载了两千吨燃烧弹，在东京进行地毯式轰炸，造成了八万四千人被炸死，一百五十万人受害的大灾难。

正当波茨坦会议期间的7月26日，中、美、英三国以联合公告的形

---

①藤原彰，《日本近现代史》第3卷，北京：商务印书馆，1992年3月版，第102—104页。

式，向全世界广播发表了全称为《促令日本投降之波茨坦公告》。这份从起草过程就把苏联排除在外的《波茨坦公告》，也叫作《波茨坦宣言》，它的主要内容包括：盟国对日宣战直到它停止抵抗为止；日本政府应立即宣布所有武装部队无条件投降；开罗宣言的条件必须实施等13条。

但是，日本统治者在得知《波茨坦公告》后，并没能理解这是结束战争的最后机会。最高战争指导会议回避对公告表态，采取了等待对苏交涉结果的方针。这样，日本拒绝接受《波茨坦公告》，就成了美国投下原子弹和苏联参战的口实。

为了封住苏联对战后亚洲的发言权，美国想在苏联对日宣战之前单独迫使日本投降，于是就在8月6日早晨，在广岛上空投下人类历史上第一颗原子弹。刹那间，广岛市毁灭了，数十万的民众也遭到了死伤或失踪的灾难。尽管如此，美国并没有达到以此挫伤日本继续战争的决心。面对原子弹的巨大冲击，日本政府大本营仍然宣称："这种炸弹并不可怕，我方有法对付。"

8月9日上午零时，苏联对日宣战。苏军开始越过边境，进入中国东北。因为苏联参战，日本继续战争的意志被粉碎了。日本天皇随即向日本首相传达应该立即结束战局的意见。当天早上11点起，铃木首相召开了最高战争指导会议的成员会议。会议以接受《波茨坦公告》为前提，就无条件或有条件接受的问题进行讨论，最后形成两派对立的意见：一派是外相、首相和海相，主张只以保障天皇地位为条件；另一派则是陆相、参谋总长和军令部部长，主张除了继续保存皇室外，还应该加上自主地解除武装、战争罪犯由国内处理、限制保障占领等三个条件。因为这样，当晚11时50分，最高战争指导会议又召开了日本天皇出席的御前会议。会议一直开到第二天（8月10日）的凌晨两点,终于由日本天皇裁决:决定采取以不变更日本天皇统治国家大权,作为接受《波茨坦公告》的附带条件。会议后,日本通过瑞士、瑞典两国,向英、美、苏、中四国提出请求,同时也用无线电向国外作了广播。然而,日本政府却通过情报局总裁发表正在为维护国体而努力的谈话,对日本国民隐瞒了求降的事实。针对日本政府的求降,在美国排除苏联"废除天皇制"的主张之下,同盟国的回答回避了直接涉及天皇制的问题含糊地说道:"日本政府最后的统治形式将依日本人民自由表示的意愿确定之。"这样,日本宫廷集团才下定决心接受投降。

8月14日,日本天皇破例以亲自召集最高战争指导会议和内阁会议成员的形式,再次召开御前会议。日本统治阶层一致认为,以天皇裁断的形式立即结束战争,是日本继续维护天皇制的唯一道路,于是就以天皇再一次"圣断"的形式决定投降。第二天,也就是8月15日正午,日本天皇终于通过广播,向日本国民宣布:日本投降。[①]

张砚:日本投降,我听大姐说了以后才知道,一直到日本投降时,大哥李中志都还没有机会被派到中国战场去执行他的计划。大哥最后是以陆军少尉的军阶退伍的。战后不久,大哥也从部队复员回到东京的租所。大哥给弟弟黑仔买了船票,叫他先行回台,自己则和大姐留下来,处理善后。

叙事者:二战结束后,旅居日本的台湾留学生纷纷放弃原有的工作,准备集体返台,再建故园。当时,由于日本缺乏船只,对台交通尚未恢复,这些留日的台籍知识分子就利用等待的时间,做一些回台的准备工作,于是各种各样的台湾人社团就分别组成了。它包括以陈

---

① 藤原彰,《日本近现代史》第3卷,北京:商务印书馆,1992年3月版,第113—119页。

文彬（回台后担任建国中学校长）为主的光复会，以高天成和高玉树分别担任正副会长的台湾同乡会，1945年10月28日约两千名学生出席在东京女子大讲堂召开的台湾学生联盟成立大会，以及以朱昭阳（曾任东京专卖局总局主计课长）为首的新生台湾建设研究会等。李中志是新生台湾建设研究会的一名成员。

朱昭阳：由于我家住东京，联络比较方便，所以我就和谢国城、宋进英等发起组织新生台湾建设研究会，利用每星期六、日，大家不上班的时间，在当时尚未复学的明治学院集会，召开没有固定形式的座谈会，或举办国语讲座，由东京大学中国文学系毕业的曹钦源（魏火曜的妹婿）担任讲师。1946年年初，正式召开会员大会（也是唯一的一次大会），选举我当会长，谢国城当副会长，并选出总务课长宋进英、财务课长林乃敏、组织课长杨廷谦、调查课长郭德焜、文化课长曹钦源等干部。会员近两百人，包括攻读文、法、商、工、农、医等各专业的知识分子，如魏火曜、高天成、林宗义、陈成庆等，同时也有部分战争期间被日本政府征用的劳工领袖。研究会有共同的活动和目标，所有的成员也都一致反对在殖民主义统治下所受到的歧视与差别待遇。可以说在民族主义的立场上，大家是一致的。尽管如此，成员之间的思想倾向还是有不一致的地方：那就是有的人比较偏左，有的人较为偏右。①

叙事者：李中志应该就是朱昭阳所谓属于比较偏左的那些人之一吧。与此同时，日本的国民生活因为战败的关系随即出现了深刻的危机。危机表现为深刻的粮食危机与急剧的通货膨胀。因此，为了生

---

①朱昭阳，《朱昭阳回忆录》，台北：前卫出版社，1994年6月版，第68—69页。另见熊秉真、江东亮，《魏火曜先生访问记录》，台北："中央研究院"近代史研究所口述历史丛书，1990年6月版，第18—19页。谢聪敏《留日学生的"祖国经验"》，《自立晚报》副刊，1991年8月1—2日。

存下去，日本国民也开始了斗争。工人、农民的群众运动一时高涨。1945年10月10日，因为治安维持法的废除而出狱的日共领导人发表《告人民书》，以"打倒天皇制"和"建立人民共和国"为口号开始活动。作为一直反对战争的唯一政党，日共一旦开始公开地行动，随即在工人运动中迅速扩大了影响。1946年1月，日共领导人野阪参三在离开日本十六年后，终于从延安回到日本了。26日，欢迎野阪归国国民大会在东京日比谷公园召开。①

张砚： 整装中准备回台的大哥李中志自然也密切地注意着日本国内政治形势的发展。我听大姐说，大哥不但抱着极大的热情加入了欢迎野阪的队伍，并且设法见到了野阪本人。他向野阪打听中国解放区是否有台湾的组织。野阪虽然回答他有，却也没法说明具体的情况。因为这样，于是他把目标转向故乡。他写了一封信给同乡的老台共廖瑞发，暗示自己在东京寻找不到进步组织的苦闷。不久后，他接到廖瑞发的回信，于是毫不迟疑地回到故乡，投入另一场战斗的洪流。

我在战争结束的前夕回到台湾。不久以后，廖瑞发便又主动找上我，并且引介我参加芦洲当地一个以学习中文为主的小型读书会。主持人李清万虽不是老台共却也倾向进步。廖瑞发经常来上课，并且借机给成员们分析时局。我当时便在心里想道：读书会的核心应该还是他吧。

日本投降以后，这个读书会仍然隐蔽地发展着。1946年，大哥李中志回台以后就立即与廖瑞发联系。据我所知，他通过廖瑞发找到了党组织。

叙事者： 根据"台湾省保安司令部"（39）安洁字第1110号判决

---

① 藤原彰，《日本近现代史》第3卷，北京：商务印书馆，1992年3月版，第124—128页。

书，有关廖瑞发的档案材料是这样记载的：

廖瑞发，男，年三十九岁，台北县人，住鹭洲乡溪墘村46号，业商，于1947年三四月间，经在逃之"共产党台湾工作委员会奸匪王万得"介绍加入共产党组织后，将共产党传单小册子等反动刊物交与在逃之孙大山、叶崇培阅读，并介绍加入共产党组织，借以取得"共产党书记"即"支部长"职务。

由此看来，有关廖瑞发入党的上述官方说法，显然是廖瑞发被捕以后面对严酷的审讯时，为了保护组织而有所隐瞒的部分事实。

张砚：那时候，从事地下活动的大哥的生活是穷困的。他只有一双日本穿回来的当兵时的马靴，两条裤子（却只有一条穿得出去），以及两件衬衫。因为这样，我经常为了让他来得及换上新烫的衬衫出门而大伤脑筋。家里的住房更是紧张。有一天晚上，台北学生领袖之一的杨廷椅到家里找他。他们谈得很晚，于是大哥要杨廷椅留下来过夜，并把床让给他睡，自己则到屋子里头摆了一条板凳，挂上一块布就睡了。第二天早上，醒来后看到这种情景的杨廷椅，为此感到万分抱歉。后来，客人走了，大哥便责备我没有早点叫醒他，让他在朋友面前出丑了。

叙事者：杨廷椅是新生台湾建设研究会组织课长杨廷谦的弟弟。根据"安全局"机密文件《历年办理匪案汇编》第二辑《匪台湾省工作委员会学委会李水井等叛乱案》的档案记载，杨廷椅毕业于日本明治学院，1947年5月由廖瑞发吸收入党，担任学生工作委员会委员，从事学运工作。1950年5月被捕，11月29日被枪决。

朱昭阳：杨廷谦是新竹人，大学毕业后在东京都担任管人事的

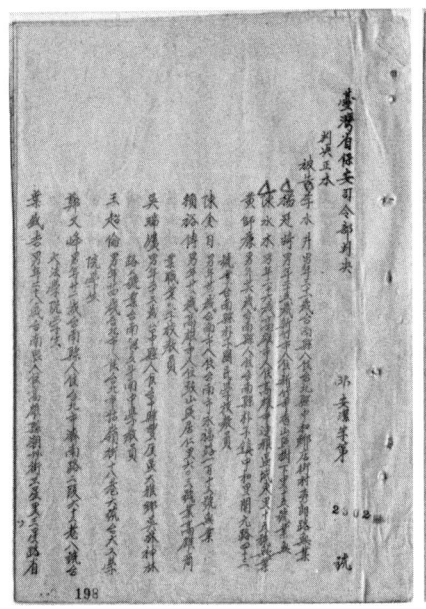
杨廷椅判决书首页。

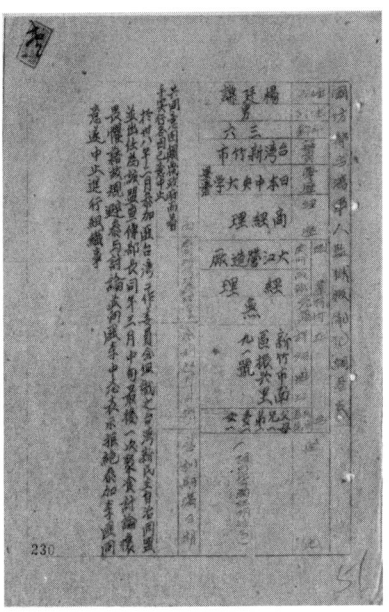
杨廷谦的军人监狱调查表。

"安全局"机密文件有关杨廷椅的档案。

常在乌秋寮出入的李中志（中坐右二）、杨建业（立后右三）、杨廷椅（立后右七）与杨廷谦（中坐右四）在归国委员会成立时合影。

"嘱托"，还兼任中央大学橄榄球队的教练。他身体壮，口才好，又热心肠。他利用职务上管理东京都地产之便，在其废墟上建立一栋七间名为乌秋寮的房子。除了他和太太、弟弟杨廷椅、侄儿辈的杨建业，还有数十个台湾人都聚居在这里，很多台湾留日学生都走访过乌秋寮，包括与杨建业形同莫逆的李登辉在内。李中志在东京时也常在乌秋寮出入，与杨廷谦他们都很熟。①

张砚：后来，大哥李中志在东门三条通买了一栋日本人归国前拍卖的房子。我们一家人于是搬过去住。那时候，廖瑞发也经常跟我们住在一起，而且经常利用这个地方和蔡孝乾、张志忠等地下党领导人会面。每一次他们会面的时候，我都会负责把风的任务。可那时候我

---

①朱昭阳，《朱昭阳回忆录》，台北：前卫出版社，1994年6月版，第70、119页。

并不知道他们的真正身份。只知道一个姓陈，一个姓张。廖瑞发的身份，我是知道的，因为他不但是我的思想启蒙者，而且也介绍了我入党。廖瑞发对我们一家四兄妹是非常重视的。尽管大哥并不同意自己的弟妹们都投入革命活动，可廖瑞发还是分别把我们吸收到地下党里头，并且在不同的战线上工作。

"二二八"的武装计划与没落

叙事者：1947年2月27日晚上，台北延平北路上因为当局不当的缉烟行动而引爆了一场历时十天左右的民众暴动。为了进一步把散漫的群众组织起来，地下党通过廖瑞发指派具有军事经验的李中志负责筹划台北地区的人民武装行动。

张砚：恰恰就在暴动期间，命运坎坷的大姐却因心脏病发而住进了台大医院。大哥李中志便把照顾大姐的责任交给我。大哥抱着一去不复还的觉悟向我交代：现在，我必须出去，也许就不回来了……你姐姐就交给你照顾了。

叙事者：28日下午，长官公署前发生了请愿民众被机枪扫射的惨案。之后，台北地区几个大专院校的学生代表聚集在延平学院开会。这些学生代表都是前几次反蒋、反美学运的领导人和骨干。他们决议：坚持斗争到底，绝不妥协。会后，李中志即找上就读法商学院的学运领袖陈炳基。

陈炳基：28日清早，我赶去法商学院，向同学们报告昨晚的血案经过，鼓动大家投入抗议斗争。之后，我和黄雨生等几位好友赶去博爱路专卖总局台北分局，参加群众的抗争，然后又跟着呼喊"去电台"。想要向全省广播台北的抗争情况。因为台长不在，广播室无法

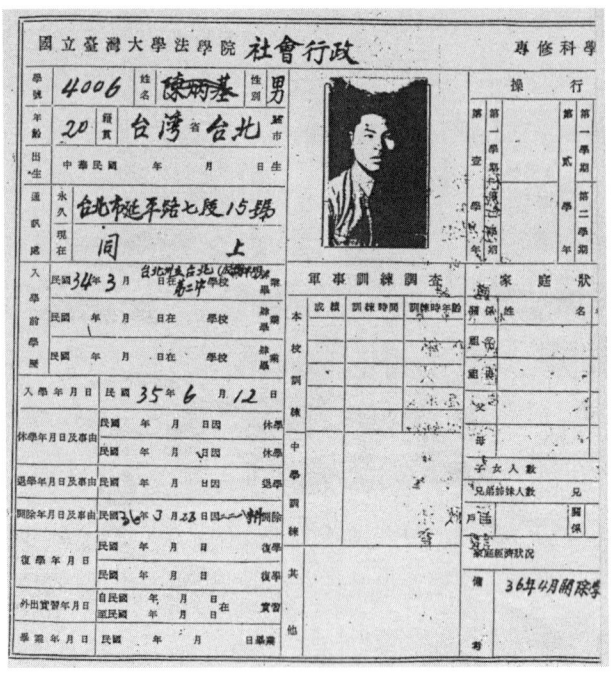

法商学院学运领袖陈炳基的成绩单。

打开。僵持一段时间之后,我们又跟随请愿队伍,向长官公署前进。大约下午一时,先头队伍到达公署广场的树木围墙入口处,与阻挠前进的卫兵说理交涉。这时公署屋顶突然响起猛烈的机枪扫射声,前头十来名群众应声倒地。手无寸铁、和平请愿的群众竟遭如此惨杀,使得风暴席卷了全市。我立即赶回学校,召开学生大会,报告惨案经过,抨击暴政,鼓动同学们积极投入群众的战斗行列。之后,我按照刚刚送来给我的通知,赶到操场对面延平学院的一间教室,参加几个大专院校学生代表的会议。这些学生都是前两次反美、反蒋学运的领导人和骨干。大家一致认为:斗争既然已经开始,绝不能妥协,必须坚持斗争到底。只有武装制服反动武装,才能取得真正胜利。

散会后，当我离开会场与一名师范学院姓郑的学生走下楼时，有两个人在楼梯口等着我们，其中一个是刚刚在会议上见过的延平学院学生叶纪东。叶纪东主动找我，说他早就知道我，然后给我介绍身旁那个穿西装、大约三十来岁的社会人士李中志。我们三个人于是边走边谈。李中志开门见山，说光靠处理委员会的文斗还不够，学生

群众在专卖总局台北分局的行动。

台北放送局。

必须另外组织起来，搞武装斗争。我当场质疑他说要斗争可以，但是武器在哪里？"武器没问题。"李中志斩钉截铁地说。我于是也爽快地说有武器就好办，我们可以合作。我虽然还不是很清楚李中志的身份背景，但是在谈话过程中，我认为他应该是左派进步人士。后来，我才知道，他是和尚洲人，留学日本，当过日本军队的炮兵少尉。我也知道他是我相识的老台共廖瑞发的朋友，就更放心地与他合作了。

这样，台北地区学生的行动就从文斗的层次拉高到准备武斗的状态。

3月4日中午，李中志又召集了各校学生代表在延平学院召开秘密会议，并且提出他策划的作战计划与大家讨论。最后决定把动员来

叶纪东,1990年4月。(何经泰摄影)

1950年8月"保安司令部"没收已逃离台湾的林梁材财产的裁定书。

256

的学生进行如下的行动编组：总指挥李中志，副总指挥郭琇琮。第一大队在建中集结，由陈炳基带队；第二大队在师范学院集结，由郭琇琮带队；第三大队在台大集结，由李中志亲自带队。各校负责人分别是：台湾大学的杨建基（杨廷谦的侄儿），师范学院的陈金木，法商学院的陈炳基，延平学院的叶纪东。经过讨论之后的具体作战计划是：3月5日凌晨两点，先由第三大队会合乌来的少数民族同胞，攻打戒备较松的景尾军火库，再与第一、二大队会攻戒备较严的马场町军火库。各队取得充分的武装后，再分头负责攻取市内所有的军、警、宪武装据点。拂晓时，各队会攻长官公署。

叶纪东：我的本名是叶崇培，1927年生于高雄市苓雅寮。1945年3月毕业于高雄中学。1946年春天考进台北延平学院，寄居老台共廖瑞发的家。"二二八"事件发生前不久，我才经由廖瑞发吸收加入地下党。事件发生后，廖瑞发叫我去联系陈炳基。

当时，为了全盘联络台北地区的武装起义，地下党也在廖瑞发与李中志位于东门附近的住所紧急设立了总指挥部。当晚，地下党的几个领导人蔡孝乾、廖瑞发、林梁材等，也都聚在这里，了解随时的战况发展。

3月4日下午，我的雄中同学陈金木先行与少数民族同学到乌来部落搬兵。到了5日凌晨，当预定的发动时间已过时，乌来那边的少数民族却始终没有动静，李中志与杨建基带领着百来个台大学生静静地埋伏在景尾军火库附近。最后，李中志决定自行发动起义。当他们把军火库的电源切断时，立即遭到守卫部队火力强大的盲目扫射。这样，攻打景尾军火库的行动失败了，整个作战计划也因此无法展开。6日，乌来少数民族的头目下山来了，他说要他带族人下山作战可以，但是按照他们的习俗，下山前一定要举行出征仪式。另外，以他的经验，

林正亨

要作战就要准备好足够的米和盐。于是地下党遵照他的要求，买了两头猪，给他们作祭典用的牲礼，同时也备妥了足够长久作战的米和盐，准备发动第二次起义。然而，少数民族的动员虽然没问题了，学生这边要重新找人却已经不容易了。7日，各校负责人分别动员了一天，结果却不乐观。第二次起义的计划显然已经不太可能实行了。

3月8日，下午四时，由福州开来的海平轮，载着宪兵第四团的两营部队，抵达基隆港，并且展开严厉的肃清行动。吃过晚饭后，廖瑞发带着李中志与我去找党的另一个领导人林梁材。我们三人沿街走向位于大稻埕的林家。在延平北路，街上还挺热闹的。但是，走着走着，街上却突然杳无人迹地安静下来。年纪最轻的我不放心，于是对廖瑞发与李中志说：我先到林家看看，你们两个先在巷子里避一避。没多久，我匆匆回头找到廖瑞发和李中志两人，告诉他们：林梁材家刚刚才被军警搜查过，此地不宜久留。我的话才刚说完，大街上突然响起了枪声，然后我们看到一辆军卡车从巷口驶过，车上的阿兵哥拿着枪朝街道两边盲目扫射。我们不敢逗留，改走小巷子离开那里，最后躲进长安西路一家叫作建成行的皮鞋店（老板林正亨）。当天晚上，我们就在皮鞋店的阁楼睡了一夜。第二天，天还没亮，我们就起来了。然后我们又走到中山堂附近大正街三条通附近李中志在日本认识的朋友林庆云的家。据我所知，林庆云是伪满时代建国大学第一期的知识分子，就学期间因为经常生病而没有毕业。表面上，他是一名贸易商，实际上却也是地下党的重要干部。李中志的妹妹张砚由廖瑞发介绍入党后，即转由林庆云单线领导。我们三人在林庆云家住了两天后才分手。

张砚：事变期间，我因为留在医院照顾姐姐，不能到外头参与斗争，可我还是做了一些送传单、文件的工作。然而我那苦命的姐姐还是病逝台大医院了。我立即向仿若我们的亲叔叔一般的上级领导廖瑞发报告了这个不幸的消息。我们死了一个好同志，很可惜！廖瑞发惋叹地说，她要不死，将来必定是台湾妇女运动难得的好人才。听了廖瑞发的感慨，我不免在心里头暗自想着，姐姐自幼给人家当童养媳，后来甚至沦为妓女，一直要到大哥李中志把她赎回家后才开始学点文化，为什么廖瑞发会对她有这样的期许呢？我想，也许正因为姐姐的成长过程饱尝了封建社会的迫害，她的人生观也就更能走到革命的路来吧。

后来，我又从林庆云那里听到大哥李中志的近况。林庆云跟我说，大哥因为起义计划未能落实而在党内检讨时受到批评，后来整个人的革命意志就再也积极不起来了。他离开了组织，在迪化街开了一家布行，做起生意来了。我想，大哥的一时消沉，主要还是因为他那苦命的妹妹病逝又积欠了一大笔医药费吧。林庆云又说，听说他再这样下去会被开除的。我听了心中难过。可我以为大哥是一个从小就坚决要为中国的革命献身的人，这从他改名"中志"即是证明；再说，大哥也不是那种禁不得人家批评的人。他一定是心里有什么结打不开吧！我这样想。就在这时，廖瑞发现身了。"你去把你大哥找来，我要跟他好好谈谈。"廖瑞发亲切地对我说。我于是向大哥传达了这个指令。

1948年11月,我的直属上级林庆云被捕。我奉令与陈本江撤到台北近郊的鹿窟山村。1949年1月,廖瑞发派人来叫我下山,要我作为青年代表,到大陆参加4月10日起举行的"新民主主义青年团第一届全国代表大会"。3月21日,我于是与吴克泰夫妇及另外两名党人,以及两名士林协志会的党外人士潘渊静(台大土木系毕业)与吴河(士林青年组织协志会领导人何斌的弟弟),一同搭船到上海。临行前夕,廖瑞发还特地告诉我有关大哥李中志的近况。他说大哥已经积极起来了,这次出去,其他人都不准家人来送,只有我例外。明天,大哥和弟弟黑仔都会来送我。我听了非常高兴。我想,廖瑞发的意思是暗示我,弟弟黑仔也已经入党了。

株　连

叙事者:1949年9月,光复后在东京组成的新生台湾建设研究会的重要成员,以李中志为首,陆续株连被捕。

朱昭阳:回台湾以后,李中志在临沂街占了一间日本宿舍。后来,他到大陆做生意,赚了一些钱,在延平北路买了一间三层楼,就把家搬过去,而把临沂街的房子租给一个外省人住,这个外省人正好是干特务的。

李中志住在临沂街时,曾经从大陆带回来一张画有五星旗的宣传海报(一说是)。他把这张海报卷起来放在一支中空的旗杆里面,搁在天花板上,他搬家时没有带走。有一天,旗杆被这个特务发现,特务向"保安司令部"检举,李中志遂于1949年9月被捕。

叙事者:关于这个株连事件的起因,除了事件当事人朱昭阳的说

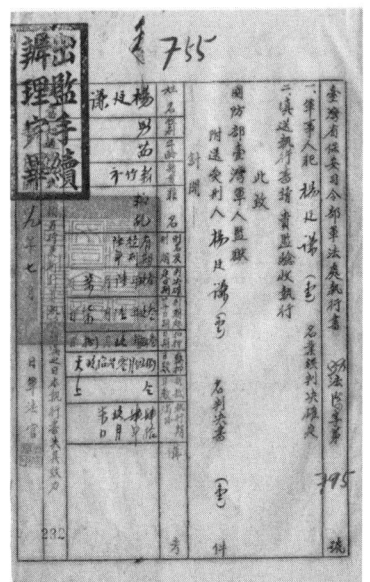 

1950年7月杨廷谦军法处执行书。　　王万得(1903—1985)。

朱华阳的军人监狱身历表。

法之外,曾因主张台独而入狱的谢聪敏(1934—)在1991年8月1、2日发表于台北《自立晚报》副刊的《留日学生的"祖国经验"》一文,也有内容差异不大的说法。不同的只是,那支中空的旗杆里面塞的不是"画有五星旗的宣传海报",而是"订购日共机关报《红旗》杂志的缴费收据"。问题是两人的说法都没有告诉我们出处根据。因此,事实是不是真是这样,也只能存疑了。即便如此,我们仍然不妨继续姑且听之,从而稍稍体会当年的恐怖氛围。

朱昭阳:李中志被捕的时候,口袋里有一封杨廷谦的信,特务就到杨廷谦家里去搜,找到东京新生台湾建设研究会的会员名册,遂借机对归国留日学生下手,广为罗织。

于是,新生台湾建设研究会的重要成员,包括:作为会长的我(延平学院校长)、副会长谢国城、组织课长杨廷谦(大江营造厂)、财务课长林乃敏和陈成庆教授(台大化工系)等都被捕。我弟弟朱华阳(东京大学经济系毕业,农林处检验局副局长)不是新生台湾建设研究会的成员,他被认为是(台湾)最优秀的马克思主义经济学学者,因为跟李中志在一起吃过饭,也跟我一起被捕。此外还牵连到廖瑞发等。一张海报惹起这样大的祸,结果谢国城、林乃敏囚禁两三天就被释放了,我被拘押一百天,陈成庆(三十一岁)三百天,朱华阳(四十三岁)、杨廷谦(三十四岁)各六年,李中志、廖瑞发死刑。李中志会被判死刑是因为特务要霸占他的房子,廖瑞发就陪李中志一起死了。①

---

①朱昭阳,《朱昭阳回忆录》,台北:前卫出版社,1994年6月版,第120页。

官方说法

叙事者：根据"台湾省保安司令部"（39）安洁字第1110号判决书记载，李中志等人是在1950年6月4日由"台湾省保安司令部"军法处审判官周咸庆判决处刑的。其中"廖瑞发李中志共同意图颠覆政府而着手实行各处死刑各褫夺公权终身其财产除各酌留其家属必须生活费用外各全部没收"。有关李中志的"事实"部分是这样记载的：

> 李中志系留日学生，于35年（1946年）参加日本共产党，同年5月返台经商，与陈达利（棉布商）之妻陈李英、黄皆得、林涌源等合股组利华贸易行，自任经理，常与廖瑞发、蔡（孝）乾等往来。至36年（1947年）春，蔡（孝）乾将共党台湾工作委员会纲领交与李中志阅读，并介绍加入为共党。至38年（1949年）元月起意组织台湾新民主自治同盟，为求该盟发展，托廖瑞发向共党台湾工作委员会王万得联络，复与蔡乾（即蔡孝乾，化名吴□清或郑某）洽商，接受其批评与意见，企图组成该盟，配合共匪接收台湾政权。于同年2月初旬，开始约朱华阳、杨廷谦及在逃之郭德焜、何海堂等以聚餐方式开会讨论，进行组织事宜，并推定朱华阳为该盟主席，杨廷谦为该盟宣传部长，自任该盟组织部长。至同年3月中旬最后一次聚餐讨论时，因朱华阳、杨廷谦心怀畏惧，借故规避参与讨论，并向李中志表示拒绝参加，李中志同意，遂中止进行组织。事经本部保安处侦悉，除郭德焜、何海堂、王万得等闻风逃逸，蔡（孝）乾另案缉获外，派员将廖瑞发、李中志、朱华阳、杨廷谦及参加台湾新民主自治同盟嫌疑犯陈达利、陈成庆等六名，先后捕获，并搜出李中志在日共党党

费收据及学习提纲等,一并移送审办。

叙事者: 如果这样的内容确是"事实"的话,李中志可以说就是这起所谓"叛乱案"的中心。而审判官周咸庆判决李中志死刑的"理由"如下:

> 被告李中志,35年(1946年)于日本参加共党,同年5月返台,常与共党蔡(孝)乾及被告廖瑞发等来往,其后托被告廖瑞发与共匪王万得联络,与蔡(孝)乾等洽商接受其意见,即于38年(1949年)2月初旬起意拟组台湾新民主自治同盟,约被告朱华阳杨廷谦及在逃之郭德焜何海堂等加入开会讨论,进行组织,会议六次并推定被告朱华阳为该盟主席,被告杨廷谦为该盟宣传部长,自任该盟组织部长等。事实已据被告供认不讳,虽辩称组织团体为促进和平,否认系配合共匪颠覆政府取得政权,但据被告所供,明知被告廖瑞发王万得蔡(孝)乾等为共匪,若非同党,何故仍托被告廖瑞发与该王万得蔡(孝)乾等联络商洽,接受其批评,以组织团体?至被告所供"不惟与共产党联络,即国民党及其他任何党派均要与它联络"、"蔡(孝)乾拿台湾工

2014年的张金爵。(林声洲摄影)

作委员会纲领给我看,并约我参加共产党,但我拒绝"等,显系狡辩。再以获案该被告在日本参加共党党费收据及其所拟学习提纲等附卷为据,该被告显已参加共党。当此中共联俄叛乱,危害国家民族之际,该被告竟敢参加共党组织非法团体,巧谓和平民主,其意图颠覆政府而着手实行,证据确凿,犯行至臻明确,亟应处以极刑,以彰法纪。

叙事者:判决定案之后,正值三十五岁青壮之年的李中志就这样走向马场町刑场,日期不详。一直要到1993年11月8日,我在永和秀朗路采访同样是20世纪50年代白色恐怖时期被捕入狱的地下党人张金爵女士时才听到她转述了李中志就义前的情景。

张金爵:我听说,李中志被捕以后关在情报处二楼的黑牢,除了一个送食物的小门洞之外,押房四周都是潮湿的水泥墙壁,阳光照不进来,整天都是一片漆黑。情报处的人说,长期关在那种黑暗押房的人,一旦走出去,见到阳光,有些人就失明了。可是,李中志在里头关了半年以上,还是从容地走出去赴死。

黑 仔

叙事者:关于李中志的生命史,历经多年的调查采访之后,我也只能根据迄今为止所能掌握的证言与官方文件说到这里了。哥哥注仔的故事说完了,接下来,我就要给大家继续叙述弟弟黑仔寿期更短的生命史了。

张砚:弟弟张金海生下来皮肤就比较黑,因为这样就被取了个黑仔的小名。在我的印象中,弟弟黑仔从小就调皮,活泼,不好读书。因此，公学校毕业后就没再继续升学。大哥李中志有心好好培养黑仔，因而经常怨叹地劝他，说你要是有我的基础的话，不管哪所中学，我都要想办法给你送进去。黑仔总是无所谓地笑一笑。

到东京后，黑仔到一家名为松田的电灯泡工厂做工。工厂里头，一些较有危险性的工作一般都由朝鲜或台湾工人来做。黑仔做的就是灯泡通电的部分。后来，黑仔的肺部受到伤害，罹患严重的肺疾，于是厂方"善意地"叫他辞工养病，实际上却连遣散费也没有发放。这时，黑仔才深刻地体会到作为殖民地工人的悲哀。

战后，黑仔在大哥李中志的安排下先回到故乡。这时，父亲已经过世了，大哥又还在日本，家里的生活很辛苦，大家都得靠自己的劳动才能勉强存活下去。因此，尽管肺疾还没痊愈，黑仔还是去给芦洲当地士绅种田来养活自己。后来，在东京寻找党组织的大哥也回到台湾，并且通过廖瑞发找到了在台湾的地下党组织，可他并不太愿意自己的弟妹们统统都去搞革命。可是从小看着我们几个兄妹长大的廖瑞发却不这么看。对我们而言，他是信得过的。他并没有放弃我们兄妹的任何一人。因此，黑仔，尽管只是公学校毕业的一个工人，后来也投入了台湾新民主主义革命的洪流。

打入托管派廖文毅的组织

叙事者："安全局"机密文件《历年办理匪案汇编》的档案中记载了一些有关黑仔的活动记录。

首先，该文件第二辑《伪台湾再解放联盟台湾支部黄纪男等叛乱案》记载：1947年6月，出身云林县西螺镇地主士绅家庭的廖文毅（1910—1986）、廖文奎（1905—1952）兄弟以"独立台湾"为号召,在香港九龙半岛酒店组织"台湾再解放联盟"(1950年5月改称"台湾省民主独立党"),企图争取国际同情,协助台湾"独立"或"托管"。

在同一文件第二辑《匪外围组织"爱国青年自治同盟"黄崇国等叛乱案》,我们看到了张金海与该联盟互动的材料。

1948年4月间,台湾省工作委员会获悉"台湾独立党"("台湾再解放联盟")曾经在台湾秘密吸收一批青年,送到香港,交由该党头目廖文毅施以训练,作为基本干部,于是利用这个机会,密遣张金海、许希宽等人,打入该批青年(共十一人)当中,赴港受训。

张金海、许希宽等人抵港后,很快就把由"台湾再解放联盟"直接选拔吸收的电器工人黄崇国等人拉到自己这边来。受训二十几天后,"台湾再解放联盟"的组织人员发现了张金海、许希宽等人的身份,于是停止这批青年的训练,立刻把他们经由上海遣返台湾并断绝关系。

张金海回到台湾以后,除了在台北市锦州街民光电器行充当临时电工来谋生之外,随即通过同乡、同业等关系,采取个别访谈、郊外旅游等方式,先于1949年4月,在芦洲乡发展吸收了木工李钟瑞和农民李添木。然后又于同年夏季,在台北市吸收同在电器行当临时电工的陈文卿、黄崇国,以及在台湾省石炭委员会担任工役的李来园(在芦洲乡)等不满现实的工、农青年,参加台湾省工作委员会的"外围组织"——"爱国青年自治同盟",并负责领导教育他们。除了通过讲述"新民主主义论"来灌输他们革命思想之外,张金海也教他们唱一些抗战以来的革命歌曲。此外,张金海与陈文卿也经常利用一起工作的机会,向同一电器行的电器工徐火炎和方万土讲解《光明报》《观察》等进步书刊的内容,并鼓励他们通过怠工、罢工等手段来要求增

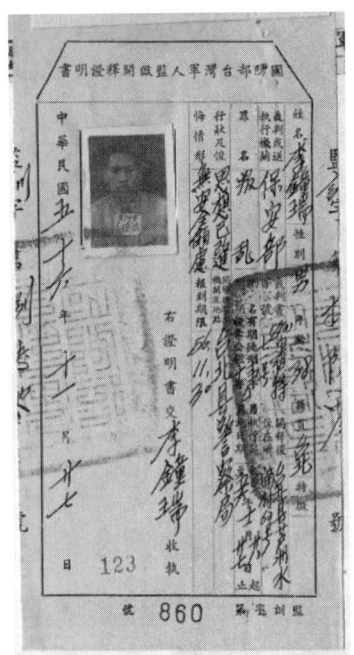

李钟瑞的开释证。　　　　　"总统府"准予黄崇国死刑执行案备查。

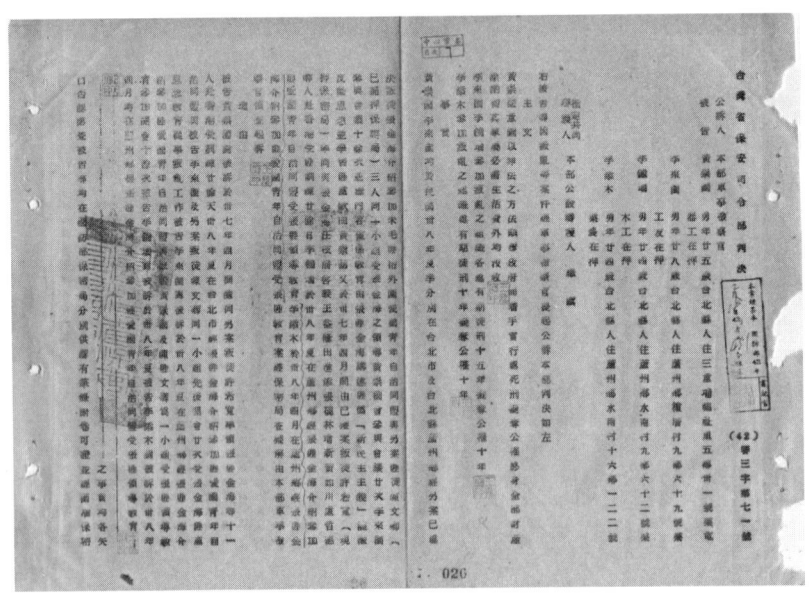

1954年黄崇国被判处死刑。

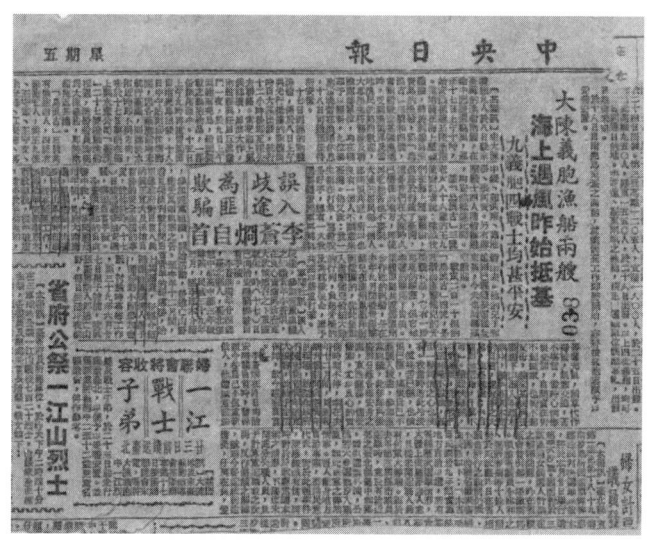

《中央日报》关于李苍炯自首的报道。

加工资。

1953年11月18日起,"保密局""据获案之匪三重支部书记李秋金及自首匪小组长陈文卿"供情,循线侦查后会同"台湾省保安司令部"所派人员,陆续逮捕黄崇国、李来园等人,移送"台湾省保安司令部"审判,并于1954年2月26日执行黄崇国死刑。

判处死刑

叙事者:关于黑仔张金海的最后下落,"安全局"机密文件的所有档案并没有记载。一直要到1996年4月20日,根据张砚女士提供的线索,我在三重市杂乱的底层住宅区找到已经满头白发的阿雪老太太之后,才有比较清楚的说法。

269

阿雪：我的本名叫李瑛，是黑仔的同乡。在组织的安排下，黑仔后来又和我前往鹿窟基地。一段时间后，黑仔自己又离开鹿窟，转移到观音山一个农民家里。后来我曾经听两名芦洲的中学生说，1950年春天的某日，按照事先的约定，黑仔应该下山与他们会面，然而，当他们按时来到会面地点时却发现现场已经被军警团团包围了，既不能进，也不准出，他们判断黑仔已经被捕了，于是借机逃遁……

叙事者：阿雪老太太所说的"两名芦洲的中学生"，应该是当时就读成功中学的李苍炯（1932— ）及其同学。1988年9月4日，我在三重市向李苍炯先生采访他所知道的大哥李苍降的生平材料时就已经听他说过，1950年初得知大哥李苍降被捕的消息后，他就和另外一名同学跑去观音山，找躲在牛屎坑姑妈家的黑仔。后来，现场被封锁，不能进也不能出，一个一个查身份证，他借口尿急而逃了出来，回了家一趟，然后又开始逃亡，跑了四年多后只好出来自首。

关于黑仔张金海的最后下落，后来，我就打听不到其他直接间接的消息了。一直要到2008年6月，我终于在台北的"国家档案局"找到了有关黑仔张金海"叛乱"案情的"台湾省保安司令部"（40）安澄字第0147号判决书。

根据官方说法，1949年夏，黑仔张金海由廖瑞发介绍，加入"匪帮"，担任"台北市工委会所属街头支部书记"。该支部系由三轮车夫、卖菜小贩等所组成，以台北市中央市场为集会之所。同年秋冬之间，李中志、廖瑞发先后就捕；张金海恐被波及，乃匿居台北县五股乡（今新北市五股区）母舅家中，"匪方"继续遣人与他联络，互通消息，并告以时局，劝他暂时忍耐。1950年5月，又与逃往山地"匪徒"李苍炯联系。6月，李苍炯先到台北县五股乡晤张金海，将所有"反动"书籍文件藏放张处而别，然后逃赴观音山。其后，张金海被

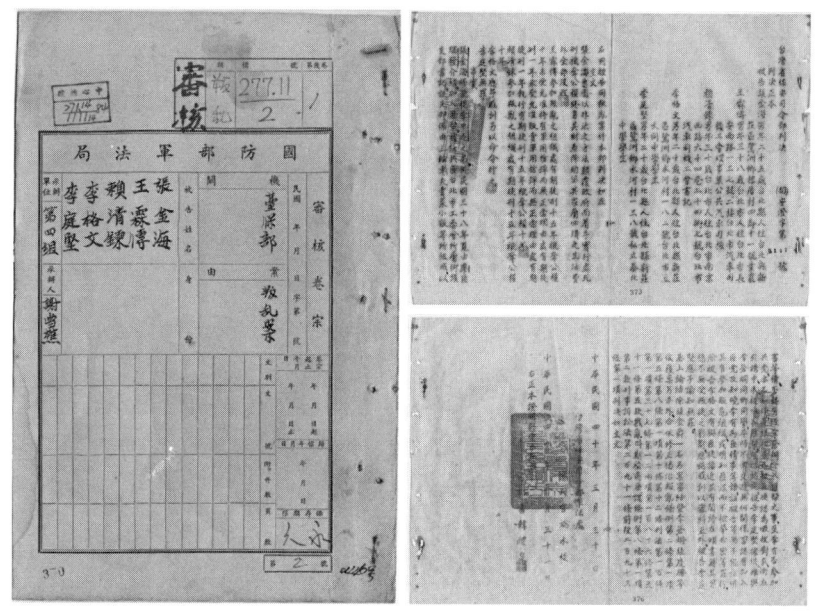

1951年3月30日,"台湾省保安司令部"军法处审判官端木梣判决张金海死刑的文件。

第6军207师捕获,连同嫌疑犯李格文(芦洲乡人,大同中学学生)、李庭坚(芦洲乡人,泰北中学学生)解送"保安司令部",并案审办。

1951年3月30日,"台湾省保安司令部"军法处审判官端木梣根据修正惩治叛乱条例第二条第一项判决张金海"死刑褫夺公权终身其财产除酌留其家属必须之生活费外全部没收"。具体判决如下:

> 被告张金海仅承认于民国三十八年(1949年)夏,廖匪瑞发有邀伊参加国文研究会,及李匪苍炯有邀伊参加读书会,伊不同意。去年暑假,李苍炯往观音山玩游,将书包寄藏其家,不知包内何物。又因贩菜,常到台北市中央市场询问市价,否认有参加匪帮,担任共匪台北市委会所属街头支部书记,秘密集会及与观

271

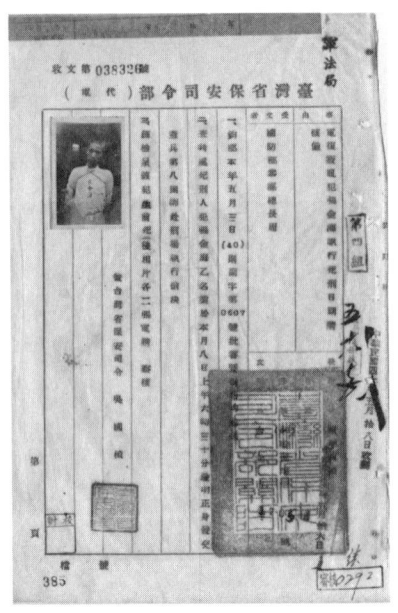 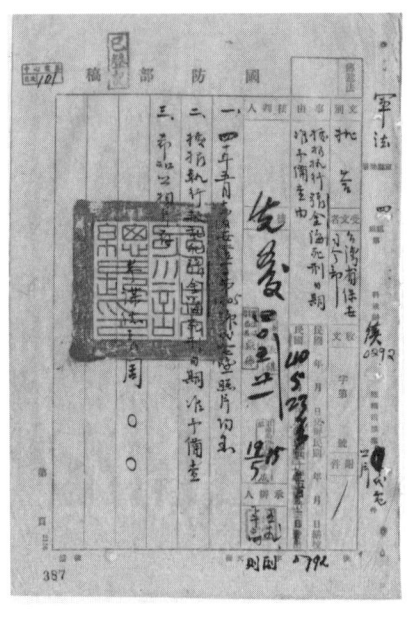

1951年5月18日吴国桢电复周至柔：张金海已于5月8日执行死刑。

1951年5月23日"国防部"准予"台湾省保安司令部"执行张金海死刑的日期并备查。

音山匪徒联络等情事。唯对38年秋，其兄李中志被捕后有与廖匪瑞发联络，同年廖匪就捕，恐惧波及，匿居母舅家，仍继续与匪方派人联系，匪劝其时局不久，应暂时忍耐，及三十九年（1950年）夏，与李匪苍炯结识，李逃往观音山时将所有反动书籍文件藏放其家等事实，均为被告所承认，且经"国防部保密局"查明，被告系共匪台北市委会所属街头支部书记，其下有党徒三轮车夫及卖菜小贩等属实，并由被告家中搜获李苍炯所藏之反动书籍附案，罪刑堪以认定，不能任其饰词否认，图卸罪责。查该被告系匪帮重要分子，意图以非法方法颠覆政府而在着手实行中，无疑应予依法论处极刑，以昭炯戒，其财产除酌留家属必须生活

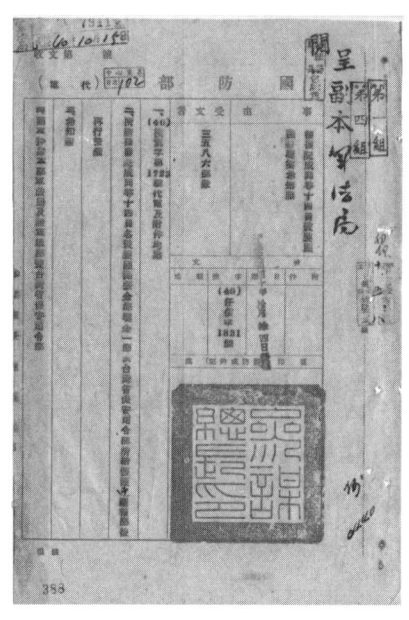

张金海就义前相片

1951年10月14日"国防部"电告陆军3586部队有关捕获张金海等人的破获"匪谍"奖金核发办法。

1996年春天张砚与蔡姓难友前往马场町刑场旧址悼祭注仔与黑仔。（蓝博洲摄影）

在上海台工委受训的张砚（后左二）与苏新（后左五）等台籍同志。

费外应全部没收。

叙事者：4月10日，"台湾省保安司令部"司令吴国桢"检呈张金海等叛乱一案"判决案卷及判决书正本三份，电请"国防部"参谋总长周至柔"鉴核示遵"。

5月3日，周至柔以"核准张金海等叛乱一案罪刑"的"事由"，发文"台湾省保安司令部"，要求该部"希遵照并将执行张金海死刑日期报备"。

5月8日，上午6时30分，"台湾省保安司令部"将二十五岁的张金海"验明正身，发交宪兵第八团，绑赴刑场，执行枪决"。

5月18日，吴国桢电复周至柔"张金海执行死刑日期"，并"检呈该犯生前死后相片各二张"，呈请查核。

5月23日，周至柔以"国防部稿"批答"台湾省保安司令部"："据报执行叛乱犯张金海死刑日期准予备查"。

10月14日，"国防部"电告陆军3586部队，有关捕获张金海等人的阮成同等14人申请核发的破获"匪谍"奖金，"俟台湾省保安司令部请结张匪逆产报部后再行核议"。

上海消息

张砚：1950年7月，有一天，人在上海台工委受训的我，无意间在《参考消息》看到一则转载国民党在香港发布的新闻而得知：哥哥李中志与廖瑞发已经在7月1日当天同时牺牲了。为此，我悲痛地哭了两三天。

一直要到十几年前（1980年前后），我在东京见到了母亲后来又领养的女儿，这才知道，弟弟黑仔也已经在20世纪50年代牺牲了。妹妹告诉我：弟弟黑仔在观音山下被"保密局"特务逮捕，然后移送"台湾省保安司令部"处决。我在心里头算了一下，弟弟黑仔的死期刚好与哥哥注仔相差十个月。

2001年5月8日初稿

2007年2月8日二稿

2008年1月8日三稿

2008年7月8日四稿

2017年2月9日五稿

大事年表

1895年：清日签署《马关条约》割让台湾。日军在台北城举行始政式。台湾总督府学务部在台北近郊士林芝山岩设立日本语学堂。

1896年：殖民政府公布对台湾施行的特别法令，委任立法权于台湾总督之手，也就是所谓"六三法"。直辖学校官制，在全台各重要城市设国语传习所，支付经费，扩大办理殖民地台湾的国民教育。

1897年：国语学校语学部国语（日语）科设立，修业年限三年（后改为四年），开始殖民地台湾的男子中学教育。

1898年：吴思汉的父亲吴匀生于台南厅新营郡白河街贫穷家庭。公学校令公布，将各国语传习所改为公学校，费用改由街、庄、社负担；就学年龄为八岁以上十四岁以下，修学期限六年，教学科目包括：修身、国语（日语）、作文、读书、写字、算术、唱歌、体操。

1901年：林如堉的父亲林平州生于海山郡板桥街名望家庭。

1909年：台湾改设台北、宜兰、桃园、新竹、台中、南投、嘉义、台南、阿猴、台东、花莲港、澎湖等12厅。

1915年：噍吧哖大屠杀。台湾人民武装抗日运动告一段落。

1916年：李金财生于台北和尚洲（今芦洲乡）。

1918年：明石元二郎担任台湾总督，为了扩张侵略中国及南洋，改采"改良主义"的殖民统治。国语学校台南分校设立。郭琇琮生于台北士林。

1919年：台湾教育令公布，确立分为"普通教育、实业教育、专科教育、师范教育"四种；制定师范学校规则，培养推行普通教育的师资，明文规定以师范学校作为师范教育的场所；公布台湾总督府师范学校官制，并将国语学校改设为台北师范学校，国语学校台南分校改设为台南师范学校。

1920年：台湾改设五州（台北、新竹、台中、台南、高雄）两厅（台东、花莲港）；下设3市、47郡、155街庄。吴匀考进台南师范学校一年制讲习科。

1921年：吴匀于台南师范学校毕业，分发白河公学校乙种准教员（助教）。台湾文化协会成立，推动文化启蒙运动。

1922年：台湾新教育令公布，规定公学校修业年限为六年，就学年龄提前至六岁；中等以上学校实行"内（日）台共学"制。台南州立第二中学校创设。台湾总督府高等学校创设，为大学预备教育机关，设寻常科，修业年限四年。李守枝、李薰山出生。

1924年：吴思汉、林如堉、李苍降出生。

1925年：台湾总督府高等学校设高等科，分文、理两类，修业年限三年。

1926年：台北高等学校学生正式于古亭町校舍上课。

1927年：台湾文化协会左右分裂。张金海、陈炳基出生。

1928年：台湾共产党在上海秘密成立。李金财参加同乡台共廖瑞发等人组织的读书会。

1930年：林如堉于私立板桥幼儿园毕业，入学板桥小学校。

1931年：吴勻经营勻和汉药店。吴思汉入学白河公学校。日本发动九一八事变侵占东三省。台共大检举，廖瑞发被捕，判刑三年。

1932年：日本扶持伪"满洲国"成立。台湾总督府禁止开设汉文书房，台湾人不再能公开学习中文。

1933年：李沛霖、林水旺、颜永贤及杨友川入学台北二中第12届。日共佐野学与锅山贞亲发表转向声明。

1936年：日本爆发"二二六"事件。颜永贤、李沛霖、杨友川等台北二中台籍学生约十人秘密成立反日的列星会。林献堂在"祖国事件"之后再与同校学生林水旺串联扩大组织脱离日帝，复归中国的中国急进青年党，后被日本特高循线检举，并以"首谋者"起诉。"西安事变"爆发。

1937年：林如堉板桥小学校毕业，考入台北二中第十六届。吴思汉考进台南二中第十六届。陈伯熙入学基隆中学第十一届。台湾总督府废止汉文使用，强迫推行所谓"国语普及运动"。台北地方法院宣判：李沛霖处有期徒刑三年六个月，林水旺、杨友川和颜永贤三人各处有期徒刑三年；未决拘留的240日算入。日本发动卢沟桥事变，侵略中国，全面抗日战争开始。台北开始实施灯火管制。台湾军司令部宣布全台湾进入战时体制。第二次国共合作，全国抗日民族统一战线正式形成。"伪满洲"国政府为培育官员而设的建国大学正式招生。国民政府迁都重庆。

1938年：小林总督发表《关于台湾志愿兵制度实施》。李金财与考上建国大学的好友李水清同往东京，住国际学生会馆，进入东京府立第六中学夜间部苦学，并改名李中志，立志为中国的抗战而活。日本殖民当局公告台北二中台湾青年"思汉情急"事件。日军占领武汉。抗日战争进入战略相持阶段。

1939年：国民党第五届五中全会决定由联共抗日转向消极抗日、积极反共，制定"溶共、防共、限共、反共"方针，制定秘密的《共产党处置办法》。台湾总督府治台重点："皇民化"、工业化及南进。

1940年：台湾总督府修订户口规则，规定台湾人改换日本姓名。台湾革命团体联合会在重庆成立。汪精卫伪国民政府在南京登台。陈炳基进入台北二中。台湾精神动员本部公布《台籍民改日姓名促进纲要》。全日本所有中学校评鉴，台北一中、台北二中和台南二中被评为优良。朝鲜没有一家被评选进去。

1941年：皖南事变。台湾革命同盟会在重庆成立，统一台湾革命战线。"皇民化运动"的中央机关"皇民奉公会"成立，在全岛设立66个军事训练场，增产挺身队、拓南工业、农业战士和海洋、妇女训练所等，不断举行各种"职能奉公运动"与训练，胁诱台湾人民协助日本帝国主义推进侵略工作。德国进攻苏联。日军突袭珍珠港，美国对日本宣战。太平洋战争爆发。中国政府发表对日、德、意宣战公告。

1942年：中、英、美、苏、荷等二十六国在华盛顿签署共同作战宣言。蒋介石任中国战区盟军统帅。基隆中学第十一届台湾籍同学"Formosa反日事件"。林如堉台北二中毕业后投考东京一高落榜，进早稻田预科补习。陆军特别志愿兵制度在台湾正式实施（比朝鲜晚四年），胁使十七岁到三十岁之间（其中以十九岁至二十三岁为主）的台湾青年参加，又把少数民族编为高砂义勇队，分离汉族系台湾人和台湾少数民族。台湾人的就学率为64.8%。

1943年：林如堉、陈伯熙、王康绪进入上海东亚同文书院第44期大学预科。吴克泰考进台北二中第十八届。吴思汉跨级考上京都帝大医学部，怀抱"大学毕业后，以技术者的身份回归祖国是唯一目的"

的志愿负笈日本。殖民地台湾与朝鲜同时实施海军特别志愿兵制度。改姓名的台湾人已达十万之多。台湾总督府公告：自第二年起实施台湾人征兵制度，凡年满二十岁的台湾青年男子都要当兵。殖民地台湾开始临时征召学生兵。中、英、美三国首脑会议发表《开罗宣言》，宣告"满洲、台湾、澎湖群岛等归还中国"。日本政府强征殖民地台湾和朝鲜留日学生赴前线，取消文科大学生缓征入伍。台湾总督府进一步实施六年制的所谓"义务教育"制度。台湾人就学率激增至85%。

1944年：4月，吴思汉离开京都，经下关、釜山，北上安东（丹东），转奉天（沈阳）新民，再往北平，由北师大学生宿舍转往秦皇岛戴家。日本宪兵队在台北地区中上校园检举反日学生。

5月，吴思汉由秦皇岛戴家回到北平。平汉铁路线南段完全沦入日军之手。

6月，吴思汉不得已往天津日本租界任职。

8月，台湾总督府公布台湾进入战时状态。吴思汉再入学北京大学工学院。

11月，吴思汉转往山东潍县王家庄，投靠在中央军游击队所设高中任教的戴姓友人。台湾完成适龄当兵者的征兵登记。

12月，吴思汉离开潍县，再返北平，南行河南省，经开封、郑州、许昌抵郏县。

1945年：2月，吴思汉与戴振本假扮烟草商南下。日军发动第二次河南战役。在叶县临时县政府刘宾花因"日谍嫌疑"被拘押，经县长查明事实后释放，并安排跟随视察前线的邢姓参议前往省政府所在地朱阳关，再由河南省政府协助，搭军用卡车前往西安转成都，独自前往重庆。

3月，林如堉离开同文书院，经舟山群岛再到温州、永嘉，最后在福州找到抗日组织，参加国民政府所属海军。王康绪走往淮南苏皖边区。张砚从东京储金局转勤台北支局而独自回台。美军轰炸东京。

4月，美军登陆计划改为冲绳。吴思汉暂免牺牲。台湾革命同盟会机关报《台湾民声报》半月刊创刊。

5月，德国法西斯无条件投降，欧洲战火停止。

7月，李万居在《台湾民声报》（重庆）第七期发表《如何安置来归的台湾青年》，并在台湾革命同盟会招待第四届参政员及陪都报界人士茶会席上介绍吴思汉等几位脱险归来的同志。《大公报》发表李纯青执笔的社评《台湾问题发微》。《波茨坦公告》敦促日本无条件投降。

8月，美国在日本广岛、长崎投下原子弹。苏联红军进入中国东北，全线总攻日本关东军。苏联政府与国民党政府正式签订《中苏友好同盟互助条约》。日本天皇宣布无条件投降。在台"主战派"日军煽动台湾士绅林熊祥、辜振甫、许丙等三十余人参加台湾独立计划。安藤总督警告毋轻举妄动。中共中央委员会发表《对目前时局的宣言》，主张回避内战，建立联合政府。蒋介石与毛泽东在重庆展开国共会谈。林献堂、许丙、辜振甫抵上海欢迎陈仪。中共中央派台籍干部、彰化人蔡孝乾为台湾省工作委员会书记。

9月，国府公布台湾省行政长官组织大纲，任命陈仪为台湾省行政长官，公布台湾区日本纸币回收办法。日据时代台湾农民组合的中坚分子张士德以国民党上校军官身份回台筹划成立国民党三青团台湾区团。

10月，战后台湾第一个自发性学生组织台湾学生联盟在台北中山堂正式成立。台湾省行政长官公署、台湾省警备总司令部前进指挥所在台北成立。李万居与宋斐如、黄朝琴、游弥坚等几位台湾人，随同指挥所第一批官员，搭乘美国飞机返抵台北。10月10日签署《双十协定》，暂时回避内战。李万居接收改组《台湾新报》为台湾行政长官公署机关报《台湾新生报》，先行恢复中文版。国民党军队第70军及部分长官公署官员分乘美军舰艇抵达基隆。台湾民众热烈欢迎。台湾行政长官公署正式成立，前进指挥所废除。台湾区受降典礼在台北公会堂举行，陈仪接受日军投降，并宣布台湾人民即日起为中华民国国民。台湾民众盛大庆祝台湾复归祖国。《台湾新生报》创刊。吴思汉返台，直接通过李万居进入《台湾新生报》，担任日文版编译员。出狱的日共领导人发表《告人民书》，以"打倒天皇制"和"建立人民共和国"为口号开始活动。

11月，各部门开始接收工作。警备总司令部通告暂时禁止法币流通。陈仪公布人民团体组织临时办法，命令所有的人民团体自即日起停止活动。

12月，台北市食粮不足，米开始配给。《台湾新生报》日文版连载吴思汉《思慕祖国不远千里——一台湾青年的归国记》。台湾省行政区域改为：台北、新竹、台中、台南、高雄、花莲、台东、澎湖八县，旧制的郡为区、街为镇、庄为乡，州厅为县政府、郡役所为区署、街庄役场为镇乡公所，下设村里邻各办公处。李苍降与台北二中学弟唐志堂、陈炳基，以及刘英昌等人一同加入三民主义青年团，担任台北分团部筹备处第二股股员。蔡孝乾潜抵江苏淮安，向中共华东局（原称华中局）洽调来台干部。

1946年：1月，政治协商会议在重庆召开。中共中央华东局经中央批准成立台湾省工作委员会，展开台湾工作。李中志参加东京新生台湾建设研究会会员大会，以及日共在日比谷公园召开的欢迎野阪参三归国国民大会。

2月，蔡孝乾率嘉义新港籍干部张志忠等分批到沪，与中共中央华东局驻沪人员会商，并学习一个月。

3月，台湾省训练团成立。林如堉在省训团受训后分发桃园角板山乡公所，从事山地行政工作。李苍降与唐志堂、陈炳基、刘英昌以三青团名义在台北中山堂举办庆祝青年节活动。

4月，张志忠率领首批干部，由沪搭船潜入基隆、台北，开始活动。李苍降与唐志堂、陈炳基离开三青团。

5月，吴思汉与王万得、李水井、李韶东等人由辜金良带到上海台湾同乡会，寻找前往解放区的路。一段时间后，李伟光会长告诉他们，台湾需要人，要他们回台湾工作。李中志返台。

6月，全面内战爆发。李熏山毕业于台大工学院第一届。

7月，蔡孝乾潜台，正式成立台湾省工作委员会，任书记，张志忠担任委员兼武工部部长。秋天，李苍降由李友邦引介插班浙江省立杭州高级中学三年级。

11月，上海暨南大学公费留学生徐萌山在上海台湾同乡会初见吴思汉。

1947年，1月，国民政府公布中华民国宪法。台北学生团体反美示威游行，抗议北京女学生被强奸事件。

2月，台北市开始实施食米配给。延平北路民警缉烟冲突爆发"二二八"事件。

3月，"二二八"事件处理委员会成立。暴动发展为全省性抗争。李中志召集各校学生代表在延平学院秘密议定作战计划。处理委员会提出32条处理大纲。陈仪拒绝接受。国民党军队第21师在基隆登陆。台湾省警备总司令部宣布：全省已告平定，肃奸工作进入绥靖阶段。戒严令扩大在全省各地实施。三青团中央直属台湾区团部主任李友邦以"唆使三青团暴动"与"窝藏共产党"的罪名被非法逮捕,解送南京。林如堉转任台北泰北中学史地老师。

4月,行政院决议撤废台湾省行政长官公署,改订省政府组织法;任命魏道明为台湾省政府首任主席。

5月,台湾省警备总司令部改为警备司令部,彭孟缉为司令。台湾省政府成立,并宣告清乡工作已经完成。警备司令部公布:全省解除戒严,暂停邮电检查。

6月,台湾省教育会研究组组长蔡瑞钦参加台北市工作委员会组织,先后受吴思汉、陈炳基二人指挥。廖文毅、廖文奎兄弟以"独立台湾"为号召,在香港九龙半岛酒店组织"台湾再解放联盟"。

7月,国民政府决定解散政治协商会议。警备司令部公布社会秩序安宁维持办法。吴思汉在台北市由郭琇琮介绍参加共产党,先后吸收潘启昭、卢伯毅、陈全目、邱来传、吴金城、李瑞东、王耀勋、张添丁等人。林如堉通过刚从杭州回来的李苍降介绍认识李熏山。避难上海的陈炳基假借难民身份回台湾,入党,担任学生工作委员会筹委。

8月,丘念台就任国民党省党部主任。李熏山辞掉基隆中学的课,转到泰北中学兼课。林如堉带李熏山及谢传祖从台北徒步到角板山。

9月,通过李苍降串联,林如堉和李熏山又认识了台大毕业生李登辉及陈炳基,组织新民主同志会;后奉党的指示,改属台北市工作委员会支部,直接由郭琇琮领导;林如堉为负责人。中共中央制定中国土地法大纲。

10月,省政府依据中央所颁"后方共产党处理办法",令本省境内共产党员于本月底前登记,逾期依法究办。台湾省第二届运动会在台中举行,市内及运动会场突然出现大量没有署名的宣传品,介绍人民解放军67条时局口号,并附当时解放战争形势图。台北市工作委员会正式成立，郭琇琮任委员。

11月，陈炳基带上海交通大学土木系毕业的徐懋德带领新民主同志会的讨论与学习。郭琇琮不再与他们联系。谢雪红等"二二八"事件流亡者于香港组成台湾民主自治同盟。

12月，陈炳基奉命专搞新民主同志会，以一般社会青年为发展对象。

1948年，1月，林如堉介绍板桥朱内外科医院医师朱耀珈参加共产党。

2月，台湾省工作委员会发行《光明报》，第一次以"中国共产党台湾省工作委员会"名义在全岛各地散发《纪念二二八告台湾同胞书》。新民主同志会也在台北古亭区展开行动。

3月，徐懋传达：李登辉以后不会来新民主同志会了，另带台南人蔡瑞钦替补，聚会地点改在三条通林如堉住所。新民主同志会改名台湾人民解放同盟，具体工作分为宣传、组织及教育三部，由林如堉负责教育，蔡瑞钦负责宣传，李苍降负责组织。

4月，身份证总检查实施办法公布。吴思汉带即将离台的李韶东看电影《一江春水向东流》。台湾省工作委员会密遣张金海、许希宽等人，打入"台湾独立党"（台湾再解放联盟）在香港秘密举办的干部训练。

5月，户口（身份证）总检查开始。中共华东局在香港秘密举行台湾工作干部会议，郭琇琮前往参加。

6月，郭琇琮返台后代理台北市工作委员会书记，不久正式担任书记。台湾省警备司令部以"逃亡罪"判处青年军第206师排长吴朝麒有期徒刑三年六个月，移送台北监狱执行。

8月，废止台币兑换法币，改以金圆券兑换。

9月，辽沈战役展开。

10月，组织指令陈炳基、李薰山、林如堉马上离开台湾。但林如堉与李薰山没有马上转移而被捕。秋天，吴思汉介绍任职台北铁路局机务处的李瑞东入党，受其领导。

11月，辽沈战役结束，共产党解放东北全境。淮海、平津战役先后展开。张砚的直属上级林庆云被捕，奉令与陈本江撤到台北近郊鹿窟山村。

12月，国民党华中剿总白崇禧、长沙绥靖主任程潜及河南省主席张轸逼蒋"引退"。国民政府任命陈诚为台湾省政府主席。国民党中常会任命蒋经国继丘念台任省党部主任。

1949年：1月，淮海战役结束。长江中下游以北广大地区成为解放区。蒋介石派蒋经国去上海，命令中央银行总裁将中央银行现金移存台湾。中共中央主席毛泽东在关于时局的声明中提出在八项和平条件的基础之上同南京国民政府和谈。蒋介石下令中央、中国两银行将外汇化整为零，存入私人户头。蒋介石宣布引退，李宗仁副总统代行总统职权。蒋仍以国民党总裁身份以党领政。北平和平解放。廖瑞发派人叫张砚下山，要她作为青年代表，到大陆参加新民主主义青年团第一届全国代表大会。

2月，台湾省主席陈诚公布实施三七五减租。吴思汉介绍台大哲学系学生姜文鉴加入组织，并与相恋多年的李守枝结婚。蒋经国奉命转运中央银行储存的黄金、白银五十万盎司至台湾、厦门。

3月，台湾警备司令部实施《军公人员及旅客台湾省入境暂行办法》。张砚与吴克泰夫妇及另外两名党人，以及两名士林协志会的党外人士潘渊静与吴河，一同搭船到上海。台北市中上以上学校学生在台大法学院操场庆祝青年节的篝火晚会上宣布筹组全学联。

4月，国府派出张治中为首的和平代表团北上与共产党议和，希望隔江而治。南京各大专院校近万名学生齐集总统府门前，举行反内战集会和示威游行，要求贯彻真正的和平，但遭到血腥镇压而造成"四一血案"。台湾当局为了镇压3月下旬以来风起云涌的台北学运，派出大批武装军警强行闯入师范学院与台大男生宿舍，集体逮捕两三百名学生，一般称作"四六事件"。陈炳基不得不出走大陆。张金海在芦洲乡发展吸收木工李钟瑞和农民李添木。人民解放军分三路渡江。南京易帜。国民政府迁往广州。

春天，吴思汉任台北市工作委员会委员，与郭琇琮共同主持组织，并直接领导草山支部、烟酒公卖局支部、台北电信局支部、第一、二、三、四、五街头支部，士林热带医研所支部，双园支部，和尚洲支部，士林电工厂小组，以及台湾省铁路管理局、铁路局台北机厂、铁路局机务段、松山第六机厂等支部。

5月，台北地下钱庄一片倒风；金融经济混乱。物价全面暴涨。台湾地区开始实施军事戒严令。国民政府中央造币厂迁台。立法院颁布实施针对"匪谍"的"惩治叛乱条例"。上海解放。台湾省警备司令部禁止一切"非法"集会、结社、罢工、罢课、罢市，并制定新闻、杂志、图书管理办法。省工委将"迎接解放"的政治口号转化为"配合解放"的实际行动。

6月，币制改革，发行新台币；旧币四万元折合新台币一元，新台币五元折合一美元；发行总定额为两亿。通货膨胀，旧币如同废纸。蒋介石接驻日代表团来电："盟军总部对于台湾军事颇为顾虑，并有将台湾移交盟国或联合国暂管之建议。"近万名台湾军人派赴大陆参加内战。"台湾高等法院"刑事庭以"尚有继续羁押之必要"的"理由"裁定林如堉和李薰山等十六人延长羁押两个月。

7月，台湾全省各县市实施三七五减租。省级公务员推行联保制。

台湾省工作委员会在全省同步散发《人民解放军布告》，省工委、台盟、解放军驻台代表联名的《告台湾同胞书》，以及写着明确口号的小张传单，展开政治宣传攻势。台湾省主席陈诚接获《光明报》。台湾省邮政管理局为邮电改组暨邮电员工分班、过班而引起怠工请愿风潮。《光明报》发表《纪念中国共产党诞辰廿八周年》社论。吴思汉介绍王耀勋参加共产党。

8月，警方查户口时扣押台大法学院毕业学生王明德。"保密局"借提王明德侦讯，王明德坦承邮寄《光明报》等事情，并供出成功中学支部王子英等数人。"台湾高等法院"再以同样"理由"延长羁押林如堉和李熏山等十六人两个月。

夏季，张金海由廖瑞发介绍入党，担任"台北市工委会所属街头支部书记"，在台北市吸收陈文卿、黄崇国、李来园等不满现实的工、农青年，参加台湾省工作委员会"外围组织"——爱国青年自治同盟，并负责领导教育他们。

9月，台湾省保安司令部成立，彭孟缉任司令官。台北市工委会"第五街头支部负责人"高怀国逃往香港；台一五金贸易行会计余大和改由吴思汉（化名李文仁）领导，并由吴介绍，与东京法政大学毕业的"第三街头支部负责人"卢志彬联络，命大同国校教员高清花代吴思汉卖屋。新生台湾建设研究会的重要成员以李中志为首陆续株连被捕。

10月，中华人民共和国成立。福建籍的台湾省工作委员会副书记陈泽民在高雄市被捕。"保密局"在基隆逮捕林秋兴，随即"循供"严密侦查郭琇琮等人。郭琇琮转移至宜兰、罗东一带。联勤总部第三修械所的许嗟，经黄查某介绍入党，旋亦介绍同事赖兴载参加组织。"台湾高等法院"又以同样"理由"裁定林如堉和李熏山等十六人延长羁押两个月。

11月，"防卫司令部"公布：通共或隐匿共党不报、造谣惑众、煽动军心、破坏交通与电讯者皆处死刑。"国民政府"再迁成都。

12月，"国府行政院"决议迁都台北。"台湾省保安司令部"发言人公开宣布：破获共产党的《光明报》及基隆市委会案，并枪决任职基隆中学的张奕明等四人。钟浩东等十八人"准感训自新"，移送保安司令部。"台湾高等法院"刑事判决裁定林如堉和李薰山处刑三年半。台北"国府行政院"会通过改组"台湾省政府"之任免事项。吴国桢被任命为"台湾省政府"主席，台籍的蒋渭川出任"民政厅"厅长兼"省府"委员，彭德出任"建设厅"厅长兼"省府"委员，李翼中、林日高等多人担任"省府"委员。

全省各地开始配给食米。吴思汉与"松山第六机厂小组长"傅庆华联络，后因工作暴露，匿居阿里山吴凤乡乐野村，并组织"逃亡干部支部"，继续活动。

1950年：1月，吴思汉以"二二八"事件中遇害或行踪不明的台籍精英联名，在《中央日报》刊登一则庆祝蒋渭川、彭德、李翼中、林日高四人荣任"民政厅"厅长、"建设厅"厅长、"省府"委员的贺启。蔡孝乾在台北住处被捕，后来乘隙脱逃。"保密局"逮捕吴思汉下属"和尚洲支部"台北市城中区公所户籍员张秀伯后据供追索，扩大侦查。

2月，"保安司令部"成立新生总队。吴思汉将李瑞东带往嘉义，介绍与黄石岩偕同转入阿里山汤守仁处，继续活动。

3月，蒋介石复职，提名陈诚任"行政院"院长，积极推进"反共抗俄"政策。为防中共地下工作人员潜伏山区，实施为期一周的山地统一检查。"台湾省政府"通过本省户口总检计划。由各地潜往阿里山之"党人"日益增多,除吴、李、黄之外,尚有黄雨生、黄弘毅、潘启照、张雪筠、赖兴载、许嗟、陈正震(宸)等人,并"储藏大量武器,建立武装组织"。随后"上级领导人"蔡孝乾前来视察指导,蔡认为该"武装组织"尚欠健全,指定成立"阿里山支部",任吴思汉为"书记",下辖两小组,派黄雨生及李瑞东分任小组长。但"三月中旬即解散,为时不及半个月"。

4月,"山地工作委员会书记"简吉在台北市被捕。蔡孝乾随后在嘉义竹崎第二次被捕。"惩治叛乱条例"修正案公布。全省户口总检查。吴思汉从北部运到"机关枪二挺、冲锋枪一挺、手枪二支及子弹三百余发",命李瑞东带往东山乡崎子头山中"藏匿"。郭琇琮转往嘉义,以杂货商为掩护,潜伏活动。

春季,吴思汉命傅庆华将"松山第六机厂小组"扩展为支部。

5月,吴思汉、郭琇琮夫妇与"学生工作委员会委员兼书记"李水井分别在嘉义被捕。"国防部总政治部"主任蒋经国宣布侦破中共台湾工作委员会(蔡孝乾)案,并公布《在台中共党员自首办法》。苏有鹏和胡宝珍医师在台大医院同时被捕。蒋介石放弃舟山群岛基地,将十五万精锐部队撤到台湾,宣称"一年准备,两年反攻,三年扫荡,五年成功"。朱耀珈医师被捕。林如堉被叫回军法处重新审理。正声、台湾、空军、军中、民本、民声等广播电台联播蔡孝乾"忏悔"演说。

6月,《中央日报》全文刊载蔡孝乾的广播内容。《戡乱时期教育实施纲要》公布,规定中小学起实施三民主义及"反共抗俄"教育。"台湾省保安司令部"军法处审判官周咸庆判决廖瑞发、李中志死刑。《戡乱时期检肃匪谍条例》公布。朝鲜战争爆发。美国总统杜鲁门声明"台湾中立化"方针,下令第七舰队驶入台湾海峡,干涉中国内政。台北"国府外交部"发表声明,原则接受美国对台防卫。蒋介石声明要派兵参加朝鲜战争。

7月,李中志与廖瑞发被枪决。"保密局"将郭琇琮与吴思汉等五十名移送"保安司令部"审判。

8月,"保安司令部"以"防逃"之由羁押吴思汉与郭琇琮等五十人。

9月,"保安司令部"判决吴思汉与郭琇琮、许强、朱耀珈等十人死刑,并呈报"国防部"参谋总长周至柔"鉴核示遵"。"行政院"制定"戡乱时期检肃匪谍举办联保连坐办法"。

10月,钟浩东、李苍降及唐志堂三人被枪决。周至柔呈送蒋介石批示:"台湾省保安司令部呈核郭琇琮等匪谍一案罪刑拟分别核准与改判当否。""台湾省保安司令部"判决林如堉与江西籍台北监狱同监难友吴朝麒死刑,并检呈卷判电请周至柔核示。林如堉从青岛东路3号军法处看守所第十九押房寄出第一封家书。吴匀陆续向"保安司令部"军事法庭诸推事先生、"行政院"院长陈诚、"台湾省主席"吴国桢和"保安司令部"副司令彭孟缉分别寄送陈情书。

11月,"行政院"将吴匀陈情案通知"台湾省保安司令部"。"台湾省政府"也将该案通知副司令彭孟缉"查案代拟复"。"台湾省保安司令部"通知吴匀"静候依法判决"。蒋介石行文参谋总长周至柔:除将"郭琇琮等匪谍案"原判无期徒刑之刘永福、苏炳、李东益三名及处刑十二年的谢桂林等"四犯均改处死刑外余均照签拟办"。吴匀又陆续向"台湾省保安司令部"军法处处长、参谋总长周至柔、"行政院"院长陈诚、"台湾省主席"吴国桢和"保安司令部"副司令彭孟缉分别呈递陈情书。郭琇琮、吴思汉、朱耀珈等十四名绑赴马场町刑场执行枪决。吴思汉吸收的师范学院学生领袖陈金木等枪决。"国防部"行文"台湾省保安司令部"：周至柔核准林如堉等"罪刑"，"惟被告吴朝麒、林如堉二名，依惩治叛乱条例第八条第一项规定，其财产除酌留其家属必需之生活费外全部没收，漏未宣告，应予补正"，"并将执行吴朝麒、林如堉二名死刑日期，连同更正判决三份，呈报备查"。

12月，"台湾省保安司令部"将"郭琇琮等匪谍案"判决结果及执行情形电呈"保密局"毛人凤与周至柔查照核备，另电"台湾省警务处"刑警大队"分别查明郭琇琮、吴思汉等十一名之全部财产并查明各该犯之家属人数（载明家属姓名称谓身籍职业等及其生活状况）分别列册报凭核办"。周至柔将"郭琇琮等匪谍案执行日期等情"转呈蒋介石"鉴核备查"。蒋介石批示准予备查。林如堉在军法处看守所第二十三号押房给父亲和妹妹写遗书。宪兵第四团将吴朝麒、林如堉绑赴马场町刑场执行枪决。

1951年：1月，周至柔电告"台湾省保安司令部"："据报执行郭琇琮等十四名死刑日期等情经呈奉批准备查。"吴国桢检呈"吴朝麒等匪谍一案更正判决及执行照片"电请周至柔查核。周至柔"准予备查"。

3月，"台湾省保安司令部"军法处审判官端木栥判决张金海死刑。

4月，"台湾省保安司令部"司令吴国桢电请周至柔"鉴核""张金海等叛乱一案"判决。

5月，周至柔核准"张金海等叛乱一案罪刑"，并要求"台湾省保安司令部""将执行张金海死刑日期报备"。

10月，"国防部"电告陆军3586部队，有关捕获张金海等人的破获"匪谍"奖金，"俟台湾省保安司令部请结张匪逆产报部后再行核议"。

图书在版编目（CIP）数据

寻找祖国三千里 ／蓝博洲著 ． －－ 北京：新星出版社，2018.5
ISBN 978-7-5133-2573-8

Ⅰ．①寻… Ⅱ．①蓝… Ⅲ．①报告文学－中国－当代 Ⅳ．① I25

中国版本图书馆 CIP 数据核字（2018）第 044388 号

寻找祖国三千里

蓝博洲　著

责任编辑：王　萌
责任校对：刘　义
责任印制：李珊珊
装帧设计：冷暖儿

出版发行：新星出版社
出 版 人：马汝军
社　　址：北京市西城区车公庄大街丙3号楼　　100044
网　　址：www.newstarpress.com
电　　话：010-88310888
传　　真：010-65270449
法律顾问：北京市岳成律师事务所

读者服务：010-88310811　　service@newstarpress.com
邮购地址：北京市西城区车公庄大街丙3号楼　　100044

印　　刷：三河市文通印刷包装有限公司
开　　本：660mm×970mm　　1/16
印　　张：19.25
字　　数：228千字
版　　次：2018年5月第一版　　2018年5月第一次印刷
书　　号：ISBN 978-7-5133-2573-8
定　　价：48.00元

版权专有，侵权必究； 如有质量问题，请与印刷厂联系调换。